O DEPUTADO
ou
O CINISMO

© 2017 desta edição, Edições de Janeiro
© 2017 José Ernesto Bologna

Editor
José Luiz Alquéres

Coordenação editorial
Isildo de Paula Souza

Copidesque
Marta de Sá

Revisão
Patricia Weiss e Raul Flores

Projeto gráfico e diagramação
Casa de Ideias

Capa
Casa de Ideias

CIP-BRASIL.CATALOGAÇÃO NA PUBLICAÇÃO
SINDICATO NACIONAL DOS EDITORES DE LIVROS, RJ

B675d

Bologna, José Ernesto
O Deputado ou o cinismo / José Ernesto Bologna. - 1. ed. - Rio de Janeiro : Edições de Janeiro, 2017.
272 p. : il. ; 21 cm.

ISBN 978-85-9473-013-8

1. Política e governo - Ficção. 2. Ficção brasileira. I. Título.

17-43881　　　　　　　　　　　　CDD: 869.3
　　　　　　　　　　　　　　　　CDU: 821.134.3(81)-3

Todos os direitos reservados e protegidos pela Lei 9.610, de 19.2.1998.
É proibida a reprodução total ou parcial sem a expressa anuência da editora e do autor.
Este livro foi revisado segundo o Acordo Ortográfico da Língua Portuguesa de 1990, em vigor no Brasil desde 2009.
Esta é uma obra de ficção, qualquer semelhança como nomes, datas, pessoas, fatos e situações reais terá sido mera coincidência.

EDIÇÕES DE JANEIRO
Rua da Glória, 344 sala 103
20241-180 Rio de Janeiro RJ
Tel.: (21) 3988-0060
contato@edicoesdejaneiro.com.br
www.edicoesdejaneiro.com.br

JOSÉ ERNESTO BOLOGNA

O DEPUTADO
ou
O CINISMO

EDIÇÕES DE
janeiro
Rio de Janeiro 2017

*para Beni,
em aventura ética
pelos campos da moral
esta expedição moral
aos confins da ética*

*Conheço o jeito, conheço o texto.
Conheço também os senhores autores.
Sei que eles beberam secretamente o vinho
e pregaram publicamente a água.*
HEINRICH HEINE

Sumário

Coro 13

I. O Vulto e a caixa 15

II. Uma impossibilidade lógica 30

III. Razão e ódio 62

IV. O primeiro dedo 79

V. Alictyos 92

VI. O confronto 104

VII. O susto 123

VIII. Crônica de uma dissecação 156

IX. A humanidade dos humanos 184

X. Babushka 194

XI. Prometeu 219

XII. Em três epígrafes 251

XIII. A quarta parede 256

XIV. Ethos e Poiesis 263

Coro

Quando as ferramentas da razão já se esvaíram
os processos exauriram,
as consciências não surgiram, ou se cansaram.

Quando há tudo isso e, mesmo assim,
as esperanças não morreram!

Então,
um Vulto estranho,
num contexto de caverna,
cria um pretexto
e institui um cativeiro.

No cativeiro impõe um texto.

Sequestra um deputado,
(poderia ser ministro)
um candidato a uma vingança,
e o submete ao mesmo enredo
que em tantos cria tanto medo.

O início é um susto!

A muito custo,
se institui uma batalha.

Inicialmente o Vulto ralha.

Malha seu ódio, face às falhas
(segundo ele mais que justo)
vocifera sua impaciência
e abre o enigma:

– É possível
confrontar-se com o cinismo,
sem apelo à violência?

É mantendo sua poética preciosa
que, no escuro da caverna cativeiro,
o mesmo Vulto volta à prosa...

I.
O Vulto e a caixa

O tempo é um tecido,
sua trama é a palavra.

A PORTA ABRIU. O VULTO ENTROU.
Algemado na cadeira, o Deputado viu entrar uma figura autoritária, tanto em estatura quanto em atitude.
A figura aproximou-se.
Semblante gentil e traços refinados, seus olhos negros espelhavam a escuridão do cativeiro. Sentou-se em frente ao Deputado, foi direto. Falava com a desenvoltura de alguém culto e educado:
— Mesmo em condições tão violentas, eu vim cumprimentá-lo. Os dias que se seguem podem ser os últimos da sua vida. Por mais irônico que possa parecer, estou aqui para ajudá-lo... O silêncio é a minha assinatura... Escute o que ele diz e tente compreender sem perguntar... Meu nome é Vulto. A partir

de agora, você está matriculado num cativeiro pedagógico do qual eu sou o autor.

O Deputado sentiu-se arrepiar. O Vulto prosseguiu:

– Raptos são sempre inesperados. Senão, seriam agendas, não sequestros. Eu compreendo o seu susto com essa horrível experiência. Apesar da energia necessária, sei que seguiram minhas ordens de tratá-lo bem.

O Deputado ficou em silêncio. O Vulto avançou:

– Preste atenção porque temos pouco tempo... Falarei depressa. Não perca minhas palavras... Eu represento um imenso grupo de pessoas silenciosas que, depois de refletir, sintetizou uma questão central e a elegeu como um laboratório de investigação. O que você viverá é um experimento. A questão se refere à relação entre a política, o progresso, a educação e a imensa violência do cinismo. É um tema transversal que se desdobra em efeitos de suma relevância. Desde a liderança pelo exemplo, em especial para a infância e a juventude, até a obstrução dos honestos produtivos, com a desorganização geral da sociedade e da cultura, essa desgraça que os sofismas do cinismo realimentam... e torturam... produzindo decadência, e gerando nos silenciosos responsáveis tanta angústia e solidão...

A voz do Vulto parecia uma lâmina. Ele falava com rapidez. Suas reticências eram imensas, repletas de significações sem que nelas se falasse. O Deputado se esforçava por ouvir e compreender. Não havia vírgulas, ou eram muito poucas, mas havia muitas vírgulas. Não havia reticências, mas as reticências eram muitas. O silêncio das reticências era ensurdecedor, repleto de fatos já conhecidos. O que se via e o que se ouvia não pareciam nem de longe a mesma coisa. O que se via e o que se ouvia pareciam exatamente a mesma coisa. Havia e não havia, era e não era. Zonzo, o Deputado duvidava que aquilo estivesse acontecendo. O Vulto prosseguiu:

— Na pesquisa original, conscientes das manobras e atitudes da maioria dos políticos, em todos os poderes, nossa questão consistia em responder como é possível lidar com o cinismo sem usar a violência. A questão não era *se* é possível lidar com o cinismo sem usar a violência, a mesma violência que o cinismo impõe o tempo todo. No entanto, note bem a decadência, a evolução nos obriga a rever a indagação: "Qual a violência necessária para conter a ação dos cínicos nas esferas que degradam? Já que a punição, por via da Justiça, tarda tanto."

Agora erguendo a voz, peripatético, o Vulto começou a dar voltas na cadeira à qual o Deputado estava atado.

— Admitir a revisão da questão original nos humilhou! É simples assim... e imensamente complicado. O seu sequestro é o experimento pedagógico de quem acreditou na confiança e na representação como forma de ordenação e de progresso. Você os tornou ingênuos; os esperançosos, fez de bobos. O que viveremos aqui é um laboratório educativo no qual as melhores possibilidades se esgotaram. Você e seus comparsas constituem a mentira vergonhosa da qual não só não se arrependem, como parecem se orgulhar. Aqui, você viverá na própria pele o que provoca.

Laminar e gutural, tendo as vísceras na voz, a maneira com que o Vulto falava não deixava margem a qualquer dúvida. Ele continuou:

— Primeiro, eu fiquei triste... Então a minha tristeza virou ira... Juntando os dois, pela consciência e pela ira, você verá o que fez! A tristeza foi embora. Agora eu sou a ira! Quanto à consciência, você a conhecerá logo a seguir.

Assustador, baixando a voz como quem rosna, o Vulto prosseguiu:

– Quando a fé, como esperança, é humilhada pela violência do cinismo, os humanos se colocam num beco sem saída. Uns, pela inocência construtiva; outros, por esperável ingenuidade; outros, pela rapinagem ilimitada... É para esse confronto que aqui estamos! Frente a frente! Eu fracassei. Esse ato, esse fato, esse lugar testemunham meu fracasso. Você ainda não. É o que veremos... Nossas imagens são invertidas. Leia as reticências... Seu silêncio assina as intenções... Como espelhos mútuos, aqui a realidade opinará pela sua boca, e a justiça falará por minhas mãos, é o meu fracasso. Cada uma com sua lógica.

Perplexo, admirado com a fluência, o Deputado ouvia. Em seu silêncio repleto de ruídos, o Vulto prosseguiu:

– Eu o escolhi por sua capacidade de usar palavras nobres como prostitutas das piores intenções. Cinismo moderno! Mil vezes você ouvirá esse termo. Ele será dissecado como seu abdômen. Conheço sua história. Antes de ser escolhido, você foi investigado. Mesmo tendo sido bem educado, pouco sabe de filosofia moral e ética. Soube! Um dia soube... mas esqueceu... Foi se tornando outra besta pragmática que põe finalidades acima de princípios, não importam os meios. Então um dia os meios viram fins, e o inferno não tem fim... Vou recordá-lo. Na origem, *kynikê* era bem distinto da sua arte atual. *Kynikê* não era cinismo tal como você o pratica com sua corja de sofistas. É honesto duvidar da honestidade quando ela é desonesta. A origem foi libertadora: ironizar, satirizar, até mesmo escarnecer. Duvidar das intenções dos poderosos como forma de poder. Delatar valores falsos, celebrando a liberdade, tangenciando seriamente o que é engraçado, divertindo ao desmontar, com tal graça e tal coragem que o poder ri de si mesmo, e o hipócrita arrepia. No entanto, eis você! Eis aqui! Eis agora! O que vemos é a brutal degradação. Degradar o que degrada é o degredo de um agrado. Os *kynikês* transformavam divertindo. Você se diverte deformando.

Inundado pela torrente de palavras, o Deputado procurava compreender.

– O meu intuito, ao criar o experimento, é estudar a transição. A transição do *kynikê* ao cinismo, no qual você é um mestre. Qual o cenário mental em que se deu? Com que vísceras a contestadora graça, inovadora, se tornou essa desgraça destrutiva... Aqui estamos para esclarecer... esclarecer, mesmo que seja impossível transformá-lo sem violência semelhante, o que seria igual fracasso... Mas há uma boa notícia. A boa notícia é que, para esse grande problema, eu criei um pequeno problema. Resolvê-lo é a sua esperança! É também a minha esperança! Veja que ironia mais estranha! Essa não é cínica! Traz a textura teatral da sutileza, sempre honesta. Oprimidos e opressores... vice-versa essa conversa... condenados a parceiros... e como seu parceiro cidadão, no meu caso, silencioso e produtivo, sairei do meu silêncio reticente e farei uma pergunta.

Enquanto falava, o Vulto caminhava ao redor da cadeira a que estava confinado o Deputado, intimando-o com gestos e entonações. Parava, aproximava desafiadoramente o rosto, fitava-o nas pupilas, se afastava. O Deputado, zonzo e atônito, procurava segui-lo atentamente.

O Vulto então voltou-se.

Havia uma mesa logo atrás.

Sobre a mesa, havia uma caixa.

Ele a pegou.

Finamente acabada, negra, luzia como laca, com as dobradiças e a fechadura douradas, brilhantes como espelhos.

O Vulto trouxe a mesa até a frente da ínfima cadeira, pôs a caixa sobre a mesa e, com voz de teatral solenidade, prosseguiu:

– Como seu parceiro de condenação, entre opressores e oprimidos que assistem à consciência moral ser estuprada pelo cinismo dos sofismas, como autor do experimento, em nosso mútuo benefício, eu reduzi um grande problema a uma pequena pergunta. Você deve resolvê-la! Sua resposta vale a liberdade, ou a sua morte... e já adianto que será bem torturante, embora menos que o suplício a que submete a todos com seus ardis canalhas, nesses anos infernais.

A voz do Vulto era incisiva. Pelo volume e pelo tom, sua proposição parecia inegociável. Ele prosseguiu:

– Trata-se de aritmética poética. Ela funde vida e alta matemática. Essa caixa propõe um mistério lógico de alcance individual e existencial, de alcance moral e coletivo, público, portanto. Solucione e sairá! Confie na minha palavra. Distinto de você, falo o que farei, faço o que falo. O que proponho não é nada pior do que pessoas do seu tipo impõem a gente como eu, o tempo todo. Nós propomos. Você impõe. Aqui, para que sinta alguns efeitos dos seus próprios atos, a situação se inverte. Eu imponho, e julgarei a sua resposta. Darei à questão um belo nome: o Enigma da Caixa! Aqui, eu sou o Vulto, esta é a caixa! O cínico é você! E sua vida depende da resposta.

Conjecturando as hipóteses mais patéticas, disfarçando o susto, o mal-estar, buscando parecer atento e íntegro, o Deputado tentava compreender. O Vulto continuou:

– O enigma é simples de enunciar. Caso não o resolva, ninguém mais saberá. Repetirei até entrar na sua cabeça, furar os seus ouvidos. Até cegá-lo para que enxergue. O enigma representa e sintetiza o que você faz todos os dias, ao formular leis tão idiotas e complexas que se tornam impossíveis de aplicar com clareza e prontidão. Leis que só obstruem e dificultam. Leis que não deixam fluir a vida. Mas há um fato pior ainda. Pior que as leis cretinas são as necessárias leis que não são feitas, esse vazio vagabundo, essa inconsciência recorrente, essa insanidade aparentemente impossível de conter...

Enquanto expunha o tal enigma, o Vulto se tornava mais e mais agressivo, engrossava e erguia a voz, rosnando o ódio que saía dos seus olhos. Então ele retomou:

— Esta caixa está trancada. Dentro dela está a única chave no mundo que a destranca. Para abri-la é preciso ter a chave. Nenhuma outra solução é permitida. A chave só pode ser obtida quando a caixa for aberta. Se a caixa não for aberta, é impossível conseguir a chave para abri-la. Sintetizo: sem abri-la, não há chave! Para abri-la, a chave que ela guarda é necessária! A pergunta, em suas duas derivadas, propõe o desafio que a partir desse momento vale a vida.

Finalmente, o Deputado percebeu-se ante o essencial.

Didático e pausado, o Vulto prosseguiu:

— Como é possível obter a chave e abrir a caixa? Como ela foi colocada aí dentro?

E foi enfático:

— Você compreendeu as duas perguntas?

O Deputado mal conseguiu perceber que agora, expostas as questões, o Vulto perguntava. Até ali, havia falado sem parar... falado de um silêncio que por nenhum instante praticou. Pela primeira vez, concedia algum espaço. Balbuciando sua exaustão, o Deputado respondeu:

— A caixa guarda a única chave capaz de abri-la. São duas perguntas: Como obter a chave? E como ela foi posta lá?

O Vulto assentiu com a cabeça:

– Você entendeu! Reserve sua energia para resolver. Por mais irônico que seja, eu o aconselho a crer que seja apenas isso. Responda, e sairá. Não imagine teorias para explicar sua situação. Ensiná-lo a confiar é parte da experiência. Confiar é um ato de coragem. Coragem cuja responsabilidade não deveria ser só de quem confia, mas de quem recebe confiança. No princípio, confiar é um ato solitário, que busca uma resposta solidária. O que você faz com a coragem em que confia? Desilude! Não só de si, mas da coragem como aposta construtiva, sem a qual os coletivos não se formam... Esse é o estado emocional em que ficam os confiantes, torturados em silêncio, enquanto vocês não simplificam. Ao contrário, mais se dificulta, para mais ocultar e mais rapinar, cinicamente.

Estava claro e era simples. O Deputado assentiu com a cabeça. O Vulto leu em seus olhos a mentira e prosseguiu encerrando a imposição:

– As regras são as seguintes. Eu considerarei um dia as vinte e quatro horas que vão do meio-dia ao meio-dia. A cada dia que passar e você não resolver o enigma, um dedo seu será cortado. Eu mesmo o cortarei. É o castigo que devolve o que provoca. Impossibilitados de viver dignamente, obstruídos pelo seu egoísmo vagabundo, todos sofrem a decadência imerecida que aí está! Mas, insisto, há algo pior. Repetirei até furar os seus ouvidos e rachar a sua cabeça. Além de criar leis idiotas, pior é não criar leis necessárias, é recusar-se a ver o tempo, a pertencer à própria época.

O Vulto agora o agarrava pela gravata, olhando fundo em seus olhos, para seu grande pavor, a essa altura tão perturbado que sequer acreditava no evidente pesadelo. As pupilas do Vulto, assim tão próximas, pareceram ao Deputado verticais. Verticais como as pupilas dos diabos, das serpentes venenosas, dos lagartos cuja fétida saliva infecciona suas mordidas. Falando através de seus olhos de demônio, o Vulto prosseguiu:

– No cativeiro você não terá noção da hora... Agora são seis horas, e amanhece... Você terá oito dias! São oito dedos! Os dedos contarão os dias. Sou piedoso. Sem os dedos você precisará ter menos anéis. Quem sabe, assim, da ganância ilimitada, sobre algo. Veja só minha compaixão! Dos seus vinte dedos, os que estão em risco são apenas oito. Ao perder o oitavo, sua execução será imediata. Só nós dois, apenas uma vida, apenas oito dedos. O que é isso perante o mal que está lá fora?

Parecendo ao Deputado cada vez mais atônito, o Vulto prosseguiu, repetindo e repetindo:

– Considerando que você ouve somente o que deseja ouvir, recordarei as regras à exaustão. É parte da experiência estudar a sua conduta ante os contratos. Olhe nos meus olhos, e ouça bem! Ao meio-dia de amanhã encerra-se o primeiro dia. Primeiro dia, primeiro dedo. Os dedos contarão os dias. O vazio dos dedos será o vazio dos dias. Generoso, solidário, didático, farei com que aprenda em horas o que desaprendeu em décadas, contaminado pela canalhice circundante, que o ensinou a justificar-se. Enquanto todos esperavam orientação, vocês criaram um pacto de justificativas mútuas e de proteção recíproca. Caso a resposta não seja convincente, você viverá situações tão dolorosas quanto as que impõe ao silencioso cotidiano do alicerce cerebral e muscular, moral e visceral, desse arremedo de nação... Você avilta os provedores das crianças, a reserva ética dos jovens, o amparo dos doentes e o descanso dos velhos. Como vítimas exaustas do seu corrupto cinismo, somos humilhados todo dia, anos a fio.

Violento, o Vulto voltou a agarrá-lo pelo colarinho, olhando fixo em seus olhos, salivando de raiva. De novo, acalmou-se:

– Agradeça as suas horas a mais e aproveite... Amanhece! Ao meio-dia começa o seu prazo. Caso fracasse, já sabe... Eu desejo que acerte a solução... Apesar de jamais ter merecido o mesmo tratamento, ainda o tenho em alta consideração, daí o enigma...

Ao dizer isso, no intervalo das palavras, o Vulto mudou o seu semblante. É como se olhasse ao longe, para algum horizonte perdido nas paredes:

– Trata-se de um terror em dupla face: a solidão e a falta do rei. O meu cansaço derivou da sua desconsideração. Depois tornou-se raiva, depois ódio. Fiz dele um ódio educativo. Então criei o enigma e a ideia da progressiva amputação. Você é um traidor da confiança, um destruidor dos alicerces das nossas melhores esperanças... – o Vulto agora gritava. – Você é capaz de compreender a dimensão da raiva quando apoiada na justiça? Você é capaz de perceber o que é o ódio que deriva da razão? De ter razão? E de essa razão ser justa? Você faz alguma ideia do que é o ódio quando ele tem razão e é justo? Se esqueceu, será lembrado! Se não sabe, aprenderá! Eu me recuso a ajudar a construir um mundo no qual eu não gostaria de viver. O mundo que antevejo, e que me anima, é aquele, livre, no qual ser e deixar ser se coadunam. No entanto, fui levado a admitir que o mundo que você propõe impõe ao meu um problema de limite. As minhas proposições não me parecem limitar as suas, mas as suas práticas impedem o mundo que sonhei construir como melhor... No entanto, eis o cinismo: nossos discursos parecem inverter tal raciocínio. O seu discurso o coloca na posição de quem ama e protege a humanidade, e a defende a todo custo, me colocando na posição de quem explora e quem oprime, mas, basta olhar um minuto além do tempo, um centímetro sob a superfície, considerar os testemunhos da história, para ver que o sincero sou eu, e o farsante é você. Aqui começa esse confronto, e não tenha dúvida de que será mortal. A sua farsa convincente faz a minha verdade ineficiente! Seu cinismo hábil, com sua vil retórica, inverte as posições. Enquanto eu perco em nome da verdade, mentindo, você vence. Dizendo combatê-la, você explora a miséria, por meio da ilusão e da ignorância. A humanidade teve os séculos, nós teremos poucos dias... Aqui eu proponho esse confronto tornando-o pessoal, particular... Esperemos que possa semear além de nós... Assim como eu, você também se despeça do seu corpo... Daqui, só as palavras sairão vivas... e eu espero que bem vivas!

O volume, o conteúdo, as oscilações com que o Vulto vociferava próximo ao rosto do Deputado, a essa altura suarento, não deixavam qualquer dúvida. O Vulto era um homem animado por razões as quais ele repetia obsessivamente. Sua clareza era cruel e mostrava uma disposição irreversível:

— As respostas existem! Eu jamais o trairia com o absurdo de as respostas não existirem. Aqui existem as respostas! Eu não cometeria o crime de que o acuso. Não passo de mais um que se tornou um irado justiceiro por simples exaustão. Para os sensíveis o cinismo é impossível. A pergunta que não cala há trinta séculos é a mesma: qual o poder da sensibilidade ante o cinismo? A fragilidade da intenção quando exposta à razão ardilosa. Quanto é frágil a bondade ante o maldoso? Você tem noção de que há uma confiança primordial? Que ela moveu os caçadores coletores a construir sociedades por meio da linguagem? Mostrando em atos seus dizeres? Um nível mínimo, abaixo do qual a esperança é impedida de falar? Essa virtude indiscutível, essa beleza que tudo fundamenta, viabiliza, justifica, sem que ninguém necessite falar dela, e nem mesmo percebê-la... E do seu lado, da sua horda, o ardiloso cinismo que destrói, a saliva sorrateira, a baba ácida... Pense, Deputado! Olhe a caixa! Sinta os dedos! As respostas existem! Espero que consiga descobri-las antes que castigo semelhante alcance aqueles que você mais preza, se é que você preza alguém ou alguma coisa.

Humilhando o Deputado de todas as formas que podia, o Vulto completou a pressão do seu discurso:

– Você fala alemão, deputado? Abstraia seu desconforto e ouça com atenção... Uma forma de avaliar a seriedade de alguém é verificar as razões dos seus maiores sofrimentos... Há pessoas que sofrem por banalidades sociais, como pequenas ofensas, desdém da imagem pelos outros, falta de dinheiro, decepções amorosas, frustrações profissionais. Outras sofrem por fatores mais permanentes, como vergonha da própria origem, inconformismo com a condição social, revolta por ser feio ou limitado... A palavra *trotzdem*, em alemão, significa "porém, apesar de tudo, no entanto". Alçada a uma poética capaz de filosofia, ou seja, valorizando a palavra em seu máximo poder de significar, *trotzdem* contém a resposta para antigas indagações: se as coisas humanas nos parecem absurdamente passageiras, incluindo a própria vida; se para justificar o efêmero precisamos nos socorrer no que imaginamos permanente, então por que existimos? A brevidade, a finitude, a morte inapelável não parecem razoável à razão. Essa angústia entre a razão e a morte, esse absurdo contido no destino da existência, e de tudo que ela implica, nos coloca um desconforto simultaneamente lógico e emocional. Não compreendemos a vida e tememos a morte. Não compreendendo a morte, desejamos mais vida. No entanto, apesar disso... *trotzdem*... nossas reticências configuram os silêncios nos quais buscamos significado... não achamos... e *trotzdem*... buscamos em outra parte, de outro modo...

não achamos... e *trotzdem*... buscamos mais ainda... Com isso, não seria a própria atribuição de significado a principal finalidade de existir? A arte de atribuir valor como forma de criar razão de ser? A arte de ver o que não viram até mostrar o que não enxergam. A arte de dizer o que não dizem, por respeitar a dignidade das palavras... A isso eu chamo de Poética! Ela é um texto em reticências... Preste atenção nestes três pontos: ... Eles jamais terão um nome cada um... e dizem tanto sem falar...

Muito desconfortável em sua cadeira minúscula, o Deputado tentava acompanhá-lo. Tudo era veloz e muito estranho, e era tudo coerente. O Deputado assistia a uma absurda reflexão existencial sobre o absurdo existencial, vivendo-a já dentro do absurdo. O Vulto prosseguiu:

– Há pessoas que parecem não ter esses problemas. Elas elegem alguma coisa à qual atribuem imenso significado e se dedicam a obtê-la o máximo possível. Concentram sua energia máxima num ponto mínimo, obtêm o que desejam e querem mais, e depois mais, e depois mais... Os muitos outros, de natureza reflexiva e indagadora, aqueles em busca de alguns máximos, portanto, menos concentrados em seus mínimos, podem ser prejudicados pela obsessão compulsiva dos tenazes... Note que nem sempre ocorre! Muitas vezes é justamente a obsessão compulsiva que nos lega o que há de mais precioso. Veja a ciência e a arte! Há, porém, uma circunstância em que isso se dá de forma socialmente inaceitável: quando a retórica é cínica e o alvo é o poder permanente e o dinheiro alheio é ilimitado! É o seu caso, deputado! É o caso dos asseclas à sua volta. Por isso o elegi como sujeito, e minha pesquisa indagará como freá-lo... Para isso eu pretendo compreendê-lo, fato que impõe-me dissecá-lo... Se psicologicamente não bastar, eu o farei fisicamente...

Laminar em voz e gestos, seguia o Vulto velozmente:

– Bem-vindo, deputado! O que se segue é a anatomia do cinismo quando alcançou o inaceitável e exige um freio... Aqui, você é o cínico. Eu sou o freio. E viveremos juntos o silêncio reticente da mais antiga indagação: afinal, qual o significado de existir senão tentar julgar e atribuir significações o tempo todo? No meu juízo, o significado que você atribui é avesso aos que eu pretendo atribuir, a sua significação impede a minha. O que se segue é uma esperança: seria possível o nosso acordo? A boa notícia é que as torturas que o esperam contêm uma esperança delicada. De alguma forma, a nossa guerra aponta a paz... Só depende de você...

Assim, o Vulto, encerrando as boas-vindas a seu modo, justificou, concluindo:

– Se você ainda não compreende o mal causado, eu o resumo. O que mais me impressiona é o volume e a densidade do que teremos de destruir, de retrógrado e imoral, para criar algum espaço... Temos medo, uns dos outros, em todas as esferas... corrupção, metástases do câncer burocrático. Sobraram músculos inertes, cujo vigor virá do espírito que ainda habita os nossos ossos... É por esse espírito que eu pretendo arrancar sua língua cínica, antes de estrangulá-lo com minhas próprias mãos, caso você não resolva o enigma.

Dizendo isso, o Vulto se foi.

O som da raiva era a última palavra da sessão. A pedagogia da amputação estava posta. Ao sair, o Vulto bateu a porta com ódio. O impacto da porta no batente retinia nos ouvidos. O Deputado sentiu os próprios dedos e moveu-os, esfregando-os uns nos outros. Era medo. Ponderou: o que o Vulto desejava era consciência. Dela, algum arrependimento nasceria. Dele, alguma regeneração seria possível. Em meio a tudo isso, três palavras: o castigo, o perdão, a regeneração. Escavando a sua memória, o Deputado se lembrou de que um dia conhecera essa cadeia. Com os anos, a cadeia já era outra.

Há duas cadeias. Os seus elos são os mesmos, o que muda é a ordenação.

Na primeira, a ordenação é clássica, e mais dura: o erro, a consciência do erro, a confissão, o castigo, o arrependimento, o perdão e, talvez, a regeneração.

A segunda ordenação é mais ingênua, por isso, menos efetiva: o erro, a consciência do erro, a confissão, o arrependimento, o perdão... E tira-se o castigo, ninguém pune... esperando que o perdão leve, via consciência, direto à regeneração. Ocorre o oposto, os crimes jamais cessam, ao contrário, mais se alastram. Ao que parece, castigo e consciência são parentes próximos.

Os mistérios se apresentam: e quando nem sequer existe arrependimento algum? Pelo contrário, o que existe é convicção. Não existe sequer a consciência de erro algum? Pelo contrário, o que existe é consciência de acerto, e reafirmada, e reiterada, a cada vez, sem fim, sem fim... E, mais ainda, e quando não existe sequer o próprio erro? Afinal, "é assim que as coisas são"... As práticas prescindem de juízo... tranquila e amoralmente presumidas, são assumidas desde o início... E, mais ainda, quando não há sequer contexto para que tais valores sejam postos? Que diria compreendidos?

Então...

II.

UMA IMPOSSIBILIDADE LÓGICA

> As *distinções morais não são*
> *derivadas da razão.*
>
> DAVID HUME

A VIOLENTA SAÍDA DO VULTO PIORAVA A SITUAÇÃO.

O Deputado não sabia onde estava, nem nas mãos de quem estava.

Algemado desde o início, procurou acomodar-se na cadeira mínima. Com o movimento, notou que era urgente ir ao banheiro, suas costas, e seus joelhos, ainda mais os tornozelos, doíam muito. Pensou que tudo não passava da mais pura encenação para um resgate milionário. Ao mesmo tempo o Vulto parecia tão convicto! Se o Vulto fosse realmente honesto, o que é sempre duvidoso na medida em que cada um define honestidade como quer, qualquer negociação seria difícil.

Os canalhas sabem que os canalhas negociam com mais facilidade porque são mais flexíveis nos valores que defendem. No entanto essas pessoas que se consideram com princípios, tendem a ser rígidas justamente em função dos tais princípios. Quando o princípio é enriquecer, e nada mais, as negociações ficam mais diretas e mais fáceis. Se o tal Vulto de fato fosse alguém com esses princípios, sair dali seria difícil, mas a maior possibilidade é de que se tratava de um resgate e tudo não passava de uma grande encenação.

Dolorido, e ainda ouvindo ecoar a voz do Vulto, o Deputado lembrou-se de velhos argumentos justificando a recorrência das relações parlamentares: "As coisas são assim mesmo, essas articulações demoram porque todos devem ser ouvidos, a política é a difícil arte da disposição dos interesses, tais propósitos nem sempre se configuram claramente, raramente se expressam de maneira estável, por isso técnicos não são políticos, políticos não podem almejar soluções técnicas", trata-se "de outra coisa", impossível explicar para quem não é político, trata-se de "outra lógica", em que o tempo se passa de "outra forma", e as concatenações dos fatos não seguem o usual. Nesse instante, ele parou! Percebeu o fio do seu excitado pensamento frear instantaneamente.

Ele considerou que assistia, em sua própria mente, àquilo que, talvez, o Vulto pretendesse que enxergasse. O tempo técnico, e o tempo da política, as distintas lógicas de cada um. Seu pensamento fluía estranhamente rápido. Num esforço quase impossível, doendo inteiro, sufocado pelo aperto da cadeira e das algemas, ele tentou integrar os dois conceitos.

Haveria um tempo técnico próprio da política? Se houvesse, qual seria? Esse também teria limites? Esse "tempo técnico próprio da política" seria capaz de instruir uma "política do tempo"? Enquanto o corpo o torturava, sua mente fibrilava, uma prosaica iminência fisiológica o pressionava desde o ventre. Memórias muito antigas, das carteiras das escolas, da universidade, do doutorado no exterior, do casamento, dos primeiros filhos, do início na política (somente um lobista pontual entre parênteses), da primeira separação, da adesão ao partido, à ideologia, verdadeira de início mas apenas uma máscara depois, da escalada das oportunidades – tudo passava em sua consciência cujo espaço era memória; ao mesmo tempo que pareciam um pesadelo, as imagens evaporaram; ele voltou ao aqui e viu-se no agora.

Se esse caminho fosse razoável, um tempo técnico também para a política instruindo uma política do tempo, em que poderia ajudar na solução? Estaria o Vulto preparado para uma resposta mais sofisticada? Seria um sádico psicopata, revoltado com algum episódio singular da própria vida? Um empresário em crise, buscando um culpado? Será que o Vulto o conhecia? Até onde o havia analisado? Pesquisado detalhes da sua história? Teria o Vulto feito como fazem alguns loucos, que destrincham as biografias das suas vítimas antes de submetê-las à tortura e assassiná-las? De repente a bexiga, esse órgão tão banal, o retirou de tantas conjecturas... Sua emergência urológica estava a ponto de envergonhá-lo. Como uma criança, ele começou a gritar:

– Ooooooo, ooooooo, alguém aííí? Alguééémmm aaaííí? Me ajudeeem!!!

O Vulto entrou:

– O que foi?

– Eu não estou aguentando a vontade de urinar! As algemas estão muito apertadas! Meus tornozelos incharam, as costas doem muito nessa cadeira tão pequena.

A resposta do Vulto foi totalmente inesperada:

– Eu decido que você deve viver a reminiscência infantil de urinar nas calças. Veja que não uso termos chulos por respeito a mim mesmo, não a você. A minha elegância é conhecida, a delicadeza também foi, já não é mais. Tornei-me perigoso, a culpa é sua. Será bom para o exercício pedagógico. É assim direto e simples. Refrescante para a sua moral aposentada. Ela voltará mais rapidamente a funcionar, e talvez o ajude a encontrar a solução do enigma. Relaxe o ventre e solte a urina. Faça-o agora! Estou mandando!

O Deputado gelou com o que ouviu. Retraiu-se. Contraiu-se. Parecia não haver dúvida. Ele estava nas mãos de um perturbado. Há pouco, chegara a acreditar numa espécie de revolta vingativa. Pela fala inicial, que lhe pareceu bem clara, o Vulto representava a raiva das pessoas que se sentiam massacradas pela burocracia, pelo peso dos tributos, pelas regras trabalhistas, pela falta de reformas, pela lentidão e corrupção do Judiciário, pelo Executivo impositivo, recorrente, antipático, curto e vergonhosamente incapaz. Tanto mal se misturando. De um lado, os ganhos de uma sociedade que se esforçava para estancar a sonegação, o câmbio negro, as evasões, e de fato colocar o Estado a serviço da Justiça, contrariando a rapinância gananciosa. De outro lado, as mentiras correlatas, a corrupção desenfreada, o discurso da virtude e a vileza decadente. O Deputado retomou sua situação. De início, parecia haver alguma lógica, mas agora, perante essa ordem tão humilhante, ele pensou: O Vulto é louco! No entanto, exausto e urgente, tentou obedecer, apenas para notar sua extrema dificuldade em se soltar. O corpo urgia e a dignidade recusava; eis um bom exemplo de que a dignidade tem camadas, a dignidade moral e a dignidade fisiológica se encontravam num esfíncter. Seu ventre doía muito. Ele procurou se concentrar e relaxar ao máximo. O Vulto prosseguiu cruel e duro:

— Você não consegue fazer o que pediu? Por que será? Porque eu mandei? Porque eu mandar o humilha? Porque esse tipo de assunto nada tem de respeitoso? Nesse caso, para ajudá-lo, perco meu refinamento... Não é urina, é mijo mesmo! E molha, fede, suja, gruda, depois coça... O que eu poderia dizer agora? Desiniba-se, relaxe os músculos que a mamãezinha o ensinou a conter desde criança, alivie-se com a coragem da humildade, submisso à realidade em que você se colocou. Eu poderia dizer: alivie-se de medo, seu covarde, e aprenda algo daquilo que tantos sofrem por sua causa. Você entendeu seu exercício! Seu dilema! Seu castigo! Afinal, o que é preciso que alguém faça com você, uma só vez, para perceber o que faz com todo mundo, todo dia...

Apesar do exagero repetitivo e torturante do Vulto, imaginando que aquilo fazia parte da intimidação inicial, o Deputado conseguiu liberar-se... e aliviou-se... respirando raiva e medo enquanto sentia o calor da urina escorrendo por suas coxas, por suas calças, formando uma poça sobre o assento, e depois sob a cadeira. A situação era de horror. Ele não conseguia avaliar nas mãos de quem se achava, a essa altura não acreditava mais nas palavras iniciais do Vulto. Agora não mais! O Vulto era um psicopata perigoso, agindo isolado, o que desenhava uma péssima notícia. O Deputado imaginou a cena: uma cadeira numa sala escura, um cativeiro típico, ele algemado sobre essa cadeira, uma mesa com uma caixa e seu enigma, uma escolar poça de urina sob sua cadeira, e o Vulto em pé, vestido de negro, como um ser do inferno, misterioso, com suas pavorosas pupilas verticais.

Então a porta abre sozinha.

Entra uma mulher vestindo branco.
Parece uma enfermeira.
O Vulto diz:
– Esta é Conzenza!

...

Humilhado na posição em que se encontrava, com aquela ridícula poça sob os pés, o Deputado mal a olhava. O Vulto continuou:
– Esta é Conzenza! A boa notícia prometida! Se você se lembra, eu disse de início que o experimento investiga, ante o cinismo, a relação entre a consciência e a ira. Eu sou a Ira! Conzenza vai libertá-lo e acomodá-lo. Nossa primeira sessão terminou. Haverá várias. Você está muito assustado para ficar bravo. Não há poder que possa usar. Ser e poder... Quem é você sem seu poder? Você está vivendo a experiência da impotência para sentir o que sente quem a sofre quando você mesmo a produz: eis o descaso do opressor sobre o impotente... Até para a tortura o cinismo é perigoso. O que a ignorância mais ignora é o quanto a ignorância é perigosa. Por isso a ignorância é ignorante. Não há mundo viável. Só feiura. Uma leva à outra. Sem estética não há ética. Você acaba de colher o que semeia. A dialética do baixo-ventre foi necessária para começar. Você terá que ver o feio para entender o que é a moral. Agora, sem a vergonhosa proteção bem conhecida, o que lhe resta é a humilhação calado. A meu respeito você imagina mil bobagens, de nada adianta o que eu disser. Vá formando sua opinião idiota, supondo meu interesse por dinheiro... Má notícia, eu não tenho interesse algum pelo seu dinheiro porco. Nem pense em tentar algum ato violento, agredir Conzenza, atacar a mim, tentar fugir. Boa notícia, as coisas melhoram daqui

em diante... Mas podem piorar logo depois... Só dependerá de você mesmo. Só há uma regra: resolva o enigma! E saia livre.

Conzenza se aproxima da cadeira, apanha as mãos algemadas do Deputado, o Vulto continua:

– O baixo-ventre, com sua sabedoria fisiológica, já foi matéria com que os cínicos antigos, os verdadeiros *kinykês*, ironizavam a urbanidade, os valores da opressão cultural sobre a sabedoria natural... Aqueles cínicos de boa índole, Antístenes, Diógenes... hoje parece mentira que existiram... Eles afirmavam que a natureza nunca é torpe, nunca é vil. Vil é a cultura humana quando se degrada. Uma das degradações é a censura sobre o corpo. Você acaba de ter vergonha do seu próprio corpo. Acaba de mostrar o quanto é refém de uma censura sobre aquilo que há de mais banal. No entanto, sequer nota a violenta vileza dos seus atos. Para você o corpo é vil, mesmo sendo sagrado, e a alma é esperta, ainda que seja vil. Os dias que se seguem o ajudarão a compreender... Conzenza, solte-o, leve-o e acomode-o...

Ela atendeu. Soltou as algemas. Os pulsos estavam roxos, os cortes, mesmo superficiais, ardiam muito, Conzenza os massageou, ajudou-o a levantar-se, ele mal ficava em pé, ela o apoiou, indicando que se dirigisse para uma segunda porta.

...

Era um quarto, ou melhor, uma suíte. Sem janelas, só paredes, uma boa cama, uma pequena mesa com quatro cadeiras, uma cesta de frutas, um banheiro conjugado. A julgar pelo ar, estranhamente pesado, parecia um subsolo, uma caverna. O ambiente era de hotel. Conzenza abriu o frigobar e o mostrou a ele, disse que o café da manhã seria servido em duas horas.

Ele poderia tomar banho; havia algumas roupas penduradas nos cabides. Conzenza deu-lhe um envelope para que colocasse seus pertences pessoais, disse que ficariam com ele, o celular fora tomado no sequestro. O isolamento era total. A única particularidade, assustadora a ponto de ser notada de imediato mas considerada em último lugar, dado o pavor, era que todas as paredes da suíte eram espelhos, inclusive o teto e o chão.

Conzenza lhe avisou que voltaria em poucas horas e o deixou só.

Tomar um banho foi um alívio. Apesar dos espelhos, realmente infernais, o chuveiro era bom. Vestiu uma das roupas, o tamanho era exato. "Eles me conhecem!", ele pensou. Havia frutas sobre a mesa, refrigerantes no frigobar. Os espelhos produziam um ruído visual insuportável. Era estranho e cruel que alguém se dedicasse a preparar um ambiente, em detalhes, tão capaz de perturbar seu ocupante a ponto de desorientá-lo.

Tentando evitar as imagens refletidas, acostumar-se a elas o mais rápido possível, seu primeiro pensamento girou sobre a estranha incoerência entre a violência do rapto, a loucura do enigma e esse tratamento aparentemente respeitoso. "Truques!", pensou. Truques de sequestradores para quebrar as resistências e controlar o sequestrado. Rito de um psicopata imprevisível, disposto a enlouquecê-lo com alternâncias extremas. Gentilezas seguidas de humilhações, e vice-versa, até que algum desequilíbrio o tomasse por completo.

Lembrou-se de lavagens cerebrais: levar a mente à tal exaustão que o juízo, deprimido, não anima nem o discurso nem os atos. As ideias se dissolvem, os elos que ligam as associações se rompem, as cadeias mentais evaporam, o ego cinde, já sem qualquer integração.

Conzenza interrompeu as conjecturas. Bateu à porta, entrou e disse:

– Boa notícia! O Vulto mudou os planos, o primeiro dia será de descanso. Só depois de amanhã, pontualmente ao meio-dia, terminará o primeiro prazo. Ele considerou necessária sua adaptação e me disse que negá-la seria descortês.

O Deputado arriscou-se a intervir:

– Mas esses espelhos, a velocidade com que o Vulto fala, esse turbilhão de informações, a humilhação que acabo de viver naquela cadeira insuportável, eu estou completamente zonzo...

– Essa é a razão de o Vulto me escolher para apoiá-lo. Eu tenho um poder muito particular, começou desde criança. Sou capaz de ler os pensamentos. Com esse dote, eu sou a hipótese de união entre o pensamento, a fala e os atos. Vejo a ponte entre o pensamento e a linguagem. Eu vejo a intimidade como você vê as paisagens. Por exemplo, você pensava em lavagem cerebral. Está se sentindo muito mal com os espelhos. Oscila entre o pavor e a raiva... É justamente esse o exercício a que o Vulto se refere, ele vai interrogá-lo muitas vezes, e usar a mim para ler a coerência entre o que você pensa e o que você fala. Má notícia, deputado, não é possível mentir na minha presença sem que eu veja. Mas procure consolar-se pensando que na ausência de consciência coletiva e de contratos confiáveis somos torturadores uns dos outros. Você está colhendo o que semeou.

– Desculpe-me! Eu sei que não estou em condições de reclamar, mas tortura é esta situação em que me encontro. Isto é injusto. Afinal, já que você oferece apoio, e eu preciso, aqui entre nós, quanto é o resgate? Quando minha família será contatada? Quando começará a negociação? Quanto ele quer?

– Deputado, não há resgate! O que há é um laboratório de investigação sobre a tortura coletiva produzida pela ruptura entre a verdade, o pensamento, a fala e os atos. A quebra da confiança pela traição proposital aos liames da consciência. O uso das palavras para dissimular a má intenção, trair o pensamento, seduzir a boa-fé...

– Mas... tudo isso se traduz em algo prático. Ao final, é um valor...

– O valor não é financeiro, deputado. É moral, ético; para alguns, é religioso. É bem simples, deveria ser trivial, mas foi esquecido. Relaciona-se com valores para você já longínquos, como honra, dignidade, sentimento de justiça, responsabilidade pela culpa. Minha função é situá-lo na lógica de uma pedagogia: o experimento. Você deveria representar os interesses daqueles que o elegeram, deveria criar as leis que a sociedade seguirá, deveria responsabilizar-se totalmente para que essas leis funcionassem a contento, fossem aplicáveis, libertassem a sociedade para sua prosperidade, para o fluxo da vida... mas o que temos é o oposto. Pior ainda, o povo culpa os presidentes, os ministros, os juízes, que certamente têm os seus defeitos próprios, em especial a ignorância, mas os legisladores, dado o número, acabam esquecidos logo após as eleições e seguem incompetentes, com desculpas infindáveis, tratando apenas e somente de si mesmos. Não se sinta injustiçado. O experimento atingirá todos os outros: senadores e juízes, secretários e ministros, chegará até mesmo ao topo, certamente chegará aos executivos superiores das empresas privadas, igualmente precários, ou porque imorais, ou porque incompetentes, já que nos critérios a que se chegou não parece possível ser competente sendo ético. A causa parece bem mapeada e permite uma previsão macabra. A capacidade que tem o cínico sofista de levar à violência os honestos exauridos é historicamente conhecida. Um dia os exauridos gritarão. Uma das formas desse grito é violenta e sanguinária. A partir de agora ela será objeto de trabalho educativo. Você compreendeu que a tal lavagem cerebral que cogitou é apenas a sua oportunidade de rever a ética perdida e levar os outros em consideração?

— Isso é irreal! Essas relações são absurdas. Veja a posição em que me colocam... Eu sou um representante do povo, um legislador legitimado pelo voto popular, há uma Constituição que me protege, tenho isenções parlamentares, influência, relações... O que vocês estão fazendo é submeter um legítimo representante da nação a...

— Você se colocou nessa posição desonrando virtudes com seus cínicos ardis. Quer os benefícios sem os deveres. Essa é uma conversa de crianças. É preciso honrar o cargo, deputado! É tão possível que a maioria das pessoas vive assim! Preste atenção! É tão óbvio que até para mim, tolerante e flexível, chega a ser muito irritante. Palavra por palavra: levar os outros em consideração! Cuidar de quem você prometeu cuidar! Respeitar os silenciosos, levar em conta os atributos tributados, deixar de pensar somente em si, nos parceiros, no partido. Pensar maior, maior de fato. Em vez de se esmerar como o grande senhor do cinismo, facilitar o fluxo econômico, reduzir o esmagamento, enfim, exercer o papel que sempre se esperou que exercesse. Qual é o mistério?

— O mistério? O mistério é esta forma violenta, este modo absurdo, o mistério é o que fará o Vulto comigo? O mistério é esse enigma aparentemente sem sentido. E se eu nada fizer, se eu me recusar, se eu não conseguir? Fale comigo, sejamos claros e diretos, o que e quanto vocês querem?

— Deputado, é muito cansativo ter que lhe dizer algo tão primário, tão evidente. Preste atenção nestas palavras, uma a uma, e todas juntas, tão consagradas pela história: fluxo, trabalho, liberdade, facilitação, provimento, presunção de honestidade, proteção ao cooperativismo, boa-fé, senso de urgência, endereçamento de responsabilidades, decisão, coragem, proteção efetiva ao cidadão, sincronização legislativa com os novos hábitos socioculturais. Estas palavras, que já se tornaram quase clichê nos editoriais de jornais, nas críticas cotidianas, nas reivindicações de grupos civis, fazem algum sentido para você, deputado?

Conzenza era firme, nada ameaçadora. Ela olhava bem nos olhos do Deputado deixando transparecer um incrível e raro dom: ler os pensamentos! Conzenza sabia antes da fala o que se passava nas ideias. Ela habitava essa região entre os pensares e os falares. Conseguia pensar sem as palavras, e a ausência de consciência produzia falas sem ideias. Pelo bem e pelo mal, um grande poder e um raro dom!

Ansioso, exausto, ao mesmo tempo irritado, oscilando entre reagir de forma mais agressiva, poderia funcionar, ou apresentar-se mais cordato, poderia funcionar, não vendo a hora de descansar e refazer-se, apavorado com os espelhos, estranhando tudo à volta, ainda temendo mas buscando situar-se, o Deputado desistiu de resistir, pelo menos por enquanto, e arriscou uma nova linha:

– Eu compreendi. Mas se eu puder dizer alguma coisa, até agora só escutei, a realidade não é tão simples. A política, em minúsculas, não é a Política, em maiúscula. Só peço que não me torturem injustamente. Espero que vocês sejam tão justos quanto a justiça que procuram. Eu também a procuro, acredite que sempre procurei, mas...

– Procura mesmo, deputado? O Enigma da Caixa envolve questões de alta complexidade. Muita sutileza é necessária, além de sensibilidade ética e um alicerce moral confiável.

Creia que é, sim, um desafio pedagógico, e pode ser muito ilustrativo. O povo sabe a resposta para o Enigma da Caixa. Você não! O povo conhece o sofrimento cotidiano, a obstrução. Você não! O que falta para você resolver o enigma? A violência? A consciência pelo discurso? Pela piedade? Pela compaixão? O Vulto insiste em dizer que você só perceberá quando sofrer, e sofrer muito. Outros dizem que nem sofrendo muito você mudará a sua atitude, os seus valores, os seus hábitos. Dizem que é sistêmico, estrutural de uma cultura, chamam essa loucura de cultura. Eu, Conzenza, argumentando a seu favor, e contra o Vulto, sustento que não, que é possível transformar. Sou uma idiota, deputado? Você tem uma opinião?

O Deputado escolheu o pior caminho. Era o esperado. Para sua leitura da situação, as metáforas, que se tornariam fatos, indicavam claramente a pior hipótese: ele agora estava nas mãos não de um, mas de dois loucos perigosos. "Eles iriam torturá-lo mentalmente com os clássicos papéis do bonzinho e do malvado, e logo mais inverteriam", pensou ele. Enfática, Conzenza prosseguiu:

– Se você duvida que eu leia os pensamentos, e possa inferir as intenções, então escute agora. Aqui não há nenhum psicopata, que dirá dois. O único sociopata aqui é você mesmo. O Vulto é um silencioso produtivo, apenas cidadão, por sinal de boa índole, já exaurido pelo seu crônico egoísmo, sempre omisso, deputado, acorde! Você se encontra em meio à gente séria. Aqui, sua situação não é poderosa, tampouco confortável. Ninguém irá alternar papéis de bonzinho e de malvado para torturá-lo com lavagens cerebrais. A sua doença não é lavável. Estamos aqui para investigar essa hipótese. Talvez haja uma esperança. Mostre-a! Repetirei a mesma coisa várias vezes. Não porque goste, é a minha função. Quando não compreendida, a consciência martela até ser banida. O Vulto irá fazê-lo viver o que provoca. As horas voam. Você tem uma questão a resolver.

– Eu acho que entendi. Deixe-me descansar agora, estou exausto – respondeu o Deputado, intimamente convicto de que era um jogo e de que precisava ganhar tempo. "Eles o estavam torturando mentalmente para aumentar o tamanho do resgate", concluiu em seu silêncio, e arriscou uma vez mais:

– O que fará o Vulto se eu não resolver o enigma? Irá me matar? Achando que escapará depois? Considere que eu não sou tão ingênuo e inexperiente. Política é negociação, e posso ser um bom negociador. Ninguém faria tudo isso para terminar em silêncio e mistério. Qual é o jogo?

– Não é um jogo, deputado. Não há negociação, seu resgate é a sua resposta. Nós estamos dentro das rochas, muitos metros abaixo do solo, num laboratório ético de flexibilidades morais limitadas. O que aqui se passa é um experimento psicológico com interesse político e possíveis repercussões sociais. Uma pesquisa. Exaustos mesmo estamos nós. Não há intenção de valorizar o seu resgate, não há resgate. A péssima notícia, deputado, é que o Vulto chegou à conclusão de que não é possível combater o cinismo sem usar a violência. Nenhuma sociedade conseguiu. Todas as sociopolíticas que prosperaram econômica e moralmente, sem exceção histórica, tiveram que dar um basta violento ao cinismo sem limites. E aqui chegamos. O cinismo da sua corja excedeu qualquer limite tolerável. Trarei o seu café. Descanse agora, e dedique ao enigma toda a energia que puder. O Vulto não está brincando! Essa caverna não é somente um cativeiro, é um laboratório psicológico que se aventura na difícil confluência entre a psicologia, a psiquiatria, a filosofia moral

e a ética na política. Existe gente séria e honesta, deputado. Existe! Muita! Você deveria nos ter em mais alta consideração.
O Deputado impediu a saída de Conzenza:
— Um minuto, por favor, preciso muito...
— Diga...
— Alguém foi avisado? Disseram que estou vivo? Exigiram alguma coisa?
— Não, deputado! Isso não é necessário. Não somos sequestradores em busca de resgates. Nosso intuito é a solução. Ninguém foi avisado, e nem será...
— Mas e os meus filhos, minha família? O que fará o Vulto para que isso fique conhecido? Para que tenha algum efeito? Ele quer divulgação? Ou não teria sentido.
— Caso você não resolva o enigma, o Vulto irá matá-lo aqui mesmo. Ele ligará os detonadores das bombas já instaladas poucas horas antes do final do seu prazo, e diz que morrerá abraçado com você. Mas não se preocupe com o castigo na outra vida reservado aos suicidas, o Vulto não é covarde, o suicida será ele, você morrerá como uma vítima. Ao tentar viver como uma vítima extorsiva, não foi isso que você sempre procurou? Caso você não resolva o enigma, o Vulto quer que esse subsolo imploda, encerrado em si mesmo para sempre, como um útero que abortou absorvendo o próprio feto demoníaco... Nada saiu, e o mal ficou...
— Você virá conosco? — tentou ironizar o Deputado com um sorriso de soslaio, embora sua voz fosse de medo.
— Ninguém saberá! Todos sabem que eu transcendo, esse corpo que lhe olha não existe, é uma ilusão dos seus sentidos. Não importa o saco de pele que eu habite, ou o cérebro do qual eu sou produto, eu sempre estou por toda parte... Quanto a você, eu imagino que já o estejam procurando. Talvez não.

Eu não sei, nem saberei. Você fica muito tempo ausente? Dá notícias? Pergunta por seus filhos? Cuida da sua esposa? Tem pais velhos? Tem sobrinhos dos quais você lembra o aniversário? Nós nada diremos, a ninguém. Nosso único interesse é você mesmo, suas ideias, seus valores, sua conduta. Toda a questão está em suas mãos. Resolva o enigma e será libertado brevemente.

– E se eu não conseguir? – insistiu irritantemente o Deputado.

Buscando ser paciente, Conzenza olhou vagamente para as paredes espelhadas.

– Ninguém saberá o que aconteceu. Será dado por desaparecido e, por sinal, as leis, as leis e a cruel burocracia sobre os prazos das famílias que sofrem por seus entes perdidos, serão aplicadas ao seu caso. Já pensou alguma vez em atualizá-las? Reformá-las?

Conzenza falava com acidez. Ele notou, e mesmo assim procurou sensibilizá-la. Ele não tinha outra saída.

– E esses espelhos? Eu acho que não conseguirei me concentrar o suficiente.

– Então olhe para si mesmo, e se concentre o insuficiente. Talvez baste! Para um cínico, a insuficiência sempre parece suficiente. As evasivas, infinitas. A realidade, tão mais prática. Os cínicos enxergam as coisas como são, não como deveriam ser! Os antigos citas cegavam os cínicos para que pudessem ver. Cegos, diziam, quem sabe os cínicos poderiam ver o mundo em seus potenciais de vir a ser. Na escuridão, uma esperança de renovação. O Vulto pensou em fazer algo semelhante aos citas, cegá-lo e investigar o que você veria. A ideia dos dedos é minha, não é preciso agradecer. Vocês, os cínicos, de fato veem o que é! O problema é que só veem o que é, e nada mais. Pragmáticos, sem princípios, nem ideais, apenas ardis a serviço de uma única finalidade. Agora você está pensando em seduzir-me com sentimentos falsos, preparando o terreno para insistir na única coisa que aprendeu a valorizar: dinheiro! Um resgate em dinheiro! Aliás, dinheiro não é problema, não é mesmo? Dinheiro sobra. Principalmente quando é usurpado dos outros. Você sequestrou muito dinheiro, deputado, mas o dinheiro não poderá recolocá-lo em sua família. Não há resgate! Pelo contrário, o Vulto pagaria bastante para ficar livre de você e dos escroques que o rodeiam. O que existe é uma pesquisa. O experimento relaciona consciência, linguagem, psicologia, ética, política, e reflete sobre os atos. Posso incluir a psicopatologia, e a psiquiatria, e a fisiologia dos dejetos, inclusive os dejetos mentais. Talvez o Vulto inclua a criminologia.

O Deputado pareceu ignorar, e insistiu:

– Por que os espelhos parecem distintos entre si? Alguns novos, outros velhos, amarelados, distorcendo as imagens que refletem. Isso piora muito a sensação.

Conzenza assumiu um tom de voz assustador:

– Foi por saber que as imagens habitam os espelhos que o Vulto fez questão de justapor espelhos antigos e novos. As imagens sobrevivem dentro deles. São memórias. Um espelho guarda a memória de toda imagem que o habitou. Se o espelho é velho, essas imagens são centenárias. Posso vê-las. Não apenas os humanos observam, não apenas os humanos têm memória. Há observadores não humanos que nos olham o tempo todo, e se lembram. Alguns habitam o fundo negro dos espelhos. Nada tema! Você dormirá muito bem acompanhado, deputado.

Buscando a todo custo desviar sua atenção do crescente mal-estar que as palavras de Conzenza evocavam nele, mais uma vez o Deputado tentou ignorar:

— Você conhece o Vulto há muito tempo? Ele é de fato uma pessoa violenta?

— Eu não deveria responder para não confundi-lo, mas vou responder. Eu o conheço desde sempre. Ele nunca foi uma pessoa violenta. Ao contrário, o Vulto é sensível, gentil, culto, elegante, estudioso... poderia ser considerado até mesmo refinado. Mas enlouqueceu por ódio justificado, e eu com ele — respondeu Conzenza ainda num tom sombrio.

O Deputado apoiou a cabeça nas mãos demonstrando exaustão, coçou os olhos, tentou livrar-se das imagens espelhadas que, em miríades, se repetiam em sua mente e suspirou:

— Eu estou muito confuso. O problema não tem a menor lógica, na verdade é um absurdo. Assim eu não conseguirei pensar. Acho que não resolverei. Há também meu mal-estar por ninguém saber onde me encontro, o que ocorreu. E ainda esse pavor dos dedos, e você fala que o intuito era cegar-me — ele engoliu em seco. — Você acha que ele será capaz?

Não tenho dúvida! O Vulto fará exatamente o que falou. Aliás, falar e fazer, dizer e agir como anunciado é a essência ética do Vulto. Ele odeia quem fratura a relação entre os atos e as palavras. Ele é muito flexível quanto aos sentimentos, ele sabe que os sentimentos são autônomos e que, mesmo as coisas boas, nós não as sentimos de propósito, elas surgem por si mesmas. Quanto aos pensamentos, ele é em parte flexível, por saber que há uma parcela do pensar que também é muito autônoma, mas, quando se trata de falar e de fazer, o Vulto é de um rigor que chega a ser cruel. Ele alega a intolerância argumentando que aí há escolha e a associa inteiramente à noção de responsabilidade contratual, para ele, o fundamento da cultura social. O humanismo do Vulto é bem fácil de entender, embora difícil praticar; ninguém pode ser culpado por ser aquilo que não poderia deixar de ser; nem pelo que sente, porque sentimentos são autônomos; nem por uma boa parte do que pensa, porque o pensar tem parte autônoma; mas é pelo que fala e pelo que faz, pela congruência entre as instâncias que é julgada a responsabilidade social de todos nós.

Conzenza olhou-o com frieza, a pressão era intensíssima, o Deputado estava pálido, considerando o início da resposta – o Vulto fará exatamente o que falou! – e tendo ouvido, como sempre, somente aquilo que o interessava da narrativa de Conzenza. Então o Deputado enveredou pelo único caminho conhecido:

– Mas se o Vulto acha que ninguém pode ser culpado por ser aquilo que não poderia deixar de ser, e se eu, como dizem vocês, sou um cínico, mesmo que execrável, então ou o Vulto está sendo incoerente, ou eu também não poderia ser submetido.

– O problema é se você pode não ser! – cortou Conzenza, e continuou: – Esse é o assunto investigado. Você compreendeu perfeitamente o experimento. Parabéns, deputado! Finalmente! A sua pergunta sobre a coerência do Vulto gera em mim uma pergunta a seu respeito: você concorda que é um cínico? Vou mais longe. Um cínico que se confessa cínico deixa de ser cínico? O cínico que nega o próprio cinismo é mais autenticamente cínico? Negar, negar, negar, deputado, eis uma profissão muito lucrativa, para poucos, e muito destrutiva, para muitos, exatamente ao mesmo tempo.

Era o esperado. O Deputado se esquivou:

– É como eu disse, eu não tenho condições de pensar, não me surgem as hipóteses, as perguntas não fazem o menor sentido, estou me sentindo muito mal, parece que tudo em volta é muito estranho, esse estranho estranhamento está aumentando, tenho a sensação de que vou morrer, acho que é medo, tenho a sensação de estar sonhando.

– Infelizmente não está! Se isso fosse simplesmente um pesadelo, um conto fantástico, se fosse um livro, se fôssemos apenas personagens... Mas não somos, deputado. Isto, aqui, agora, embora seja apavorante, é verdadeiro. Você estranha tudo à sua volta, mas realmente chegamos a este ponto. Parece mentira. Isso tudo é realidade, inclusive a sua sensação de que vai morrer. Ela é saudável e realista, deputado! Você de fato vai morrer, caso não resolva...

– Por que vocês imaginaram esse tal experimento? Por que eu?

– Por causa de uma antiga discussão entre nós, o Vulto e eu. Uma discussão psicológica e moral, política e social, envolvendo a relação entre os atos e a linguagem, envolvendo a ética no uso da razão e do argumento. Pela esperança de que você resolva o enigma. Para trazer à superfície um problema sempre oculto no descaso, tomado como trivial, banal, quando é a própria desgraça residente e bem instalada. Pela possibilidade de alguma transformação, aliás mais do que urgente. Vejamos se você está por aqui mesmo, ou está voando. Qual é a consciência, a aprendizagem, que o Vulto espera que você retire dessa situação?

– Como assim?

Conzenza suspirou desanimada:

– Como assim "como assim"? – olhou indagativa.

– Eu estou zonzo, não consigo nem falar, acredite que nem sei o que acaba de dizer. Ouço e não escuto, parece tudo estranho. Até o meu próprio olhar parece estranho para mim. Olho no espelho e não parece eu, é horrível...

– Acredito! É o seu modelo mental, cristalizado, o seu cárcere privado, a reserva de mercado dos parceiros. Eu perguntei o que você acha que o Vulto quer que você aprenda. Sendo direta e objetiva, para ficar fácil até para você, estávamos falando da pedagogia da amputação.

– Mas que absurdo! Que palavras violentas!

– De quantos milhões de pessoas as suas leis, tão anacrônicas, cortam os dedos? E a burocracia? Os processos sem fim? Não é uma amputação? Não é absurdo? Os capazes, a força produtiva, não perderam apenas dedos, já não têm nem mesmo as mãos.

O Deputado fitou-a admirado. Conzenza pontuou:

– Esse brilho nos seus olhos! Há quanto tempo não o mostra?

– Você deve estar brincando. Mas que brilho? Se o que sinto é horrível, e não importa, afinal, quanto me resta de vida... Quanto custa, ou custará, essa loucura? Será que eu estou sonhando? Nunca tive um pesadelo assim...

– Você está acordado, deputado. Finja que é criança e se belisque. Isso não é um sequestro, é uma pesquisa.

– Mas é de rir, ou de chorar. Se isso não é um sequestro, o que é então?

– É uma devolutiva. O Vulto até chegou a se referir ao experimento como um poema sobre a relação entre a verdade e a confiança, mediadas pela coerência entre as palavras e as ações.

– Eu não desapareço com pessoas, e nem as apavoro ameaçando mutilá-las. Uma coisa é a política, outra é a tirania. Para o Vulto, a tortura é uma poesia? Eu não sequestro pessoas.

– O Vulto considerou escrever alguns poemas sobre os ritos da amputação. Comentou que iria chamá-los "Em Vermelho". Mas você faz pior! Fingindo que não sabe, que não vê, você vai se esgueirando por acertos desonestos, vai tratando só de si enquanto diz tratar de todos... vai, sim, senhor, amputando os dedos pela estrada, impedindo seus alcances, você amputa a clareza, a transparência, a simplicidade resolutiva, a velocidade que a vida demanda e necessita... Pior ainda, você amputa não os dedos, mas as mãos, os próprios braços, de milhões, ao não cumprir o que promete: leis melhores, e mais rápidas, e mais ágeis, facilitadoras do fluxo da vida. É tão difícil assim? O Vulto vê poética em política. Eu não o aconselho a discordar. Isso vai enfurecê-lo mais ainda.

– E o que tem isso a ver com a caixa?

– Eu fico impressionada como a desonestidade, ao enriquecê-lo, torna um homem tão idiota. E pensar no que você já foi, ou poderia ter sido. É claro que isso tem tudo a ver com a caixa! Mas já sei! Quando colocado nas mesmas condições nas quais coloca a todos, o mau político é incapaz de raciocinar. E os outros? Como ficam? Esses só existem nas eleições?

– De qualquer maneira, isso não é maneira. Essa situação é um absurdo.

– Esse é o problema, deputado, o bem que o abençoa é sempre pouco, o mal que o aflige é sempre importantíssimo. Quanto aos outros, a sua opinião funciona ao contrário. Pobre de você! – ironizou Conzenza, e completou: – Devo deixá-lo agora. Logo será meio-dia, e você nada fez, nem descansou. Veja como a sua vida continua exatamente igual a de sempre.

– Como eu saberei que a resposta que eu der coincidirá com aquela que vocês consideram correta?

Conzenza abriu o guarda-roupa, mostrou um cofre; diferente do usual, ele tinha na porta não um, mas dois teclados de digitação. Abriu sua bolsa, retirou um envelope e uma caneta.

– Este cofre tem dois teclados que gravam senhas de cinco dígitos. Este envelope contém as respostas já assinadas pelo Vulto. Eu vou abrir o envelope, colocar as folhas sobre a mesa com as respostas voltadas para baixo e você irá assinar nas costas em branco das duas folhas. Colocarei de volta no envelope, que será colado na sua frente, e guardaremos neste cofre. Você digita a sua senha e a confirma, sem que eu veja. Eu digito a minha, sem que a veja. E me parece garantida a resposta à sua pergunta. Compreendeu?

– Mas... e quanto à exatidão da minha resposta? As palavras que aí estão, e as que usarei.

– O julgamento será pelo sentido, não pelas palavras. Aliás, você é um especialista nesse assunto, pena que ao contrário, você distorce o sentido usando as palavras, é a sua grande arte. Se o Vulto aqui estivesse, ele iria agredi-lo dizendo que você não acredita no sentido, na intenção, e o que faz, o tempo todo, é usar as palavras sem o sentido íntimo que exprimem. Para você, palavras são vitrines, não verdades. Sabendo quem é você, eu compreendo a sua pergunta. Fique tranquilo. Aqui conosco, o sentido revelado nas palavras tem mais importância do que as palavras que o revelam. É nos intervalos entre as palavras que se diz bastante coisa. Interpretar as intenções traz o sentido. Ocultar a intenção com as palavras o destrói. É o silêncio que estima e infere as intenções que se contratam. Mas os cínicos manobram as palavras de modo a impedir essa inferência. O povo chama a isso de tapear...

– E quais seriam as situações nas quais as palavras têm mais importância que o sentido? – perguntou o Deputado tentando provocar Conzenza.

– É a poesia, é o estilo, procurando construção e encantamento! Enganou-se, deputado. Não são somente os cínicos que utilizam as palavras para além dos sentidos que pretendem. Essa é a forma vil. É a sua maneira. Mas é possível celebrar a beleza das palavras para além do que pretendem também em outras ocasiões. Aliás, a ira do Vulto não se restringe ao uso

ardiloso das palavras somente nos cínicos negócios da política. Há um ódio maior. Eu diria que até com mais razão.
– E qual seria? – se surpreendeu de novo o Deputado.
– É a revolta, compreensível, de todos os que têm as palavras em alta consideração. Os jornalistas, os escritores, os poetas, os oradores, os professores, os autores, enfim, deputado, todos os profissionais da palavra, que a consideram honestamente e necessitam que a respeitem.
– Bem, nesse caso, eu sou um deles. Um deputado eleito legalmente, um profissional da palavra que a considera honestamente.
– Então que ótimo! É exatamente o que veremos nesses dias. Se você de fato é um deles, o Enigma da Caixa não é problema.
O Deputado defendeu-se num clichê enfadonho:
– Qualquer cidadão cordial por natureza, de boa índole, gentil e justo, jamais aprovaria tamanha violência.
Conzenza foi enfática:
– Pois é por temer que essa cordialidade esteja acabando por saturação, por ver que o ódio surge e cresce em toda parte, provocado pelas barbaridades sem limite a que vocês chegaram, que o Vulto e eu denunciamos a exaustão dos que sustentam o país, propondo frear os parasitas, os falsos humanistas da sua laia, os hipócritas da fraternidade que nunca produziram nada senão oratória mentirosa. Intrometidos no intervalo das relações entre provedores e providos, arvoraram-se em salvadores justiceiros, quando não passavam de impostores. Nada criaram senão dor e desencanto, em mais um exemplo vergonhoso para a história.
– Nada? Nada? Nenhum reconhecimento de nada que se tenha feito de bom?

– Insuportavelmente pouco ante o possível, daí irrisório. Boas intenções em muitos, dedicação em muitos, mas os lideres destruíram tudo, devorando na gula do egoísmo o que existia. Repetindo o eterno mito, o pai comeu os filhos que gerou. Se soubessem, esses filhos o teriam liquidado antes do horror. Que o façam agora! Liquidem com ele agora! Redimam-se, nem que seja em parte, ou serão vistos como cúmplices covardes, não como fiéis enganados. Os bons bandidos guardam ética entre si, mas não os maus. Até como bandidos vocês são incompetentes, deputado. Com isso as traições estão abertas. Babem acidez uns sobre os outros, e se comam mutuamente. É o que restou da delicada flor vermelha, sem o martelo, com a foice e sem o trigo. A história é velha e repetiu-se em toda parte, rigorosamente da mesma maneira. Usem a foice nas recíprocas gargantas, e bebam o sangue uns dos outros.

– Covardia é me humilhar na condição em que eu estou – ousou o Deputado.

Conzenza o acolheu:

– Você não fez por merecer algo melhor. Mas paro aqui.

A disposição estava clara. O Deputado concordou com a solução, e assim fizeram. O Deputado assinou nas costas das respostas. Conzenza lacrou o envelope, cada um digitou sua própria senha, o envelope foi guardado. Conzenza se foi.

Acompanhado por mil imagens de si mesmo, além das memórias dos espectros que cada espelho guarda em si, o Deputado ficou só.

...

Lavou o rosto, olhou-se tentando enfrentar aquele horrível estranhamento de si mesmo. Ele era mil, milhares, tendendo, diminuto, aos milhões. A sensação de medo e morte só aumentava, preocupou-se com sua velha hipertensão, temeu um infarto, por um instante desejou-o, procurou respirar fundo em busca de algum relaxamento, deitou-se. Tentando fugir, fechou os olhos.

Sua memória regrediu aos anos da engenharia, ao mestrado em administração, retornou aos seus anos como professor em cursinhos vestibulares, ao início da carreira em pequenas empreiteiras, passou pela infância, saltou cenas misturadas pelo tempo, seu início como gerente de obras, analista de projetos, até suas primeiras experiências como negociador técnico, depois lobista, depois as pressões para que abraçasse uma oportunidade política que surgiu casualmente, a primeira derrota eleitoral, a primeira vitória eleitoral, a adaptação aos ritos parlamentares, os novos códigos, reunindo ambições moralmente razoáveis, depois o compromisso com o partido, os pactos que com o tempo se desdobraram em poder, e com o poder veio a ganância, no início tímida, ainda em projetos razoáveis, que logo se desdobraram em oportunismo desrazoável, na vertiginosa escalada com que os parceiros, pouco a pouco, se influenciam mutuamente, a ponto de perderem na ganância ilimitada as mais elementares precauções.

De repente, passou por sua cabeça que a situação em que se encontrava poderia ser real. Existem loucos para tudo. Considerou que o tal enigma poderia ser de fato o experimento, e referir-se à questão da coerência. Descartou. Considerou uma hipótese mais objetiva. Se essa história fosse verdadeira, se realmente houvesse uma questão e uma resposta, qual seria?

Talvez uma resposta abstrata, conceitual, quântica, maluca, um experimento mental de físicos teóricos, mas para isso precisaria ter melhor noção das ideias do Vulto, da sua formação, do seu funcionamento mental, ele não parecia um físico, nem um psicólogo, dizia-se empresário, parecia mais um perturbado, bem, os físicos, em especial os teóricos radicais, frequentemente parecem perturbados, e são mesmo, pensou rindo, apesar do pavor. Por outro lado, uma solução apenas simbólica seria perigosa; além de tudo, ele se sentiria mais seguro numa tentativa de resposta cuja matéria dominasse melhor. Se houvesse solução, e ele não estivesse somente em mãos cruéis, poderia ser a resultante de uma integral multivariável de alguns elementos iniciais. Mas quais?

Tentou lembrar-se dos seus tempos de professor. O tempo, o espaço, a cadeia de contiguidades do universo ordenado, a cadeia reversa do tempo invertido, a entropia, as coincidências do universo casual, e não causal? Tal equação deveria restringir-se a elementos matemáticos que buscassem espelhar fatos reais? Mesmo que jogando com extremos: tempo zero, espaço nulo, onde tudo parece disponível no mesmo instante, e a chave estivesse "fora/dentro"? Ou "dentro/fora"? E os conceitos de "dentro" e de "fora" desaparecessem por completo, absorvidos por uma atitude mental anterior à sua existência? Uma realidade em que opostos coexistem porque ainda não se dividiram! "Ou... ou", formando um "E", antes que fossem divididos pela mente com o auxílio das palavras.

Era a primeira vez que conseguia se concentrar. Conjecturava racionalmente. Não acreditava numa intuição subjetiva. Buscava a solução nos recorrentes vícios da razão. Afinal, era com os vícios da razão, a serviço dos vícios da retórica, que ele construíra sua oratória, que o levou aonde o levou, e também o trouxera ali. Enquanto recordava, ele mantinha os olhos fechados, protegendo-os das imagens. Depois, sentou-se e aprendeu a manter os olhos fixos na mesa, mas o tampo era um espelho, e as imagens, em toda a volta, pareciam entrar por sua visão periférica e exaurir qualquer concentração. "Ao menos os objetos não são espelhados", pensou. O tampo da mesa, a colcha da cama, o seu próprio corpo, as suas roupas constituíam um refúgio de realidade para o seu olhar que se perdia em tudo o mais: imagens infinitas dispersando-se num espaço inexistente.

Ponderou o quanto sua vida havia se reduzido a relações, menos ainda, relações primárias de interesse, interesses cada vez mais objetivos, retirando pouco a pouco todos os elos da cadeia de valores, até que o dinheiro, o dinheiro em quantidade, o dinheiro em imensa quantidade, inicialmente considerado um meio, havia se tornado um fim; um fim em si, sob o patético argumento de uma corrupção justificada por motivos mais nobres, a segurança do partido, a manutenção do poder, o financiamento das campanhas, as vitórias todas para, ao final, progressivamente, ver perdida a nobreza das razões na vileza das finalidades.

Passando por todos esses pensamentos sem a mínima emoção, sem consideração moral alguma sobre a efetividade objetiva, ele revisitou os malabarismos retóricos com os quais recentemente mais lidava.

Um deles era a tentativa de atribuir a corrupção somente aos empresários, à iniciativa privada, condenar o capitalismo como egoísta, como concentrador de renda, como vil e rapinante, afastando a burocracia, as obstruções, a indecisão, a total incapacidade do governo de cumprir a sua obrigação de governar através de incentivos e permissões. Enfim, descartadas as ideologias, com suas farsas irritantes, os mesmos truques atenienses, os mesmos ardis romanos da decadência. Os mesmos temas bizantinos, medievais, renascentistas, barrocos e românticos, milênios sem modernidade alguma, só mais do mesmo, o mesmo humano milenar, os mesmos vícios seculares escarnecendo as mesmas virtudes temporais. Por que o cinismo vara os séculos? Seria uma virtude e não um vício? Seriam os dois ao mesmo tempo? Como sempre, começar por evadir-se, sair dos assuntos centrais, tirar da pauta invocando novos temas, atribuindo a eles importância maior. Falava-se, por exemplo, em "despolitização da política". Segundo esse "grave erro", todos estavam confundindo os interesses econômicos de vertente empresarial com os nobres interesses da melhor política, a arte de negociar as distintas representações colocando-as a serviço do "bem comum", dos "novos direitos fundamentais", que surgiam às dezenas. Só faltava justificar o sistema de corrupção dos agentes públicos pela tentação neles provocada pelos empresários – pobres dos políticos – ou, em manobra mais esperta, deslocava-se a questão para o tal sistema de financiamento de campanhas eleitorais. Este, sim, era o culpado! Jamais aqueles que o mantinham, certamente com a cumplicidade, senão com o protagonismo, dos agentes políticos em primeiro lugar. No entanto ele, o empresário funcionário deputado, calçava todos os sapatos, vestia todos os chapéus. Era vantagem. Mudar de papel a cada texto, a cada tema, nunca estando onde estava, jamais sendo o que era. Sempre "outro" era tirado da cartola que tantos coelhos habitavam, de vermelhos a dourados, de resolutivos a obscuros, lebres com caninos e com garras, ao lado de rapinantes inocentes, vitimados pelo horror do ambiente moral que ele mesmo alimentava e produzia, que ele mesmo mantinha e eternizava.

Foi lembrando a longa série de justificativas defensivas com as quais ele plenamente concordava a ponto de ajudar a construí-las que voltou a considerar o enigma e seguiu por esse novo rio de ideias, procurando um estuário.

Uma chave numa caixa? Que absurdo! O mesmo pensamento retornou: estaria a solução no vago mundo das abstrações inaplicáveis? Nesses conceitos contraintuitivos, que aprendemos sem apreender, como a relatividade? De qualquer forma, enquanto pensava, fibrilante, um fenômeno ocorria: ele se lembrava de que um dia fora lúcido, e culto o suficiente para pensar por si... mas se perdera!

Agora, naquele horrível cativeiro, ele parecia estimulado, senão mesmo obrigado, a rever as suas capacidades mais ausentes. Seria esse o Enigma da Caixa? Mais psicológico que físico? Mais moral que objetivo? Seria a própria aplicação objetiva da moral? A tal chave seria alguma coisa como a consciência de si mesmo? A caixa, como o eu; a chave, como o mundo? "Não! Não!", seguiu pensando. "Nem eu tenho esta tendência, digamos, filosófica, humanística. E nem esse tal Vulto, seja ele quem for, ou essa Conzenza. Eu sou apenas um lobista que se tornou político e aderiu à ideologia sem discutir se a conveniência veio antes ou depois. Sou mais um. Igual a tantos. Eu simplesmente jogo o jogo! Qual é o crime? Agora dois loucos me pegaram. O meu único recurso é o que melhor eu sei fazer: ganhar tempo até comprá-los! Vender-me de volta eles não querem, ou dizem por enquanto que não querem. Não há resgate! Que absurdo! Um sequestro sem resgate?! Um rapto sem preço não é um rapto. O que seria então?"

Incapaz de fixar premissas, escolhendo seus caminhos unicamente pelas finalidades – para isso foi treinado e a si treinou-se –, sem valores, estranhando até a si mesmo, ele tergiversava por fragmentos de memórias, conceitos abstratos, constructos teóricos recuperados das escolas, coisas velhas e difusas, e girava em círculos, exaurindo-se em bobagens tão sábias que não via; e em ideias, ali inúteis, nas quais firmemente acreditava. Para Conzenza e para o Vulto, apesar do pouco tempo, a cada hora que passava, uma convicção se confirmava. O Deputado estava perdido. Entre a iniciativa privada e a representação política, justo ele, que tanto poderia aprimorar os dois, a um e ao outro gravemente degradou. Ele era a síntese do pior com o pior, de dois mundos que, como esperado, poderiam ser muito melhores, mas, já sabiam os citas, os cínicos não lidam com os sonhos, eles são a realidade. Por isso ainda mais triste, irritante, assustador, o Deputado estava perdido, mas tinha poder. Um perdido com poder de representação, outorgado por milhares que nem mesmo se lembravam de que outorgaram; e porque ninguém mais se lembrava, era um poder que o próprio Deputado não assumia senão para proveito próprio, irresponsavelmente. Só nas campanhas se lembrava dos deveres. Suas promessas não eram compromissos, eram meios. Ainda pior, era um perdido com uma convicção absolutamente sólida, fixada em si por sua mais antiga ladainha – a natureza das coisas! "O que eu faço é somente repeti--las, não me cabe reformá-las, o meu maior poder consiste em adiar, por seduzir, e extrair, por saber como – ao mesmo tempo negar essa postura, negar veementemente a convicção com que eu escolho habilmente meus caminhos, esta é a maior arte, senão única. O interesse move o mundo. Essa é a arma, e é com ela que eu sairei daqui, como de tantas" – concluiu.

Assim pensando, o Deputado dissipou seu dia livre, caiu exausto por alguns momentos, acordou assustado com os espelhos, pensou ter visto espectros. No início da noite, exaurido pela tensão e pelo mal-estar, adormeceu e nem se lembrou do que sonhou; talvez soubesse a solução, mas a perdeu.

...

Conzenza não o acordou para o café. Já passava das 9h quando o Deputado deu-se conta de que restavam apenas três horas para que o primeiro prazo terminasse. Mas não! Lembrou-se. O Vulto havia mudado o prazo. Só no dia seguinte o primeiro dia se encerraria.

Ainda certo de que o Vulto pressionava apenas para revelar o valor do resgate, ele decidiu aguardar o meio-dia, e conferir o que viria.

...

III.

Razão e ódio

Eles puseram as suas mãos na minha vida inteira.
Que então ela se erga contra eles.

G. J. Danton

Conzenza chegou por volta das 10h. Ela escolheria os horários das sessões. Sim, sessões! Assim passariam a chamar os seus encontros, nos quais ela estudava o Deputado, ao mesmo tempo que procurava confortá-lo e incentivá-lo a resolver o enigma. O processo de infantilização do Deputado nessas primeiras horas era tão claro que poderia ser chamado regressivo. Mas eram termos técnicos que ele não dominava... Conzenza declarou o seu apoio, repetiu a natureza do seu papel e pediu que ele fizesse uma pergunta inicial. Maior clareza era impossível. O Deputado foi direto:
— Por que o Vulto tem tanto ódio?
— Ocorreu um fato.

– Qual?
– Um fato horrível.
– Horrível por quê?
– Porque foi um fato composto de três fatos.
– Que coincidiram?
– Sim! Eram três leis, as três absurdas.
– Absurdas em quê? E por quê?
– Foram derrubadas como inconstitucionais.
– Então o efeito se reverteu?
– Não deu tempo. A lentidão das decisões jurídicas não evitou o desastre patrimonial, e depois o desastre moral, e depois o desastre familiar, e por fim o desastre pessoal e psicológico, que tanto o fez sofrer.
– Que leis foram essas?
– Ele sabe os números de cor, de tanto que arcou com as consequências. O estrago é irreversível. Já não importa. O que fica é o experimento.
– Compreendo melhor agora. Essas leis têm algo a ver comigo?

Conzenza, com o semblante tenso e elevado pela impaciência, olhou fixamente para o Deputado:

– Você se lembra, nos seus diversos mandatos, de ter feito leis tão absurdas que depois foram consideradas inconstitucionais? De, além de roubar, ser corrompido e corromper, de ter irresponsavelmente colocado pessoas contributivas e trabalhadoras em situações de humilhação moral das quais você nunca teve ideia?

– Ninguém faz leis sozinho. Elas são aprovadas em votação, depois são encaminhadas ao Senado, são revistas, podem ser vetadas pela Presidência. Aliás, é o veto da Presidência que permite ao Legislativo representar os interesses do povo...

– ... e ficar bem com o povo e com a covardia, jogando nas costas dos outros as obrigações impopulares. Não foi essa a pergunta! – atalhou Conzenza bem incisiva. – Você foi o propositor, o relator, ou votou a favor de leis que foram depois derrubadas como inconstitucionais?

– São tantas as leis para analisar. A votação, muitas vezes, depende do alinhamento com o partido; por vezes, combinamos com outros partidos, trocamos favores nas votações...

– Quantas vezes eu terei de perguntar para que você responda? Mil bastariam? Podemos ficar aqui, você e eu, dois idiotas tentando conversar. Um perguntando, e um se evadindo. Isso é cinismo?

– Eu sei que você está irritada. Mas não é cinismo, é complexidade, é a realidade. As coisas não podem ser reduzidas dessa forma.

– Já que você não responde a uma única pergunta, eu farei todas as perguntas de uma vez. Quem sabe você responde a alguma delas...

– Acontece que o tempo dedicado à proposição, à análise e aprovação de leis é um, e o tempo dedicado às outras coisas é muito maior.

– Agora você volta ao eixo do assunto. Que outras coisas? A que tantas outras coisas um legislador deve dedicar seu tempo? Um tempo pago por todos, outorgado em confiança, um tempo do qual se espera trabalho e representação.

– Muitas outras coisas, relativas aos interesses mais diversos... Viajar para manter as bases funcionando, cuidar das demandas do partido, fazer as articulações políticas, atender os representantes de entidades, empresários, eleitores, cuidar da manutenção das alianças, fazer novas alianças e, ultimamente, se defender desses ataques sem fim, que tomam todo o tempo do mundo, esse inferno da imprensa investigativa, que acusa sem provas e difama livremente sem consequências, além, é claro, da vida pessoal, pelo menos o seu mínimo.

– Vou perguntar mais uma vez. Quanto do seu tempo é dedicado ao trabalho de estudar, pesquisar, criar, propor e aprovar leis e reformas de leis? Visando a aprimorar, simplificar, tornar mais ágeis os empreendimentos e as decisões, e mais claras as regras?

– É tudo tão correlacionado que eu posso afirmar que trabalho nisso o tempo todo. De alguma forma, estou constantemente dedicado a essas preocupações, mesmo que por vezes pareça que apenas indiretamente.

– Vou insistir mais uma vez, e alertá-lo: se você proceder assim com o Vulto, ele será fisicamente cruel e impiedoso com você. Quanto tempo você trata diretamente dessas questões centrais?

– Bem, se o Vulto é um revoltado violento, uma pessoa que cultiva seu ódio apenas porque o considera justo, eu peço que você de fato me proteja como prometeu. A minha resposta honesta é que essas questões são centrais relativamente. É uma definição difícil de quantificar assim de pronto. Depende, por exemplo, do que se entende por trabalhar diretamente, mas admito que, ultimamente, com esse inferno de investigações e processos que estão praticamente parando toda a atividade política construtiva, infelizmente, quase não se pode fazer nada senão se proteger. Ainda mais com a internet. As pessoas não fazem ideia do enorme prejuízo disso tudo, para no fim não dar em coisa alguma.

– Não dar em coisa alguma? – chocou-se Conzenza com a irresponsável leveza da afirmação.

– É somente um modo de dizer. Já está resultando em muitas consequências péssimas. Parando a máquina. A máquina é a máquina! Ela não pode parar. Lembremo-nos de que ela protege a estabilidade das instituições. Não é vantagem desestabilizar as instituições por causa de exageros não provados. A máquina pública. É assim que ela funciona, sempre funcionou. As coisas andam. Mas com esse ódio que a inveja e o despeito das derrotas eleitorais criaram em muitos, é impossível. E depois ainda dizem que a culpa é nossa. Mas se não nos deixam trabalhar...

– Eu elucido. Isso ocorre porque muitas pessoas pensam que, para vocês, trabalhar é a mesma coisa que roubar. De fato é o que parece. Você irá responder às minhas perguntas? Ou continuar com evasivas.

– Eu estou respondendo! Não há evasivas. Eu também tenho as minhas mil vezes, como você tem suas mil repetições. Já disse: as coisas não são assim tão simples a ponto de ser possível respostas tão objetivas. A política não é feita só de números, ela é feita de relações.

– Não tenho dúvida! Relações que geram números, e grandes. Para facilitar as coisas devo informá-lo de um fato. No planejamento e na montagem do experimento, como trabalho de preparação, suas atividades diárias foram rastreadas por dois anos. Um ano eleitoral, e um ano no meio do mandato, longe portanto da eleição.

– Ah! Esse erro! Nunca é longe da eleição! Mesmo no meio do mandato! É um grande engano pensar que existem anos sem preocupação com as eleições, aprendi com o meu querido e saudoso...

– Estou falando de outro assunto.

– Qual? Não é sobre a maneira como vive e trabalha um deputado? Que por sinal trabalha muito, muito mesmo.

— Sim! É este um dos assuntos. Não é o principal, mas é importante. Já que a política não é feita de números, então eu ofereço os números da sua política. Acompanhamos a sua vida por dois anos, em anos alternados, e os números são os seguintes...
— Desculpe-me, vou ouvir, mas isso pode ser um grande equívoco! Antes mesmo de ouvir, já quero dizer que o trabalho indireto contido nas articulações e negociações é enorme. E não dá para viver sem ele. É a rede de relações!
— Deputado... — interviu Conzenza muito irritada. — Antes de decidir chamar o Vulto, eu acho prudente sugerir um favor. Alivie um minuto! Dê um espaço! Saia do monólogo. Entre no diálogo. Uma coisa nada tem a ver com a outra. Pare de sair do assunto. Colabore um pouco mais — disse Conzenza elevando a voz, o que era raro.

— Diálogo? Colabore? Mas você mesma disse que não se trata de um interrogatório, e sim de um experimento pedagógico, num laboratório moral, que a meu ver é criminoso e imoral. Embora eu insista no absurdo disso tudo, acho que tenho o direito de saber o que vocês querem de mim. Já sei! Já sei! Só querem uma resposta! Uma resposta logicamente impossível.

Conzenza se calou por um instante, abaixou a cabeça suspirando, demonstrando um cansaço e uma tristeza que não lhe eram comuns, e voltou a assumir uma atitude firme:

— Então admita que é impossível! Diga ao Vulto que a solução é impossível.

— E se eu tentar e a resposta não coincidir com a contida no envelope? Eu teria outra chance? Para mim não ficou claro se eu tenho mais de uma resposta como tentativa. A velocidade com que o Vulto falou no primeiro encontro, e aquele humilhante episódio a que me submeteu... O próprio Vulto já decretou que eu só tenho uma resposta? E não me disse? Você me aconselha a me arriscar? Não pareceria simplesmente fugir da tentativa? Para depois dizerem que sou covarde e ignorante e cínico e canalha, e tudo mais. Você prometeu me apoiar e me proteger, e eu estou confiando em sua palavra...

– Você continua um especialista em se fazer credor de tudo, inclusive daquilo que nunca prometi, da maneira como distorce e se apropria. Estamos nos perdendo na conversa por sua causa. Eu vim aqui para apoiá-lo, observar os mecanismos da sua mente, ler seus pensamentos enquanto conversamos e relatar ao Vulto as relações que vejo entre os propósitos, as ideias e as palavras. O que proponho pode ajudá-lo a resolver o enigma. Mas você não aproveita nem uma sílaba. Só evasivas. A habilidade com que você nos arrasta para fora do assunto me parece, fora daqui, criminosa; e aqui, suicida. Esses temas deveriam, sim, interessá-lo! Eles valem a sua vida! Isso aqui não é a sua Câmara, nem o seu Congresso, nem a sua eleição. Será que você conseguirá acordar e ver? Ou aqueles que o esperam esperarão a vida inteira, sem saber o que ocorreu?

– Mas eu já não colaborei bastante quando disse que não é possível relacionar a psicologia, a ética, a política e a moral? São coisas que pertencem a mundos completamente diferentes. Você mesma ficou bem impressionada! Eu vi claramente nos seus olhos. Diga ao Vulto. O que eu falei era sincero. Eu sei o que é a política. Vocês não! Pelo que vejo, vocês só entendem de psicologia e de moral, ou de psiquiatria e ética. Veja quantas palavras ao mesmo tempo: a verdade, a consciência, a intenção, a fala, as ações, a psicologia, a moral... O que têm a ver, na realidade da política, essas palavras todas? O que têm elas a ver umas com as outras? Se são tão impossíveis de integrar! Eu sou um engenheiro, sou um político, eu fui um professor de cálculo. Você talvez não entenda essa forma de dizer, mas há equações que não são possíveis de integrar. A política é a arte de derivar, de dividir e redesenhar essas razões, para dispô-las a serviço dos interesses e das alianças. Será que é tão difícil ver a distância entre os propósitos?

Diante da convicção com que o Deputado se expressava, Conzenza voltou a perceber com clareza a blindagem da sua mente, a impossibilidade, ao longo desse curto discurso, de penetrar nos seus pensamentos a ponto de garantir ao Vulto que o Deputado estava sendo cínico. A ótima notícia, que ali se revelava como péssima notícia, é que ele não estava sendo cínico! Ele se alinhava internamente e se sentia plenamente honesto e realista. Ou seja, cada vez menos Conzenza construía uma relação de revisão e arrependimento moral que pudesse levar a uma regeneração do discurso e da conduta, nos termos iniciais infantilmente imaginados pelo Vulto. O medo do castigo não cura o canalha. No entanto essa discussão é longa e complexa o suficiente para ser usada pelo próprio canalha para evitar o castigo e fazer-se compreender na canalhice. Um cínico denuncia o cinismo que ele mesmo pratica mostrando no outro o mesmo exato mecanismo.

No abismo da distância que o próprio Deputado descrevia com apavorante precisão, cada vez mais o experimento desabava já de início. Pressionado pela situação, mesmo ele, tão hábil e ardilosamente treinado na retórica, analisado em seus estratos mais profundos, era capaz de um discurso firme e articulado, independentemente de ser moralmente discutível à luz de outros valores. O que ele dizia, ainda que fosse assustador para a maioria das morais, era bem claro e era, nele, muito consistente: na política, o confronto entre a moral e a realidade, embora pareça ingenuamente muito simples de saída, cria heróis e monstros que invertem facilmente os seus papéis. Ninguém pode mudar, nem pela ameaça nem pelo argumento, o canalha que não se sente convencido da sua própria canalhice e que, ao contrário, sente nela a mais virtuosa das verdades: a coragem de lidar com a realidade.

Os fatos se espelhavam.

Um pouco mais, e o Deputado se tornaria alguém justificado por aquilo que chamava "realidade", e o Vulto poderia se tornar o monstro prepotente e autoritário cujo discurso moralista não passava de revolta idealista vingativa. Envolvida num experimento absurdo, aparentemente cada vez mais inviável, ali estava ela, Conzenza, a consciência e o consenso, em forma de senso, por falta de senso.

Um pouco mais, e o próprio experimento seria cínico. Enquanto o Deputado seria alçado ao status moral da vítima injustiçada pela prepotência violenta, de outro lado, mesmo tendo razão, mas perdendo-a nas maneiras, o Vulto seria degradado pela inaceitável violência a que seu ódio, mesmo justo, acabaria por levá-lo, até porque seria possível argumentar que nenhum ódio é jamais justo. Tudo indicava que cartas na manga, e coelhos na cartola, não faltariam ao Deputado.

Um pouco mais, e ficaria demonstrado que os jornalistas investigativos mais atrasam e atrapalham a realidade política que move a nação, com seu estilo tradicional e próprio, do que inovam a moralidade pública com suas denúncias corajosas e elucidativas.

Um pouco mais, e o vilão se tornaria herói, o herói se tornaria vilão, e a consciência seria primeiro seduzida, e em seguida violentada, pelos dois.

Assim, entre esse realista convicto, o Deputado, e esse moralista violento, o Vulto, mais uma vez estava ela, Conzenza, tomando pauladas por todos os lados.

Um desses lados, sua consciência de si mesma, a consciência da consciência, esse espelho no qual nunca se sabe qual é o corpo e qual é a imagem, pareceu-lhe, como sempre, o único aliado confiável.

E foi com ele, foi na corajosa solidão da companhia de si mesma, que ela, como faz por mil milênios, decidiu o seu caminho.

...

Decidida, mesmo incrédula, a levar o experimento às suas melhores consequências, nem que fosse para esgotá-las na vitória da razão cínica frente à razão ética, com a poética confinada ao subsolo, Conzenza o alertou ainda mais:

– Não se engane, deputado, aqui nessa caverna misteriosa, o Vulto é o criador que nos inventa. Ele pode fazer com que aconteça praticamente tudo. Ele é o narrador que conhece toda a história, e fará de nós o que quiser.

– Mas isso não é ficção, é realidade.

– Ele poderia mudar as quatro realidades.

– Quatro? – perguntou apreensivo o Deputado. – Por que quatro? – riu irônico.

– Prefiro dizer estratos, ou camadas, e chamar esse conjunto indissolúvel de realidade. Prefiro vê-las todas juntas a dividi-las em partes que, no fundo, são ilusórias... todas ilusórias... ou todas realíssimas. Qual a sua preferência, deputado?

– Eu não sei se compreendi.

– Preste atenção! Eu tentarei com essas palavras mudar a realidade da sua incompreensão para a ilusão do seu entendimento – sorriu Conzenza, e desculpou-se. – Esqueça o que acabo de dizer, é o meu vício posto em tudo, acho que é para evitar meus sofrimentos, retomemos... – continuou Conzenza:

– Eu tentarei mudar a realidade da sua incompreensão fazendo-o compreender alguma coisa nova. Preste atenção, olhando nos meus olhos. O Vulto tem a pena em suas mãos. Preste atenção a esta palavra: pena! Quantos planos de realidade ela encerra nesse instante? É verdade que o Vulto tem nas mãos os seus castigos, ele faz o que bem quer. Também é verdade que o Vulto tem nas mãos uma pena com que registra o que aqui ocorre. A minha pergunta, explicativa, se torna muito interessante: nisso que chamamos realidade, as duas penas são uma só?

O Deputado era inteligente o suficiente e retomava, com o medo, a agilidade mental dos pressionados:

– Se for verdade que o Vulto neste momento nos registra, anota o que dizemos e nos descreve, e se não for uma ilusão que nós somos a mais pura realidade, então as duas penas são uma só! Isso porque quanto à pena no sentido de castigos não há dúvida...

– A sua inteligência, quando usada, me surpreende, deputado. Eu me pergunto por que a teria perdido, e uma ficção chamada ganância ilimitada grita a realidade em meus ouvidos. Por isso, a pena do Vulto tanto pode castigá-lo quanto pode transformar algumas coisas por aqui.

– Só por aqui? – surpreendeu-a o Deputado.

Conzenza sorriu mais uma vez:

– Isso depende exclusivamente de você! Neste instante, você liga o nosso aqui a um possível não-aqui, a um nosso lá. Onde é esse lá, deputado? Algo lá fora? Fora de quê? Fora desse subsolo de ar pesado? Esse granito aparentemente indestrutível? Aqui presos um ao outro em hábitos que ninguém tolera mais, mas que todos toleram tolerar sem ter por quê? Deputado, segundo sua própria realidade, o Vulto o castiga, e eu o amparo. Há um "lá fora" que você poderia mudar. A mudança ocorreria a partir deste "aqui dentro", aparentemente tão irreal, mas que sempre me parece mais real que a realidade – insistiu Conzenza, desiludida e esperançosa.

– Só há o aqui e o agora. Basta sentir o que sinto quando o Vulto me massacra para saber que é bem real.

– Veja seus pulsos, deputado. Onde estão as feridas? E o tornozelo? A sua pele, o seu corpo estão intactos poucas horas depois das suas feridas, como pode ser possível?

O Deputado olhou para o teto, olhou para o chão, passou o olhar pelas paredes, outra surpresa, outro clichê capaz de continuar macabro, a imagem de Conzenza não estava em nenhum espelho. Ela nunca era refletida. Pensou de novo o que tantas vezes já pensara. Se em todas as histórias de maldades, e vampiros, e demônios... aqueles que não têm suas imagens refletidas nos espelhos são os maus... Então por que Conzenza? Foi lendo tais pensamentos que Conzenza interferiu:

– A minha imagem não é refletida nos espelhos porque talvez eu seja má! Porque nem todos, e nem sempre, me percebem como boa. Porque você mesmo não me vê completamente, não permite o meu reflexo existindo em parte alguma. Porque você me anula quando olha com seus olhos. Porque você se anula quando olha nos meus olhos. E se eu existir como um reflexo no mundo e você não puder me ver porque é cego para mim? Se for assim, o que foi que o fez tão cego para a multiplicação dos meus reflexos? Por que você só pode me ver aqui onde estou, bem neste instante, e não me vê como reflexos em volta? Por que você não enche o mundo com os milhões de imagens que eu projeto nos espelhos infinitos? Você se defende de mim o tempo todo. Você não quer me ver por toda parte.

O Deputado voltou a correr os olhos pelas paredes espelhadas. A quantidade de reflexos, e de reflexos de reflexos, e de refletidos reflexos refletindo a si mesmos, por si mesmos, em si mesmos, todos mútuos, recorrentes, e recíprocos, todos iguais tão nunca iguais que sempre iguais, diminuindo enquanto desapareciam, bastando mudar um mínimo ângulo do olhar para aumentarem. Sem Conzenza! O Deputado olhou de novo, longe e fundo, raso e perto, e a si mesmo via, se vendo, e se vendo via ver-se, em mil, milhões, em toda parte, grande e ínfimo, no real espaço virtual do existente impossível de existir, naquele virtual espaço de inexistências tão reais. Sentiu-se tonto, alguma náusea insinuou-se. Notando isso, Conzenza interferiu:

– Seria possível, deputado, notar alguma relação entre o Congresso e a ficção? Seria tragédia? Ou comédia? Seria terror? Você consegue ver o quanto é ficção sua realidade? O quanto é mentirosa a realidade que constrói? Deputado, para que a realidade não seja apenas um pavor, você concordaria em conversar comigo sobre uma poética da ficção que pudesse torná-la realidade? Uma verdade construindo a realidade! Assim como um grande encantamento positivo, um valor fundo, algo realmente interessante, verdadeiro, emocionante, que, nascendo da mais pura ficção, levasse às lágrimas o mais duro coração capaz de voz! No irreal espaço do Congresso, deputado, há um cantinho, um canteirozinho, para uma semente da poética, capaz de plantar alguma nova realidade? Deputado, é sonhando com a matéria que materializamos o sonho, é imaginando o real que realizamos o nosso imaginário.

– Mas, meu Deus! Eu nesse horror e você me fala de poética dizendo que pretende me ajudar. Quem é cínico aqui? Ou ao menos incompreensível. O que tem a poesia a ver com isso? Se o povo todo chama de poetas esses inúteis, incapazes de uma prática, talvez como artistas eles não caibam aqui nem no Congresso. Ou um ou outro sobrevive. Mas o que pode ter a ver com essa loucura?

– O enigma, deputado! A capacidade de decifrar nos intervalos pequenos silêncios, por mais curtos e sutis. Ver o que não se viu, apontar o que não se apontou, transformar quando todos imitam, defender quando todos escarnecem, atacar quando todos defendem, querer o que ninguém quer, propor o que não se propôs, dizer o que não se disse, fazer o que não se fez, ir aonde não se foi... Precisa mais, deputado?

– Esse idealismo é tão antigo e tão romântico... e na prática é tão inútil... Você fala com toda essa convicção, mas seria incapaz de colocar numa poesia a dureza contida na realidade dos fatos.

– Talvez! Desde que essa tal "realidade prática dos fatos" não me impedisse de mostrar que uma poética é muito mais uma atitude, uma visão, uma coragem, capaz de colocar no seu devido lugar a razão a serviço do egoísmo, combatendo o uso das palavras para manobras desumanas. Uma poética é uma forma de viver, deputado. Ela é capaz de reunir a comédia e a tragédia, e defendê-las do escárnio, da sátira, do sarcasmo. Ela é capaz de amar o drama de existir, como tragédia, a ponto de distanciar-se e compreender, a ponto de vir de volta e cooperar. Ela é capaz de riso e lágrima, ela refina a compreensão exercitando a arte da interpretação. Ela contorna sem covardia e protege sem infantilizar. Ela confronta corajosamente.

– Então me mostre! – grunhiu irritado o Deputado.

Conzenza decidiu declamar. Ao final de cada estrofe faria uma pausa, longa ou breve, dependendo do semblante do Deputado. Decidiu comentar a poesia, em vez de seguir tentando expor uma poética como um exercício existencial de significados, como o desenvolvimento da capacidade de interpretação, como a arte do silêncio, no intervalo das palavras. Clara e pausada, declamou:

– É poesia o cândido som encadeado
que em cadeias de candeias
indica vagamente o que é buscado.

É poesia o círculo palavra
em que a unha lavra a pele e cava a terra funda,
em cujo cio o rio do amor irriga o mundo.

Por isso um poeta
é o eco de alguém
cujo ego é ninguém.

Como um fio que fia sem seu tecelão,
ninguém é poeta com a própria mão.

É poesia o que soa nos sons do poema
fundo, ralo e fino,
como soa o badalo no vazio do sino.

Em suma:
é poesia todo som que vaza bruma.

Em suma:
é poesia todo som que vara a bruma.

O Deputado riu nervosamente. Sentia-se mal; tentou ironizar:

– De fato, vaza bruma, ninguém vê...
Conzenza foi imediata:
– E vara a bruma! Todos veem!
– E ninguém diz! Ou melhor, dito dessa forma, ninguém compreenderá. Em suma: inutilidades poéticas num mundo difícil.
– Difícil e violento! Pense um pouco. É o enigma! Não seria pela ausência da poética que o mundo é tão violento?
Mais uma vez o Deputado riu ansiosamente:
– Não! Não seria... como não é. São só ilusões.
– O que você compreende do trecho que diz "um poeta é o eco de alguém, cujo ego é ninguém"?
O Deputado, sentindo o enjoo aumentar, pensou por alguns segundos.
– Acho que nada. Sem ego, ou sem eco, compreendo que é um jogo de palavras, ou um jogo de sons, se pudermos não falar mais disso. Eu continuo enjoado, e zonzo, e me sentindo muito mal. Esses espelhos, esses reflexos, essa incerteza...
Tentando controlar a náusea que a tontura produzia, o Deputado baixara os olhos. Mas o chão, também espelhado, refletia as paredes, o teto, o pé da mesa, o fundo do seu tampo, o fundo inverso das cadeiras, num mundo de ponta-cabeça enquanto parecia em pé, e num mundo que parecia em pé mesmo invertido, fechou os olhos, a náusea já havia chegado na garganta mas desceu de novo pelo esôfago, ácida, voltando a incomodar somente o ventre. Conzenza observou:
– A escuridão esconde a náusea. Basta não olhar para que passe. Mas não passa inteiramente. Vigilante, a náusea fica na boca do estômago como um convite para o olho, para que se abra e, quem sabe, aumente a náusea para que ela cure o que há de tóxico, fazendo vomitar o que é veneno...

O Deputado abriu os olhos. As imagens começaram a girar pelas paredes, as paredes seguiram as imagens, os planos pareciam moles, sinuosos, o teto parecia descer a ponto de tornar-se chão, e o chão, o teto. Ele tapou os olhos com as mãos, apoiando a cabeça e se inclinando para a frente, e uma golfada irrefreável saiu-lhe pela boca, projetada sobre o chão de espelho, agora coberto com a disforme e verdolenga massa ali expelida.

Foi então! Foi nesse exato instante que, num vão casual da pasta repelente, num pequeno furo cuja periferia desenhava uma moldura, o Deputado viu o rosto de Conzenza! Claramente refletido!

Com os olhos mais suaves que ele já vira em toda a vida, do fundo do espelho, emoldurada pela pasta nauseabunda, ela o fitou com as pupilas de um abraço.

Assim, por real e triste, quase animador, foi emoldurada pelo vômito que o Deputado viu Conzenza refletida num espelho pela primeira vez.

E ela sorriu.

...

IV.

O PRIMEIRO DEDO

> A competição entre a consciência cínico-defensiva
> dos antigos detentores do poder
> e a consciência utópico-ofensiva dos novos detentores do poder
> criou o drama político-moral do século XX.
>
> Peter Sloterdijk

Deu meio-dia.

Exato, severo, contratual e nada solidário, o Vulto voltou para avisar. O prazo corre. Duas questões martelam o Deputado, ainda incrédulo, supondo contornar. Ao mesmo tempo, um fato o apavora.

Nas palavras do Vulto:

— Será pelas ausências que os dedos contarão os dias.

O Vulto entrou.

Conzenza estava junto, agora vestida de vermelho.

O Vulto vestido de negro, inegociável.

A novidade é que ambos vinham mascarados. Vestido de negro, o Vulto ostentava uma máscara branca. Vestida de vermelho, Conzenza usava uma máscara negra. Semelhantes às máscaras teatrais da tragédia e da comédia, uma sorria, outra chorava. Diferiam pela expressiva qualidade do desenho e eram semelhantes pelo refinado material. Era laca, ou porcelana. Pareciam referir-se aos rituais tribais de índios e africanos. A máscara do Vulto ria, a de Conzenza chorava. Lágrimas brancas escorriam sobre a superfície negra dos malares, chegando quase aos lábios. Os orifícios dos olhos e da boca eram grandes, permitindo ver as expressões e ouvir perfeitamente o que diziam. No primeiro momento, ao ver as figuras, o Deputado temeu que fossem outras pessoas, mas não eram. As máscaras claramente não pretendiam forjar um disfarce, pretendiam somente intensificar as expressões, dizer mais dito, esfregar no Deputado o riso e a dor. Era um teatro, no entanto era real. Era real, no entanto era um teatro. O Vulto foi incisivo:

– Considerando que a máscara que você carrega já colada na sua face é impossível de ser retirada, por solidariedade colocamos uma em cada um de nós. Usando uma palavra pavorosa que vocês adoram, digamos que é uma isonomia. Qual das duas prefere? A que você tenta imitar ou a que você produz? A estampa do sorriso fácil, na marmórea face sociopata de um hipócrita simpático? Ou as alvas lágrimas na escuridão facial dos sofredores? Vamos ver se eu adivinho. Acho que é a primeira. É com um sorriso permanente que eu pretendo celebrar o nosso criativo calendário cronodáctilo.

Ao ver Conzenza vestida de vermelho, e ouvir o Vulto, o Deputado sentiu seus dedos latejarem, o coração acelerar e a respiração ofegar. O Vulto abriu uma pequena maleta sobre a mesa – por dentro era veludo, em rubro tão intenso quanto as vestes de Conzenza. No interior da maleta, toda negra, havia ranhuras, eram fundas. O Vulto enfiou um dos dedos numa das ranhuras – parecia macia –, e levantou um instrumento prateado – longo e brilhante, uma serra. Estava claro: a maleta continha instrumentos cirúrgicos. O Vulto vinha para a amputação.

O Deputado teve a mais horrível sensação que já experimentara. Parecia um enjoo. Ao mesmo tempo, o tal estranhamento, de tudo e por tudo, aumentou a ponto de zumbir fundo em seus ouvidos, emanar um som que ele desconhecia. Seus olhos criavam escotomas que brilhavam ao seu redor. Mesmo sabendo que não existiam, ele os via, mas se os via, então existiam. Tudo parecia estranho; até o estranhamento era estranhamente estranho. Imaginava que, se aquele mal crescesse, o levando ao desespero, ele não resistiria à tentação de atacar o Vulto e tomar Conzenza como refém, afinal, não parecia haver alguém mais ali, ao mesmo tempo em que era impossível a hipótese de não haver mais pessoas. De repente, tudo parecia repetir-se, como se sua mente repassasse cada cena, cada fala. Tudo era pausado, parecia que o próprio tempo havia se estirado como elástico, a extrema acuidade da sua percepção fazia os movimentos parecerem mais lentos. Como em versos invertidos, revertidos a si mesmos, tudo passou a recorrer: "quem sou eu?", "onde estou?", "qual é meu nome?", "isso não pode estar acontecendo!", foram as palavras que vieram em seu socorro, e como um pergaminho de memórias imediatas seu pensamento repensava cada cena. "Quem pensava?", perguntou-se em puro pânico, assistindo-se rever cena por cena no cenário alucinado da sua própria intimidade. Eram versos dessa vez, as mesmas coisas, como se a realidade pudesse ser relida enquanto vista e duas realidades sobrepostas escorregassem estranhamente,

cada uma repetindo a sua anterior. Se pudessem ser palavras,
suspensas num tempo que ele tanto desejava imaginário, seus
pensares, como um bloco, seriam assim:

Vendo esse vermelho
que Conzenza veste
eu sinto meus dedos latejarem,
minha respiração ofega,
meu tórax se contrai.

O Vulto abre a maleta sobre a mesa,
por dentro é veludo,
veludo em rubro tão intenso
quanto as vestes de Conzenza.

No interior da maleta,
revestida por dentro
com o que me parece agora sangue,
vejo ranhuras.

São fundas.

O Vulto enfia o dedo numa delas,
parece macia,
levanta um instrumento prateado,
é longo... brilha...
é uma pequena serra!

Está claro! É verdade!
A maleta contém instrumentos cirúrgicos,
o Vulto veio para a amputação...

Conzenza trouxe o Deputado de volta do seu alheamento:

— Deputado, o primeiro dia terminou, e me parece que você nada fez quanto ao enigma. O rito é claro. Se você quiser arriscar uma resposta, ainda que eu suponha que você não tenha conseguido chegar à conclusão alguma, a hora é agora. Caso contrário, o Vulto fará a primeira amputação. Eu assistirei. Lembrando as regras: você só poderá fazer uma tentativa ao responder. Quer tentar agora?

Apesar da terrível situação, o Deputado foi incisivo. Virou-se para o Vulto e falou:

— Eu já perguntei a Conzenza sobre isso. Não me foi dito que eu só tinha uma tentativa de resposta. Na primeira exposição das regras, assim que eu fui trazido, não quero nem lembrar, você, Vulto, só me falou dos meus dias...

— ... e dos dedos...

— Isso foi dito! Mas você não me contou que eu só teria uma resposta. Isso não foi falado!

O Vulto se irritou:

— Então está dito agora! Que diferença faz para aquele que cria situações assim todos os dias? Você percebe neste instante o que sente alguém que quer cumprir regras que são sempre obscuras e impossíveis de se alcançar? Você tem uma resposta?

— A pressão é muito grande. Eu não consigo me concentrar.

— Mas por que pensar tanto para responder a algo tão claro?

— Porque eu só tenho uma tentativa de resposta.

— Isso você não sabia.

— Agora eu sei.

Conzenza riu do vicioso esforço de raciocínio do Deputado. Pela primeira vez o Vulto sorriu junto. Ele era rápido; próprio da ginástica verbal de todo dia, cruzava premissas e conclusões, sempre arrastando seu interlocutor para fora da matéria se o interesse assim exigisse. Sofista hábil, a serviço do cinismo perfeito, amenizado na ironia da sátira, poucas vezes em ácido sarcasmo, quase sempre cordial e pragmático, chegando quase a parecer humilde, o Deputado suplicou:

– Não me torture... Dê-me um dia a mais, poupe-me ainda, você está enganado a meu respeito, eu saberei reconhecer... – soluçou ele com todos os indícios de sinceridade.

O Vulto olhou para Conzenza e acenou negativamente com a cabeça. Em seguida, fez um gesto apontando para a porta. Parecia um sinal; ela entendeu. O Vulto fechou a caixa e foi enfático:

– Eu cumprirei o combinado. Contratos são contratos. A lâmina continua aqui, esperando a hora. Conzenza vai levá-lo até a outra sala.

Agitada, ansiosa, assustada, Conzenza interferiu:

– Não, deputado! Não e não! Nem pense em fazer o que imaginou agora! Jamais pense em fazer isso! Calma! Venha!

– O que houve? – perguntou o Vulto

– Já passou, ele entendeu – disse Conzenza.

– Quero saber, faço questão.

– O deputado pensou em atacá-lo e tentar fugir, mas não sabia como. Porém não leve a fantasia em consideração, ele sabe que é impossível.

– Você falou a ele sobre mim? Disse algo sobre os meus poderes?

– Não! Nem o farei. O deputado descobrirá por si.

– Foi assim que combinamos. Leve-o agora. Eu aguardo aqui, com os instrumentos.

Conzenza acenou para o Deputado, ele a seguiu. Saíram pelos corredores claros, que pareciam escuros. Era um lugar de escavações, as paredes lembravam uma velha mina, os caminhos eram túneis, chegaram à outra porta, Conzenza abriu, eles entraram.

Havia um escritório, diversos computadores sobre as mesas, outras máquinas ao lado. Conzenza pediu a ele que tirasse os sapatos e as meias, que não pensasse em agredir o Vulto, ou a ela, uma vez que jamais conseguiria sair dali, além do fato de que o Vulto era alguém que tinha muita habilidade e muita força, que poderia subjugá-lo em instantes e puni-lo rigorosamente. Mais uma vez, Conzenza insistiu em afirmar que sua única saída era a resposta.

O Deputado obedeceu-a, e tirou os sapatos e as meias. Conzenza lhe disse que ele deveria colocar os pés sobre o vidro de uma máquina. Parecia um aparelho para exames, um tomógrafo, um escâner. Ela apertou um botão, luzes verdes correram sob os seus pés e giraram ao seu redor, depois fizeram o mesmo com as mãos. Em seguida, Conzenza ordenou que se calçasse e aproximou-se de outra máquina. O Deputado percebeu que era uma impressora capaz de reproduzir formas sólidas em três dimensões. Conzenza apertou o botão; iniciou-se uma impressão escultural, o material parecia silicone, era macio e rijo ao mesmo tempo, da cor da pele, cada passagem demorava, zumbia, zumbia... Conzenza ofereceu-lhe um café, ele aceitou. O Deputado mal acreditava no que via, até que começou a notar que as formas que estavam sendo impressas eram as suas duas mãos e os seus dois pés. O escâner os havia mapeado, agora o sistema os imprimia. "O que pretendiam com aquilo?", perguntou-se. Pela primeira vez, Conzenza deu dois tapinhas solidários em suas costas, como se quisesse dizer "acalme-se, respire!". O Deputado obedeceu-a e sentou-se enquanto aguardavam em silêncio;

o zumbido era hipnótico, suas pálpebras caíam, o Deputado pendeu a cabeça exausto, o estranhamento aumentava, muito, muito, ele fechou os olhos tentando fugir da horrível sensação. Mesmo no escuro, o estranhamento prosseguia. O Deputado concluiu: era a si mesmo que ele estranhava.

Ao abrir os olhos, viu que estava tudo lá: as duas mãos, até no meio do antebraço; e os dois pés, até um pouco acima dos tornozelos. Quatro esculturas e um mistério: o que pretendiam, ela e o Vulto?

Conzenza pegou as quatro peças e voltou para a outra sala. O Vulto os aguardava ali. Ordenou que o Deputado se sentasse em frente à mesa e colocou as peças alinhadas. Os dois pés e as duas mãos, as imagens de partes de si mesmo, eram muito perturbadoras. O Vulto pôs-se a dizer:

– Preste atenção. Falo das coisas que fazemos como substituições às coisas que queríamos, ou deveríamos fazer. Entre cada um de nós e os desejos recalcados por nossa educação existe um véu socializante que freia os piores demônios e estimula os melhores anjos íntimos.

Com o ar e o tom de voz de uma doutrinação, o Vulto continuou:

– Num procedimento estético, eu corto o dedo artificial de um pé que não existe como pé, mas que é seu pé de alguma forma. Há poesia nesse ato que respeita a você e a mim. A mim, na medida em que não sou essencialmente o demônio no qual você me transforma a cada dia. A você, que não mereceria, porque de estéticos os seus atos nada têm. Portanto, me agradeça.

O Deputado mal conseguia acreditar no que ouvia. O Vulto prosseguiu:

– A dor que sentirá é o imaginário mais real que a sua consciência lhe oferece. E só oferece porque eu sou o homem bom que aqui castiga o homem mau, correndo o risco de invertermos... você se tornar vítima e eu virar o seu carrasco, sendo que o que vivemos é o oposto. É nesse vão entre a justiça e a compaixão que mora um dos mistérios mais humanos. De fato, era patético. Até o Deputado duvidava.

– O que resta é a fantasia, o imaginário, a ficção, mas estes contêm o estranhamento mágico que ao mesmo tempo os faz tão semelhantes ao real. Isso não é carne, é silicone! Mas num mundo em que as formas fazem a essência, num mundo em que a aparência deseja ditar a substância, se prepare, deputado. Não é real, mas doerá como se fosse!

Nesse instante o Deputado sentiu um formigamento tão intenso em seus dedos que precisou esfregar as mãos. Desejou alongar dedos e braços. O seu nível de tensão, de tão elevado, fazia com que sentisse como se o próprio corpo fosse menor do que era. O Vulto prosseguiu:

– Toda a nossa discussão gira ao redor da estética, da necessidade que ela tem de ser poética. Sem as duas, não há ética possível. É impossível porque o ato ético não se justifica com a razão prática, nem mesmo com essa ideia de justiça através de processos sem fim. Antes de tudo, o ato ético é beleza. A poética nada é senão a percepção e a expressão dessa beleza, mesmo que o assunto seja horrível. As suas mãos são muito feias, deputado! Não pelo desenho, mas pelo que produzem. As suas mãos físicas parecem saudáveis e normais. As suas mãos metafóricas são medonhas. Essa fala é abstração porque as suas mãos não fazem nada. Todo o mal vem da sua língua! A sua língua, deputado! Depois falaremos dela, por razões estéticas eu começo pelas mãos. Eu devia cortá-las e enviá-las aos juízes, alguns deles sentiriam o mesmo medo, e com razão. No entanto, pela estética de uma misericórdia imerecida, eu começo pelos dedos. Pela estética da minha índole gentil, eu começo por um dedo imaginário. É um brinquedo, deputado. Trata-se de um jogo, o mesmo que você propõe, mas como não somos mais crianças, e insistimos no brinquedo, trata-se de um jogo bem macabro. Um jogo como aquele das bonecas da infância, tão queridas como bebês reais, que se tornam ameaças assim que a puberdade chega. Aqui estão os bonecos dos seus membros. Se fôssemos crianças, eles seriam brinquedos, mas como somos adultos, eles são magia.

Então o Vulto ordenou que ele ficasse atento e imóvel na cadeira. Proibiu-o de fechar os olhos. Abriu a maleta cirúrgica. Desta vez, tirou de lá um alicate de corte, semelhante a um cortador de charutos. As lâminas pareciam afiadíssimas. Escolheu o dedo médio da mão direita, introduziu-o no círculo afiado do alicate, fez um gesto inicial de quem faria a pressão amputadora, hesitou por um instante, desistiu, retirou o alicate com cuidado, escolheu o dedo médio do pé esquerdo, procedeu da mesma forma, nesta feita, com o dedo inteiramente envolvido, apertou o alicate com um só golpe.

O dedo saltou, completamente solto.

O Deputado emitiu um grito lancinante e levantou seu pé esquerdo, ainda dentro do sapato. Começou a soltar o laço do cadarço, tirou o sapato e a meia, seu dedo estava intacto, no lugar, mas doía terrivelmente. Ao mesmo tempo ele mal conseguia senti-lo em seu pé. Tentou mexê-lo, todos os dedos se moveram, menos aquele que correspondia ao dedo artificial amputado; parecia paralisado. A dor, inicialmente insuportável, foi diminuindo lentamente.

Indicando que se calçasse, Conzenza deu-lhe a meia. O Vulto guardou o alicate, fechou a maleta, saiu sem dizer palavra alguma, encerrou a porta atrás de si, depois a abriu de novo, colocou seu rosto por entre a fresta e disse num tom de voz cortante, com um ar sombrio:

— Amanhã pode não ser exatamente assim. O mal que você produz não deriva das suas mãos, isso é apenas metafórico, ele deriva da sua língua.

O Deputado olhou assustado as quatro peças sobre a mesa. O dedo que faltava o impressionou a ponto de lhe fazer sentir a ausência, imóvel, do seu próprio dedo, em seu próprio pé. Conzenza revelou que dali em diante ele sentiria esse dedo como um membro-fantasma, o fenômeno sensoperceptivo que ocorre nas amputações. Ele teria a sensação incoerente de ter um dedo inexistente, sempre doendo e formigando, mas não conseguiria comandá-lo nem movê-lo. Era dele o dedo, e estava lá. Embora o dedo não fosse dele e nem estivesse lá. Talvez essa inconsciência atinja as mãos e a língua, e valha para muitos, embora em cada caso singular. Infantilizando uma reflexão complexa, Conzenza esclareceu:

— Você tem um dedo que não existe mais! Embora ele pareça estar em seu lugar, a amputação foi feita. Trata-se de uma relação entre a consciência e a realidade. Muitas vezes, a realidade está em seu lugar, mas, sem a consciência, é como se não existisse. Isso vale também para a moral. Se quiser, use o que aprendeu para pensar no enigma. Esse dedo, que agora existe sem existir, pode indicar algum lugar.

— Não sei o que vocês querem de mim, mas o fato é que estou entendendo cada vez menos o que se passa aqui. Eu pouco sei, na verdade nada sei, de torturas psicológicas, sugestões, emoções extremas. Só percebo que, no fundo, vocês querem me impedir de ter o tempo e a calma suficientes para resolver o tal enigma. Ao que parece, a tortura é impedir-me de pensar. Será que estou vivendo um pesadelo e não consigo despertar?

– Bom seria! Para todos! Mas esse pesadelo é a mais pura realidade. Pior ainda, o verdadeiro pesadelo não são os fatos, é a sua absurda incapacidade de compreensão dos fatos. Você não se perdeu apenas na conduta, no descaso, na ganância. Você se perdeu nos julgamentos, no mais primário senso crítico. O triste fato é que você, assim como os seus companheiros de quadrilha, se tornaram desvairados inconscientes, socialmente muito perigosos.

– Mesmo submisso como estou, aqui humilhado, apavorado, posso dizer, e não há o que contestar, que nunca houve um governo tão preocupado com as questões humanas e sociais.

– Essa nobre justificativa funcionou até desabar a grande farsa. Estamos assistindo às consequências. A esta altura, esse apelo seria vergonhoso se não fosse cínico. O que tem uma coisa a ver com outra? Por acaso, ser humano e solidário o autoriza a ser canalha? Ou seria justamente o oposto? Além de ser idiotas, infantis, ao imaginar que se isentar de decidir, se eximir de estimular, se furtar a planejar e autorizar, a solidariedade seria eterna? Sem ninguém que a sustentasse? O Vulto foi bastante compreensivo ao eleger o dedo médio do pé esquerdo e não, por exemplo, o anular da mão direita, situação na qual a dor e o desconforto, fadados a ser permanentes, seriam imensos.

Dito isso, Conzenza sugeriu que ele se recolhesse e descansasse por algumas horas. Ao final da tarde ela iria vê-lo. Acompanhou-o até o dormitório e, entregando-lhe um envelope, o instruiu:

– A partir de agora, enquanto você não chegar a uma resposta, o Vulto irá submetê-lo a extremos radicais. Oferecer a você as extremidades, o horror de certas situações, para logo contrastá-las com a esperança e com a beleza de outras tantas.

Nesse envelope há um texto. Trata-se de um texto delicado, um contraste radical com a brutalidade aqui vivida, esse espelho do que faz, parecendo tão bonzinho o tempo todo. Leia este texto com atenção. Ele é uma pausa, e trata de algo bem mais resolutivo, em médio prazo, do que as suas conjecturas imediatas. O texto fala do assunto mais importante em que pensam e do tema das conversas entre aqueles que de fato almejam a solução. Tente ler e compreender o que propõe. Procure sair das recorrências que aprisionam a sua mente. Se você se dispuser a um mínimo de espaço, o que aqui está irá ajudá-lo. De início, pode parecer desconectado do enigma proposto. Não acredite! O texto contém elementos fundamentais da solução.

 Depois de entregar o envelope, Conzenza se foi.

 Atordoado com a violência e a velocidade dos fatos, o Deputado pensou que nem pudera protestar contra o absurdo de que considerasse o Vulto "piedoso". Era humilhante, degradante, revoltante. Tentou controlar o medo e a raiva. Fechou a porta, sentou-se à mesa, rasgou o envelope, retirou o texto, pensou em ignorá-lo, em tentar outra saída, no limite, entregar-se à loucura de atacá-los. Levantou-se, foi até o banheiro, lavou o rosto. A estranheza da sua imagem refletida no espelho parecia ter aumentado; ele sentiu seu coração mais palpitante, voltou para o quarto, tomou um gole de água, apanhou as folhas soltas e começou a ler.

V.

ALICTYOS

> *O olho não vê o que*
> *o espírito não sabe.*
>
> PLOTINO

I
O começo era azul e não autorizava o espaço.

Mesmo sem o espaço,
o azul era fundo e o fundo era escuro.

Dos espectros disformes, dos esboços,
que a imaginação imaginou na escuridão,
nasceram os peixes.

Os esboços eram imaginários,
mas os peixes nasceram verdadeiros.

Só depois de terem sido verdadeiros
os peixes puderam ser reais.
Contam que os esboços não eram reais,
eram imaginários e ficaram verdadeiros.

Contam que foi a primeira vez
que um imaginário produziu um verdadeiro.

Contam, ainda,
que foi assim que esboços verdadeiros
produziram peixes reais.

Pela primeira vez,
um imaginário desenhou um verdadeiro
que se tornou real.

É curioso que não houvesse espaço
(nem mesmo o espaço da curiosidade),
ainda não havia cores (porque não havia luz),
mesmo assim, no fundo azul,
esboços imaginários verdadeiros
produziram peixes reais.

Não foi tudo imaginação.
A imaginação foi tudo.
Foi tudo a imaginação.

É curioso que não exista o espaço da curiosidade:
ainda não havia cor e os peixes eram vermelhos,
ainda não havia espaço e existia um fundo,

ainda não havia o tempo,
mas dizem que havia um antes.

Mesmo sem nada e com tudo isso,
a curiosidade era proibida por não existir.

Antes dos peixes vermelhos sobre fundo azul,
no espaço que não havia,
do mundo sem cor, porque sem luz,
imaginou-se imaginar, e aconteceu a vida.

Logo a vida transformou-se em vidas.

Foi tudo muito rápido, ninguém sabe
como o *um* e o *muitos* se desencontraram.

Os últimos que contaram sobre o *um*
morreram sem contar aos *muitos*
(por isso ninguém sabe)

Então um dia (dizem que era noite)
os peixes vermelhos se arrastaram para fora do azul.
Foi quando nasceu o espaço, e tudo ficou dois.

II
O primeiro dois que existiu
era dia e noite ao mesmo tempo.

O primeiro dois que existiu
era molhado e seco ao mesmo tempo.

Só depois apareceu um dois
que era molhado e seco a cada vez.

Só depois apareceu o *mesmo* dois
que era dia e noite a cada vez.

O espaço e o dois são gêmeos,
mas o espaço veio antes (e era um).
Foi o dois que nasceu depois!

No seco, os peixes perderam as escamas
e ganharam pintas negras sobre couro branco.
As pintas são restos de escamas.
É o couro que é novo.

Por causa do couro (ou do novo)
as lagartixas esfregaram a barriga no chão.
Foi assim que nasceu a fome.

Nesse dia o espaço dividiu-se em três.

III
O primeiro três que existiu
era dois e um ao mesmo tempo.
Só depois apareceu um três
que era peixe, lagartixa e fome, a cada vez.
Então os lagartos criaram asas.

Criaram asas e, voando alto,
seus olhos viram a engenharia reversa.

É possível que as asas tenham inventado as penas.

Se isso ocorreu,
é certo que foi o voo que inventou as asas
(e não o contrário).

Assim, na medida em que o voo inventou as asas
que inventaram as penas, o primeiro pombo
imaginou-se branco enquanto era lagarto,
o primeiro lagarto imaginou-se pintado
enquanto era um peixe vermelho,
que, por sua vez, imaginou-se peixe
enquanto era um esboço imaginário sobre fundo azul.

Foi exatamente assim,
contado a muitos por quem já conheceu o um
depois que a imaginação produziu uma verdade,
depois que essa verdade
conseguiu tornar-se realidade,
então passou a ser possível
que vultos de um fundo escuro
se tornassem peixes vermelhos,
merecedores de amor,
que sua curiosidade roçasse a terra
imaginando o couro, esse inventor da fome,
e, conhecedor das penas,
o amado peixe-esboço-fome
tenha vindo a imaginar suas plumas.

É, sim, então, possível
que escamas vistam plumas,

plumas que, voando alto,
abram muitos olhos
derrubando os muros,
olhos que, no duro couro,
vazem muitos furos,
plumas
que aspirem a luz da chama
e a chamem de futuro...

O Deputado colocou as folhas sobre a mesa. Ficou olhando para elas, lembrando de certos trechos que lhe pareciam mais claros, enquanto outros pareciam muito abstratos, muito ilógicos e absurdos, embora usassem termos aos quais, de alguma forma, ele estava acostumado. Nalgum ponto da sua desesperada intimidade ele sentia o impacto do texto. Lembrou-se de um tempo menos prático, de um espaço menos manual, de algumas relações menos focadas, de um período que perdera havia tantos anos que nem sequer imaginava ter vivido. Logo, afugentou tais fantasias. "Em que esse texto pode ter a ver com o enigma?", perguntou-se. E foi repetindo essa pergunta, ainda sentindo o dedo inerte e dolorido, que se deitou, e adormeceu...

...

Só acordou quando Conzenza bateu à porta:
– Bom dia, deputado. Espero que tenha lido, e dormido pensando nas questões.
– Quem escreveu isso?
– O Vulto – respondeu Conzenza.
– Não é possível! Um monstro não escreveria algo assim. Eu posso parecer a vocês somente um cínico corrupto, mas

eu também escrevi meus poemas quando jovem, e namorei quem apreciasse.

– Nós sabemos! Você teve uma boa formação. Se fosse um ignorante, um grosseiro, um quase analfabeto, nem assim o Vulto compreenderia a fome de poder e de dinheiro, uma vez que cultura e honestidade, conduta decente e origem não parecem obrigatoriamente correlatas. Nem a cultura, nem a riqueza, nem a ignorância, nem a origem podem ser desculpas para a canalhice. Quanto a você, tendo tido condições para ser honesto, a sua situação é bem pior. Não que justifique os ignorantes imorais que a todos assaltam, mas é pior. Então tudo fica do avesso! Esta é a questão que o Vulto mais deseja que compreenda. Como é opressiva, para os mais sensíveis, a presunção de insensibilidade... Como é ofensiva para os honestos a presunção de desonestidade... Como é horrível essa permanente espera do pior, essa praga, que tanto agrada os invejosos e degrada os silenciosos... É assim que ocorre. Vai, vai... até que um dia a presunção do mal produz o mal que presumiu, o mesmo mal que antes dela não existia. É de tanto insistir na sua existência inexistente que ela o cria. Assim é o Estado para o qual você diz trabalhar. Você não tem vergonha? O Estado, esse terror, esse horrível pesadelo recorrente e pesadíssimo. Principalmente ao se juntar com a degradação corrupta em quase todas as instâncias. O que é que resta, então, senão a mesma violência em contraparte?

– Eu não fiz isso com milhões, nem com milhares. Não fui eu. Não foi ninguém. A coisa pública não é individual...

– Ah, não é mesmo? Então por que tomá-la para si? Milhares e milhões de pessoas ou de dólares? Ou dos dois ao mesmo tempo? Fez, sim, deputado! Fez e faz! É certo que faria de novo! Por ação, por omissão, por adesão e corrupção. Só não fará de novo porque não sairá daqui. Infelizmente, pode ser que responda certo e continue tudo igual. Não deixaremos! Ao não cumprir o que promete, ao frear as intenções mais positivas, ao impedir a própria vida no seu fluxo, ao infernizar o país sem propor as soluções, você se acostumou de tal maneira que não mais se escandaliza. Aquilo que para mim e para o Vulto e para o povo é um impensável absurdo inaceitável, para você é banal e cotidiano, usual e recorrente. Vocês todos se alimentam da chamada fisiologia do sistema e retroalimentam a si mesmos com justificativas tão ridículas que faz doer a inteligência e o bom-caráter soluçar.

– Isso tudo é um contrassenso, uma incoerência sem fim. Por que a poética? Essa palavra, esse assunto paralelo, que nada tem a ver com a prática, com a realidade, com os problemas objetivos da vida e do país.

– De fato não tem tido relação. Esse é o problema! Vocês perderam completamente qualquer noção de significado, baniram as possibilidades da sensibilidade e da cultura. Transformaram o governo numa orgia de grosserias progressivas, sem noção alguma de limite... Por absoluta falta de espaço respirável, ridicularizando os nossos papéis, vocês expulsam os sensíveis cultos, que poderíamos chamar de honestos. Talvez para irritá-lo eu prefira chamá-los de poetas, apesar do invejoso escárnio dos vampiros pragmáticos, combatendo o preconceito ignorante. O Vulto, deputado, antes do monstro que aí está, dedicou sua vida a pesquisar, praticar e ensinar "o bem da beleza na beleza do bem como fundamento para o justo" – enfatizou Conzenza –, acreditando que a capacidade natural do povo de atribuir significação aos elementos fundamentais da vida levaria a superar os desatinos dos governos. Mas a concentração de poder nas mãos de ignorantes imorais, gananciosos insensíveis, chegou ao ponto de termos de rever. Nós continuamos assumindo a poética como capaz de propor e sustentar a significação do percebido, capaz de

proporcionar a visão da beleza do que se olha, apta a desdobrar--se num compromisso de atribuição de significado às falas e aos atos, portanto, na didática de uma crítica, sensível o suficiente para educar para a liberdade com a consciência dos limites. Em suma, integrar ética e estética não mais como submissão, oprimida pelas moralidades opressoras, não mais sem uma genealogia crítica compreensível e aceitável, mas como o verdadeiro estudo sensível e intuitivo, além de racional e empírico, do poder da poética sobre o cinismo; a poética aqui tomada como respeito e sensibilidade ao valor construído, e o cinismo, como a praga da sofística racional, a serviço da degradação pelo uso da retórica...
– Ei! Pare, pare! Quem você pensa que eu sou? – interrompeu o Deputado. – Eu não compreendo essas palavras. O que vocês querem, afinal? Já sei... Querem que eu resolva o enigma...
– Você compreende, sim! Você compreende na sua língua, e se recusa a conversar em qualquer outra linguagem que não seja a sua, ainda por cima fingindo uma democracia ridiculamente desmoralizada pelos meios que ela mesma prega como justos. Até isso, deputado... Até os princípios mais sagrados da democracia foram destruídos pelas espertezas da retórica, muito poderosa por malhar na mesma tecla e hipnotizar os crédulos. Usar os princípios virtuosos para os fins mais sórdidos. Só vocês! Todos os outros banidos, porque autoexilados em seu próprio mundo, assistindo à orgia vomitar sua estupidez, fingindo-se virtuosa.
– Autoexilados porque eles mesmos fogem, se acovardam, burguesinhos egoístas cuidando apenas de si mesmos, enquanto olhamos para o povo. Veja os benefícios sociais! Quem discute? Está nas urnas! O que mais?
– Nas urnas e nos tribunais, deputado! Nos tribunais e na polícia; nas urnas e no Ministério Público; vergonhosamente nas praças, nos bares e nas fábricas, nos escritórios, nos consul-

tórios e nos hospícios. Além da comédia de terror que se tornou a Câmara e o Senado, o seu Congresso, deputado! Para completar o pesadelo, temos esse Executivo falso-heroico, tragicômico, negando seus próprios erros evidentes, como vocês todos negam e negarão. Em sua essência, o cinismo é uma arte da linguagem que envolve intensamente a negação. Você não tem vergonha, deputado? Você sabia que a inteligência é um órgão e que por isso a inteligência dói? E que o mesmo acontece com o senso crítico e o caráter? Para quem deseja compreender, não é difícil. Para outros, é impossível. Então se candidate a compreender. A resposta está no enigma. Ela é a chave que abre a caixa.

– De novo? Você não consegue ver uma virtude? Uma que seja? O que expressa não passa de ódio por despeito. Como pode uma brutalidade criminosa ser proposta como uma pesquisa? E no final o cínico sou eu?

– É para compensar a sua brutalidade criminosa sem pesquisa alguma... Vou explicar uma vez só, citando nomes que o Vulto prefere evitar, aliás, me proibiu. Embora agradem aos estudiosos, com toda a razão, o estudo e as citações pouco fazem pelos ignorantes pervertidos pela própria ignorância, autojustificada nas vitórias ilusórias com que eles fogem da verdade, que um dia chega. Chegou, deputado! A farsa seduziu, e iludiu, desde pessoas simples e honestas até cultas e honestas, cujo crime não é ser simples, nem cultas, é ser honestas. Os honestos não couberam, deputado. Alguns enxergaram antes, outros aderiram lealmente, e foram embora ao perceber. Por que será? Você tem uma teoria?

– Isso deve fazer parte da tortura! Eu pedi ajuda a você, que disse que estava aqui para me apoiar, eu lhe falei que o Vulto me desespera com sua brutal velocidade incompreensível, e você vem com esse turbilhão de nomes, pelo pouco que

sei, repleta de incoerências, sob o disfarce de cultura. Pura arrogância intelectual! Nada mais! Cínicos são vocês, que ocultam a verdade do que se passa aqui com essa farsa de pesquisa.
– Falha minha, deputado! Eu o compreendo. Mas é também meu desespero, projetado sobre suas orelhas. É porque os honestos não têm espaço no poder, ou muito pouco, quase nada. Houve duas razões para você ser banido ou autobanir-se: ser honesto e ser culto, saber o que pensa e porque pensa, saber o que diz e porque diz e, principalmente, ao final, saber alinhar o que pensa, diz e faz. Qualquer das duas razões tornou-se exílio, um autoexílio, o exílio do silêncio de quem tem olhos e não tem voz, num cenário de terror, no qual só tem voz quem não enxerga além de si mesmo. Babões convictos! Dizendo-se fraternos como disfarce de uma gula sem limites. Deputado, o que temos aqui é um segredo aborígene australiano que nunca foi escrito: "não se joga fora um bumerangue". O Vulto é a volta, e vem a galope! Quer um conselho? Aproveite este momento para rever a si mesmo! E você descobrirá que nós, que você hoje toma por carrascos, somos seus únicos amigos verdadeiros. A chave, deputado! Tire-a da caixa, e seja livre!

Mais uma vez tentando ser paciente, e finalizando o que considerou uma sessão malsucedida apesar de mais cordial, Conzenza prosseguiu:

– Preste atenção! O que direi pode inspirar-lhe a solução. Ilustrarei com três pequenos sons: *etói*, *amfi* e *peri*. Repita, deputado.

– *Etói*, *amfi* e *peri* – obedeceu o Deputado.

Conzenza continuou num tom didático:

– São elocuções originais do grego com um poder de significação tão grande que influenciou a formação de palavras, em muitas línguas, por séculos. Elas se referem a separar, a contornar e a unificar. Aqui, o propósito não se refere às palavras em si mesmas, mas à relação entre as palavras, os pensamentos, os atos e as intenções. Enquanto o *amfi* designa a cisão e o *peri* designa o contorno, o *etói* se interessa pela união, pela conexão, entre a razão e o ato. Assim, das muitas relações possíveis entre a razão, a palavra e a ação, a ética é o interesse pela união entre o motivo e o ato, enquanto a retórica pode se prestar ao interesse entre a razão e a palavra, escapando de justificar a ação frente às suas finalidades originais e suas consequências reais. É nos vãos de tais categorias que age o cínico, quase sempre eticamente vil, cujo exemplo, já disse, escolhido por nós, é você. Operando em segredo, fazendo sem ser visto, o cínico separa os atos das suas razões, das suas finalidades originais, e arrasta as questões para as palavras. Ele interpõe as palavras, usa argumentos para complicar palavras simples, ou exagera a simplicidade de palavras complexas, conforme convenha ao seu único propósito: arrastar a discussão para fora das ações reais, escondendo os atos por detrás das palavras, e adiando, adiando entrar na matéria central do interesse ético: a relação entre as razões, as ações, as intenções e as finalidades; a relação entre os tratos, os contratos e as ações; a relação entre as intenções pressupostas e os fins perseguidos. Um cínico é um falsário com duas ferramentas: de um lado, as ações escondidas, atropeladas, atrevidas, insolentes, não contratadas nem tratadas; e de outro, a retórica que as oculta, relativiza, ameniza, buscando a periferia, e não a essência. *Etói, amfi* e *peri*. Repita, deputado.

 O Deputado repetiu, e Conzenza, preocupada, permaneceu no quarto tentando pensar no que fazer. A partir de agora, o Vulto iria interrogá-lo a respeito do enigma, e ela sabia que o Deputado não só não estava preparado, mas se recusava a preparar-se. Ao mesmo tempo, uma péssima surpresa os aguardava.

...

VI.

O CONFRONTO

Vós continuais ainda por aí!
Não, isto é inaudito.

Desaparecei logo, já esclarecemos tudo!

O fardo do diabo, por regra alguma,
pergunta por nada.

Somos tão inteligentes e, porém,
Tegel continua assombrada.

J. W. Goethe
Fausto I
Noite de Walpurgis

Surpreendente, duro, autoritário, sem aviso prévio, o Vulto entrou no quarto sem nem ao menos bater à porta.

Conzenza não conseguiu disfarçar um certo choque. Não estava combinado que o Vulto viria ao dormitório. Frio e distante, ele os repreendeu:

— Do que vocês estão falando? A manhã passará como um relâmpago, e outro dedo contará por mais um dia. Eu não quero que presumam que haverá a mesma prática de ontem. Foi só um susto como aviso. Em geral, a piedade dura menos que o descaso. Tudo pode acontecer.

Apesar dos avisos de Conzenza, o Deputado considerou atacar o Vulto. Seu tom de voz prepotente o irritou. A conversa fluía de tal forma positiva quando o Vulto entrou que o contraste, tão chocante, amedrontou mais ainda o Deputado. Ele pensou seriamente em atacá-lo. Afinal, estaria melhor morto que vivendo aquele inferno. O Vulto insistiu:

— Vocês seguirão nessa conversa inútil? Deputado, eu sugiro que se apresse. Conzenza, o seu apoio não me parece funcionar. Além disso, ouvi ao chegar, você desrespeitou minha proibição de citar filósofos e referir-se a teorias. Aqui não interessam teorias. O que muito me interessa, e cada vez mais, são os dedos, para começar, e, quem sabe, a língua e os olhos. Eu sempre admirei os citas. Eram sábios.

Inesperadamente, o Vulto se voltava também contra Conzenza, que o estranhou e nada disse. O Deputado adiantou-se:

—Eu posso comentar o que estou vendo? Tudo bem, eu sou refém, não tenho poder algum, mas eu tenho algum direito?

Embora estivesse irritado, o Vulto assentiu. O Deputado começou:

— Eu não sei se o que esperam de mim é outra coisa, mas confesso que continuo supondo que seja. Por favor, não me machuque, nem se irrite com o que digo. Não acho difícil vocês compreenderem que, nesta situação, minha possibilidade de resolver é

nula. Estou me sentindo horrivelmente mal, tentando sobreviver a tudo isso, eu compreendi as perguntas, não me recuso a arriscar uma resposta, responderei, mas dê-me um tempo sem tanta pressão. A ser verdade que a questão é apenas essa, eu acredito no que dizem, estou sensível aos argumentos, mas esses espelhos, as imagens, a tortura dos dedos, agora essa referência aos citas, aos olhos, à língua... Eu não consigo imaginar uma saída.
– Os dedos não são reais... ainda! – ameaçou o Vulto. – É você quem tem a obrigação de transformar a realidade! Para isso o elegeram. Essa é a sua função, e foram suas as promessas. Existe alguma relação entre o que você diz e faz? Há alguma verdade por detrás das suas palavras? Ou nada tem a ver com coisa alguma? – rosnou o Vulto.
– Eu não estou só, sou um entre centenas, além do Legislativo há o Judiciário, e o Executivo, os funcionários concursados, os ministérios, os fundos de pensão, as autarquias, os empresários que pressionam, trata-se de uma enorme cadeia, cheia de regras, cada um com seus interesses e suas razões.
– E há também o povo responsável, os massacrados impedidos, ignorados por aqueles que deveriam servir! Ou você se esqueceu desses mais uma vez? – rugiu mais alto o Vulto.
Enquanto o Deputado discursava em evasivas, Conzenza vigiava, reparando nas reações do Vulto, atenta ao risco de que, a qualquer momento, ele atacaria o Deputado caso este não parasse de fugir e se calasse. O Deputado continuava:
– ... trata-se de uma longa herança de costumes, e não só republicanos, existem hábitos profundos que remontam ao Império, à Primeira República, a influência da repressão que tanto atrasou a maturidade democrática, são influências culturais que herdamos desde cedo, somos um país muito jovem, muito grande, de dimensões continentais. Os países mais organizados

levaram séculos para obter suas estabilidades, ou são pequenos e mais fáceis de organizar e governar, o povo é muito mais politizado, a educação é bem melhor...

Conzenza estava a ponto de calar o Deputado, sob pena de o Vulto perder o controle diante das insuportáveis evasivas, dos clichês e chavões. No entanto, de forma inesperada, o próprio Vulto se mostrou interessado. Sentou-se, baixou a cabeça como se quisesse esconder seus olhos e, fitando firmemente o chão, estimulou o Deputado:

– É mesmo? Então prossiga o seu raciocínio. Tudo isso justifica que você, estou falando singularmente de você, não faça nada? É como se fôssemos simples colegas de infortúnio e você estivesse se queixando para mim o quanto é horrível o país que coabitamos. Ou seja, você tem tanto a ver com isso quanto eu, ou qualquer um? O seu papel é se queixar, não se empenhar em melhorar a situação. É isso mesmo que eu estou ouvindo? Você é como o delegado que, muito solidário, lamenta o assalto juntamente com a vítima, criticando a ineficácia da polícia que ele mesmo representa; ou do funcionário público que se queixa da burocracia a que ele mesmo serve, sem se propor a resolvê-la – levantou rispidamente a voz o Vulto.

– Mas eu faço muitas coisas!

– Por exemplo...?!

– Ora, por exemplo... Eu me sinto constrangido com a pergunta. Vocês sabem o que faz um parlamentar, um deputado, um senador, eu não creio que não saibam. Propomos projetos, projetos de leis, discutimos, analisamos, coordenamos as comissões, representamos interesses regionais, nacionais, discutimos, negociamos, votamos, aprovamos, procuramos construir a ordem, o progresso e a justiça por intermédio das leis. Uma delas, por exemplo, em pleno vigor, diz que ninguém deve tentar fazer justiça com as próprias mãos – comentou o Deputado, ironizando ousadamente, tentando se valer da situação.

Atenta, Conzenza monitorava o Vulto, já a ponto de explodir diante da professoral suavização da voz, daquele ritmo pausado e abertamente sibilino de que se vale todo cínico, ritmo do qual se valia o Deputado. O Vulto começou a levantar a voz:
– Ouça bem! Se é que não sabe. Darei números. Há anos em que vocês aprovam menos de um por cento das leis que discutem. Não chega a um por cento! Um! Eu estou dizendo um... por cento! Por exemplo, há poucos anos, de quase dois mil projetos, sobraram treze leis. Leis em sua maioria inúteis, ou de alcance discutível, nomes de viadutos, cognomes municipais, frequentemente ridículos. Os projetos de leis sobre tributação, homenagens e datas comemorativas atingem escandalosamente maior número em relação àqueles sobre saúde, educação, segurança, arte, cultura, ciência e tecnologia, organização administrativa do Estado e organização política. Deputado, se fosse para fazer justiça com as próprias mãos, eu devia bater a sua cabeça na parede até você acordar do pesadelo que a nós todos submete.

– Esses números variam ano a ano. É preciso compreender que nos anos de eleição...

Conzenza, num ato rápido e convicto, avançou sobre o Vulto, abraçando-o e contendo o iminente ímpeto agressivo que, ela, sensível, antecipou. Olhou o Deputado com severos olhos de censura, mal acreditando, dada a situação, no que via e ouvia. Segurando o Vulto num abraço entre firme e afetuoso, ela disse:

– Deputado, até eu confesso que não sei o que você pretende. Leio pensamentos, eu tenho de fato esse poder, e quando percebo a sua insensibilidade em relação à situação, e quando tento apoiá-lo de alguma forma, realmente me confundo. Eu não consigo ler em sua mente, nem ouvir nas suas palavras nem ver na sua conduta outra intenção senão a defesa do absurdo, invariavelmente em causa própria. Negar tudo o que é ruim e reafirmar virtudes que inexistem, eis a violência do cinismo.

– Mas eu tenho outra saída? Se, quando eu me mostro solidário, quando concordo com o absurdo, eu sou ameaçado por me furtar como parte responsável, e quando eu tento justificar, dizendo por que as coisas são assim, nada resolve. Então o que resolve? – devolveu o Deputado.

Ainda visivelmente perturbado, o Vulto interferiu:

– Então o que resolve? Quem pergunta sou eu! Quem se ofereceu como representante dos interesses comuns, supondo que todos sejam interesses nobres, foi você, e você foi eleito. Você se lembra por que foi eleito? Por quem foi eleito? Para que foi eleito? Foi para representar as necessidades e as possibilidades.

– E eu represento! Represento como posso. Não é a violência que resolverá. Com certeza! Desculpem-me, mas só o diálogo democrático, com direito de ampla defesa e respeito aos contraditórios, além de todas as etapas dos processos usuais, é que resolverá – evadiu-se o Deputado.

O Vulto baixou a cabeça, esfregou com as mãos a testa e o rosto, tapou os olhos, inclinou-se quase até o joelho parecendo arquear as costas procurando relaxar e se acalmar. Conzenza passou as mãos em suas costas, procurando contê-lo. Insistente, achando que havia ganhado algum terreno, o Deputado ousou emendar:

– São décadas de acúmulos, de costumes, de vícios nos processos, de articulações entre partidos, de oposições entre razões ideológicas e razões administrativas, de confronto entre direitos humanos e medidas duras necessárias. A Constituição também não ajuda, ela é anacrônica; as reformas são todas necessárias, e atrasadas, mas uma coisa impede a outra, fechando

um círculo vicioso quase impossível de romper. Além do mais, a cidadania é muito pouco exercida. Votam em nós e ninguém mais monitora o que fazemos. O povo fica longe do governo.
O Vulto interrompeu:
— Você é insuportavelmente irritante, deputado. Ao mesmo tempo, é hipócrita a ponto de dizer o que diz sem se envergonhar. Se não fosse a falsidade com que coloca os argumentos mais insensatos a serviço dos propósitos mais torpes, tenha certeza de que eu o libertaria neste instante. No entanto o experimento é outro! Você insiste em não entender, talvez jogando um jogo, nem que seja por vício ou por algum tipo de prazer. Talvez para ganhar tempo, adiando seus castigos, esperando algum instante oportuno para algum gesto ardiloso. Mas, por detrás das suas declaradas intenções, debaixo dos seus nobres argumentos, ditos democráticos, Conzenza lê seus pensamentos... Eis toda a diferença! Foi o cuidado que tomei no experimento! Eu procuro ser gentil, estudioso, honesto e justo. Sou silencioso, eis o meu erro. Meu silêncio me tornou doente. Adoeci de raiva. Primeiro, foi um susto, depois veio a ira. Ao ver esse discurso em toda parte, ao pagar os impostos que pagamos, sem praticamente retribuição alguma de qualidade, tendo de ouvir a mesma coisa anos a fio. Perdi minha paz, perdi virtudes que pretendo ter de volta e, ainda pior, vi meus amigos as perderem muito mais. Alguns já se deprimiram, desistiram. Outros falam em ir embora. Outros já foram. A verdade é que eu perdi virtudes que prezava. Uma delas, aliás, é o senso de justiça que herdei. Adoeci de algumas formas que não lhe cabem conhecer. Então aqui eu derrubo os seus ardis.

O Deputado sabia manobrar em tempo curto. A essa altura valia tudo. Então o Deputado apostou o que podia:
— São mais que justas as suas queixas. Eu faço minhas suas palavras. É uma longa e penosa construção. Mas por que o

Legislativo? E por que eu? Eu o vejo como um crítico capaz, um cidadão ferido, saturado. Coloque suas críticas aos demais poderes, eu escuto. Afinal, enquanto vocês ficaram em silêncio, eu tentei dedicar minha vida ao povo. Vocês só trabalharam e tributaram. Eu me doei! E quanto ao Executivo? Ao Judiciário? Era quase insuportável ouvir aquilo: "Eu me doei!". Dito com tamanha convicção. Para surpresa de Conzenza novamente, o Vulto não se enfureceu a ponto de agredir o Deputado. Ao contrário, ele respondeu:

– Tiro errado, deputado! Evasivas! Covardia! Posso listar verdades indiscutíveis, e em nada reduzirá a sua responsabilidade em particular, e a do Legislativo em geral. Comecemos por vocês, para ser simples e claro. Descaso pelas questões mais relevantes a serem regulamentadas, alheios às causas mais urgentes, gastam energia em causa própria. Assim que eleitos, vocês esquecem o que prometeram. Já falei diversas vezes, ineficiência na elaboração e eficácia das leis e normas, com excesso de mudanças nas leis, na medida em que elas não funcionam porque foram mal estudadas. Projetos mal elaborados, votações irresponsáveis, falta de profundidade e tecnicidade na formulação e nas análises. Quer mais, deputado? Produção intelectual precária, com a construção hipócrita de lícitos inaceitáveis; em suma, tornar legal aquilo que é prejudicial à sociedade.

O Deputado, apesar de defensivo, impressionado com a fluência e a precisão crítica do Vulto, mesmo discordando intimamente com suas evasivas infinitas, seguia ouvindo:

– Mas se não bastar o seu amado Legislativo, esse protetor de oportunistas, posso falar do Judiciário. Mazelas do Judiciário, deputado. Progressivo comprometimento ideológico, entendendo que o Estado sempre tem razão. Julgar segundo leis inválidas porque são mal elaboradas, nunca devidamente reformadas, leis que colidem umas com as outras. Juízes com medo de ser vistos como corruptos caso decidam defender o indivíduo contra o Estado e, eis aqui outra ironia, ao contrário do medo de ser tomado como corrupto, as práticas de corrupção no próprio Judiciário, tanto para benefício particular como para obter poder político. Esses medos e essas práticas se completam perfeitamente. Já basta ou quer mais, deputado? Eu continuo! Sempre se disse que o Judiciário protegia o país da indolência do Legislativo e das barbaridades do Executivo. Até isso destruíram! O Judiciário também se tornou inaceitável. O que restou? Com a ignorância alimentando a imoralidade. É realmente muito triste! Alguma dúvida, senhor coautor?

– A minha condição aqui é totalmente de submissão, mas arrisco-me a dizer. A sua crítica também mostra uma postura ideológica, um preconceito prepotente. Está bem claro que você considera muito pouco as complexidades da política e a necessidade dos processos como são. Eu não posso ser responsabilizado pela história. Eu me disponho a construí-la. Concordo que existam esses males, mas quem se dispõe a lidar com eles? Eu me disponho, me candidato, assumo riscos. Além do mais, esses males pouco representam perto dos regimes de exceção. A sua postura também é fortemente tendenciosa, até mais que a minha... Estado mínimo? Mais privilégios privados? Mais concentração de renda? Mais recusa ao distributivismo solidário? Menos cuidados com o meio ambiente? Quem gostaria de voltar à repressão?

Mais uma vez, Conzenza surpreendeu-se com o comportamento do Vulto, de quem ela esperava agressões violentas diante de tantas evasivas nas quais o Deputado acreditava. O Vulto continuou:

– Deputado, qual é a relação de um assunto com outro? Por que a referência a um mal já ultrapassado pretende justificar os imensos males atuais? E suas horríveis consequências futuras, em especial na educação da juventude pelo exemplo... Onde pode haver um elo, por mais patético que seja, entre os problemas que descrevi e suas soluções através de reformas democráticas caso tivéssemos legisladores politicamente dedicados, tecnicamente competentes, honestos com suas promessas, e responsáveis com as necessidades? Qual a lógica, senão hipócrita e evasiva, de apelar a esses pavores? Ditadura? Repressão? Por acaso o deputado está dizendo o oposto do que parece defender. Que só com um regime de exceção o país melhoraria? E justificando a própria idiotice dizendo que a democracia é muito lenta? O que seria isso? Uma democracia de sofistas vagabundos? É verdade! Essa democracia é mesmo lenta! Ela ocorreu exatamente assim! Aliás, tratando-se de uma velada tirania, por intermédio do Estado aparelhado, onde está a democracia? Onde está senão justificando a opressiva prepotência, cuja velada violência se acoberta de virtudes e rouba sem parar... Em segundo lugar, de onde vem essa mania, bem mesquinha, de tomar um curto sucesso miserável, por sinal totalmente insuficiente, como a bandeira que defende os absurdos tão evidentes? Eu repito exatamente o que falei há alguns instantes. Por detrás das suas declaradas intenções, debaixo dos seus nobres argumentos, Conzenza lê seus pensamentos. Eis toda a diferença! Foi o cuidado que tomei no experimento! Aqui você pode enganar com as palavras, mas não pode mentir para Conzenza. Encurtemos tudo isso. Responda-me, deputado: para que servem as palavras?

A resposta veio à sua boca antes mesmo que o Deputado pudesse avaliar suas consequências. Ele ouviu a si mesmo responder:

— As palavras servem para negociar os interesses. Conversar sobre trocas, dentro de necessidades e critérios de juízos. Isso é a essência da política!

– E serviriam para mais alguma coisa? Por exemplo, para eleger como um critério do juízo, para contratar compromissos e cumpri-los?

O Deputado parecia progressivamente confiante:
– Por que tanta dificuldade de entender que o cinismo é também uma ética? É uma dúvida cabível, até mesmo com o recurso de um deboche, da própria ideia de verdade? Desse absurdo a que chamam verdade moral? Desse tipo de verdade em relação à qual vocês insistem em atribuir uma realidade natural quando ela é apenas e somente uma verdade cultural, um contrato, um artifício, um combinado, uma liberdade social sempre objeto da livre escolha da política?

Conzenza e Vulto se entreolharam. Mais sólido, talvez mais suicida, com certeza mais livre, o Deputado crescia em argumentos e se posicionava. Conzenza incentivou-o:
– Gostei! Fale mais sobre essa diferença entre realidades naturais e verdades culturais.

Revelando, surpreendentemente, aspectos, cínicos ou não, bastante concatenados do seu íntimo discurso, com certeza mais culto e instruído do que se supunha, o Deputado confiou em si:
– Me parece tão simples, e para ser franco me assusta essa surpresa de vocês. O contrato social, cultural, mesmo legal, o acordo entre pessoas, é algo livre da regularidade da realidade natural, e a política, o exercício máximo dessa liberdade, a meu ver perfeitamente lícita, que permite os novos acordos, fundados em novos interesses, evoluindo conforme avançam as relações. Absurdo é esse desejo de aprisionar a liberdade de mudar de opinião, de interesse, de partido, de aliados, de inimigos, essa tal coerência a que os moralistas se referem, pretendendo prender o jogo político num cárcere moral. Desculpem-me, mas se os flexíveis são cínicos, então os moralistas

são o quê? Os arrogantes, prepotentes, donos da verdade final? Em matéria de valores humanos na política, na diplomacia, na cultura tal e qual ela é, não há verdade final. Tudo é fluido e negociável. Aliás, todos aqueles que desejaram impor as suas verdades definitivas não passaram de tiranos, mais criminosos do que os cínicos, que conhecem a relatividade, a fragilidade e a necessária flexibilidade das verdades sociais e culturais. No fundo, o tempo todo estamos falando de política. Por isso deixei de ser um engenheiro e me tornei político. Conforme as coisas mudam, os compromissos assumidos também devem adaptar-se. A flexibilidade e a adaptabilidade são fatores decisivos do progresso, e isso muda a ordem, a noção de ordem. Hoje em dia tudo muda muito rápido. É assim o mundo.

– É assim o mundo. Também assim é o país horrível que aí está. O que me diz das estabilidades necessárias, dos valores que constituem os alicerces institucionais, das cláusulas pétreas desejáveis entre as intenções e as práticas, para que essa sua flexibilidade tenha limites toleráveis? O que me diz de o poder respeitar o conhecimento um pouco mais?

– O poder do conhecimento não se impõe ao conhecimento do poder. Isso é histórico, e bem claro.

– Você quer dizer que os intelectuais não conseguem influenciar significativamente na política?

– Por duas razões. A primeira é de natureza ética, e a segunda, de natureza prática. O conhecimento, a cultura, esse tipo de caminho, de vida, a que chamam intelectualidade, o estudo, a pesquisa, o valor da razão e do discurso aliados às condutas tendem a tornar o caráter ético mais estável, os contratos verbais, mais confiáveis, o intelectual é mais avesso às incoerências, às traições da conduta frente ao pensamento e à palavra. A política, o conhecimento do poder, o domínio dos

mecanismos do poder, na prática, não hesitam quando são necessárias as incoerências convenientes, quando mudar radicalmente de opinião, de posição, galga o poder, ou o amplia, ou o mantém. A Academia não dita as regras do Palácio – concluiu o Deputado, demonstrando conhecer mais do que o esperado.
– Embora o Palácio afirme respeitar a Academia.
– O Palácio faz com a Academia o mesmo que faz com o quartel, com a economia, com tudo aquilo que domina e manipula.
– Pelo bem e pelo mal.
– Porém cada instância tem as suas defesas e seus poderes. A política divide o poder mas tem também os seus limites.
– Sim! E aí depende do quanto esses limites são também políticos. Qual foi a primeira frase, bem sintética, que você utilizou?
– O poder do conhecimento não é o conhecimento do poder.
– Faz sentido. Mas há lugares em que essa relação evoluiu mais do que em outros. Chamamos a isso de primeiro mundo. Os lugares onde o poder do conhecimento é mais respeitado pelo conhecimento do poder. Os lugares onde são muito apartados certamente são os menos éticos, os mais ignorantes e, portanto, os mais miseráveis e atrasados.
– Há muitos intelectuais, jornalistas, professores, escritores e artistas, com as mesmas ideias que advogo. Eu sempre concordei em respeitar o conhecimento, mas é preciso dividir o conhecimento em tipos, o conhecimento técnico é um desastre na política porque ele pretende submeter a própria política quando deveria servi-la, servir aos seus propósitos. A economia, por exemplo, em especial a praticada pelos economistas de viés capitalista, tem sido a pior área de conhecimento para a política. Economistas matemáticos pretendendo discutir po-

lítica social. Eu sou um ético, posso até ser um matemático, mas antes disso sou político, por saber que a integração desses fatores deve passar pelos mais legítimos interesses sociais, e só consultando as bases, só ouvindo a sociedade em suas camadas mais humildes, é que se pode pensar a economia, a engenharia, e mesmo a ética.

– Perfeitamente, deputado. Mas aqui tomei o cuidado de incluir Conzenza, com sua singular capacidade de ler a intimidade, essa região antes da fala, entre o que se pensa, o que se diz, e o que se faz. Então vejamos a verdade a seu respeito, independentemente do que diz.

Sereno, porém severo, o Vulto voltou-se para Conzenza:

– Conzenza, revele o que realmente pensa o deputado, enquanto fala as maravilhas venturosas que nos colocam em posição de criminosos, sendo ele o inocentezinho. Diga, Conzenza, com seu dom de ler a intimidade dos pensares, revele os mecanismos do cinismo, e dessa vez nós cortaremos um dedo verdadeiro, talvez a própria língua. Por sinal, eu adoraria. Tornei-me um justiceiro cruel, e não terei a mais tênue piedade. Aliás, eis uma parte da doença que tristemente adquiri. Adorarei espremer o alicate nesses dedos criminosos, da mesma forma que meu coração e minha inteligência foram espremidos nesses anos, assistindo ao que assisti. Fale, Conzenza! Fale com toda a convicção e a confiança de quem lê as intimidades. Revele o que vê nos pensamentos desse escroque deletério. Fale o que ao mesmo tempo é indiretamente tão visível para todos, mas você lê diretamente. Fale para ouvirmos, e, quem sabe, ouvindo, esse canalha veja.

Inflamado, recorrente, chegando a tornar-se cansativo em seus ataques, o Vulto aguardou Conzenza responder.

Silêncio.

Silêncio!

Silêncio

... Silêncio...
... Silêncio...
... Silêncio...
... Silêncio...
... Silêncio...
... Silêncio...
... Silêncio...
... Silêncio...
... Silêncio...
... Silêncio...

... Mais silêncio...
... Silêncio...
... Silêncio...
... Silêncio...
... Silêncio...
... Silêncio...
... Silêncio...
... Silêncio...
... Silêncio...
... Silêncio...
... Silêncio...
... Silêncio...
... Silêncio...
... Silêncio...
... Silêncio...
... Silêncio...
... Silêncio...

Ante a expectativa criada pelo Vulto, o silêncio de Conzenza fez-se progressivamente repleto e ensurdecedor...

... Silêncio...	... Silêncio...	... Silêncio...
... Silêncio...	... Silêncio...	... Silêncio...
... Silêncio...	... Silêncio...	... Silêncio...
... Silêncio...	... Silêncio...	... Silêncio...
... Silêncio...	... Silêncio...	... Silêncio...
... Silêncio...	... Silêncio...	... Silêncio...
... Silêncio...	... Silêncio...	... Silêncio...
... Silêncio...	... Silêncio...	... Silêncio...
... Silêncio...	... Silêncio...	... Silêncio...
... Silêncio...	... Silêncio...	... Silêncio...
... Silêncio...	... Silêncio...	... Silêncio...
... Silêncio...	... Silêncio...	... Silêncio...
... Silêncio...	... Silêncio...	... Silêncio...
... Silêncio...	... Silêncio...	... Silêncio...
... Silêncio...	... Silêncio...	... Silêncio...
... Silêncio...	... Silêncio...	... Silêncio...
... Silêncio...	... Silêncio...	... Silêncio...
... Silêncio...	... Silêncio...	... Silêncio...
... Silêncio...	... Silêncio...	... Silêncio...
... Silêncio...	... Silêncio...	... Silêncio...
... Silêncio...	... Silêncio...	... Silêncio...
... Silêncio...	... Silêncio...	... Silêncio...
... Silêncio...	... Silêncio...	... Silêncio...
... Silêncio...	... Silêncio...	... Silêncio...
... Silêncio...	... Silêncio...	... Silêncio...
... Silêncio...	... Silêncio...	... Silêncio...
... Silêncio...	... Silêncio...	... Silêncio...
... Silêncio...	... Silêncio...	... Silêncio...
... Silêncio...	... Silêncio...	... Silêncio...
... Silêncio...	... Silêncio...	... Silêncio...

Na medida em que sua pausa era excessiva, o seu silêncio tão ruidoso e tão repleto, tanto o Deputado quanto o Vulto fitaram Conzenza com expectativa e preocupação. Perceberam que o seu semblante estava lívido. Conzenza estava pálida, seus olhos, assustados, sua boca, incapaz de uma palavra, entreaberta, com o pasmo na expressão. O Vulto foi atencioso:

– Você está bem, Conzenza?

Refazendo-se do que parecia algo inesperado e assustador, Conzenza baixou a cabeça, passou as mãos pelos cabelos num gesto tão ansioso quanto tenso e conseguiu falar:

– Vulto, nós temos um problema! Um sério problema. É muito grave. O experimento está comprometido. Mas eu não devo comentar nesse momento – ela hesitou em continuar. – Precisamos conversar, você e eu. Sugiro que encerremos a sessão... nada fazendo... Que o deputado se recolha. Nós falaremos em seguida.

– Então meu prazo está suspenso? – atalhou o Deputado, insensível ao evidente mal-estar.

Mais uma vez o Vulto sentiu suas pupilas se fecharem, verticais. Seus dedos e suas unhas ganharam a energia das crises agressivas, uma raiva já epidérmica arrepiou o dorso das suas mãos, suas orelhas se contraíram, tornando-se pontiagudas, seus dentes rangeram. Era a doença da saúde, e a saúde já doente. Entre um humano, por sinal da mais alta qualidade, e um vampiro, e um lobisomem, ele oscilava. Mesmo assim, respirou fundo e respondeu:

– Até que eu diga o contrário, o seu prazo está suspenso, deputado. Não cometa o desatino suicida de rir de nós nesse momento. Eu o estudei o suficiente para saber da sua insensível grosseria, eis mais uma confirmação, e nada animadora. Conzenza, espero que melhore. Paremos por aqui, estou à sua disposição.

VII.

O SUSTO

> É só violentamente que se pode falar de algo como a permanência, velada para o cínico, do mecanismo das suas declarações. Eles sabem o que dizem, e eles o dizem menos com base em mecanismos "inconscientes" e mais porque eles passaram a prestar atenção nas contradições reais.
>
> PETER SLOTERDIJK

PREOCUPADO, O VULTO NÃO IMAGINAVA O QUE HAVIA SE PASsado com Conzenza. Na verdade, não associava seu pedido – "diga, Conzenza, o que lê nos pensamentos do deputado, revele agora o quanto ele tem plena consciência dos seus mecanismos mentirosos" – e, no entanto, era exatamente aí que residia a inesperada angústia de Conzenza. Ela foi clara e incisiva:

– Vulto, estou assistindo a um absurdo. Eu não consigo ver o deputado pensando de forma diferente da que diz. O grave comprometimento do experimento, para mim terrível, é que a minha leitura dos pensamentos dele não revela um cínico! Ao contrário, revela alguém que está pensando aquilo que diz, na hora em que diz. Ou seja, o que o deputado fala é exatamente o que ele pensa enquanto fala. Não há nada oculto, ao menos que eu possa perceber.

O Vulto se assustou e disse:

– Como é possível? Todas as investigações, as provas definitivas, cabais, de tanta corrupção, passiva e ativa, as provas objetivas das contas bancárias, das transações, das gravações, dos testemunhos cruzados, das delações mútuas... Como é possível que você não leia o disfarce proposital no seu pensamento mentiroso? Essas teorias sobre a inconsciência da própria mentira só podem ser uma anedota. A não ser que o seu poder de ler os pensamentos esteja perturbado.

– Foi a primeira possibilidade que considerei. Mas em todas as outras situações, mesmo aqui, e agora, com você, em todos os momentos anteriores com ele, não ocorreu esse fato. Eu sei quando não consigo. É impossível explicar essa certeza íntima. Ela é intuitiva, instintiva, visceral, e ao mesmo tempo bastante racional. É o que eu poderia chamar de um estado de certeza. Do contrário, qualquer bloqueio fica mais do que evidente, e sempre é meu. Nunca encontrei em outra pessoa um bloqueio que me impedisse de ler sua mente.

– Mas encontrou aqui! Por que será?

– Quando a consciência não consegue ter consciência do que se passa na consciência... então...

– Então? – questionou o Vulto

– Então, raciocinando agora, eu imagino duas hipóteses. Ou o autoengano derivado do hábito constante construiu nele a mentira perfeita, aquela que mente a si mesma a ponto de não se perceber mentindo...

— Ou...?
— Ou o próprio inconsciente, o imenso espaço ao qual eu também não tenho acesso, torna a blindagem defensiva tão espessa que nem eu mesma posso ver. O canalha que o habita opera num nível de inconsciência tão profundo que nem eu nem ele temos acesso.

— Conzenza, calma aqui, nós discutimos esse assunto ao planejar o experimento. No caso dos cínicos crônicos, rejeitamos toda hipótese da inconsciência da mentira. Ele conhece as contradições reais, incluindo as nossas, e as explora habilmente.

— Mas ele não demonstra tanta agilidade em manobrar essas contradições. Na verdade, tem sido bem repetitivo, recorrendo aos mesmos pontos. Parece que o conjunto de argumentos que protege a mentira central é sempre o mesmo justamente para protegê-la.

— Talvez por isso, quando houver um defeito no caráter, seja mais fácil para o ignorante ser um cínico do que para uma pessoa mais culta.

— É preciso cuidado aqui. São muitos os conceitos e as categorias em jogo no que acaba de dizer: caráter, defeito, ignorante, culto, cínico. Definir cada uma dessas palavras é quase impossível. Relacioná-las é mais difícil ainda.

— É impossível, mas o fato é que todas as culturas lidaram e lidam com pessoas que elas percebem desonestas, e tentaram, com maior ou menor êxito, impedi-las de roubar. Eu bem sei que é difícil definir honestidade, assim como é muito perigoso associar desonestidade e ignorância, cultura e honestidade.

— Há ignorantes honestíssimos.

— Assim como há canalhas cultos.

— A educação para os saberes, especialmente esses saberes escolares, e mesmo a educação para algum refinamento, seja a sensibilidade para a arte, ou a filosofia, a história, não pode ser relacionada à honestidade, nem mesmo à desonestidade. Parecem mecanismos diferentes. Daí o mistério da consciência do canalha, e do inconsciente do canalha, e a razão de todas as culturas terem criado palavras misteriosas para lidar com esses assuntos, tais como caráter, índole, temperamento. O deputado tem um temperamento afável e uma índole gentil, educação superior e uma boa dose de conhecimentos sobre temas diversos.

– Bem, afinal, ele é um político.

– Mas essa palavra, principalmente vista no contexto da sua fala, assume tantos significados, especialmente morais, que é o tom com que se fala, a fácies, não verbal, que comunica o que pensamos. Associar todo político a um canalha é moralmente injusto e racionalmente um absurdo.

– Mas quase real na prática – sorriu o Vulto com ironia, o que era raro.

– Se for para arriscarmos alguma teoria, mesmo que informal, sobre política e corrupção, eu não iria pelos caminhos já trilhados tantas vezes, repetindo o senso comum que só faz girar sobre elas mesmas palavras que mal define. Eu tomaria o caminho do narcisismo e, por meio dessa presunção de que eu sou capaz de liderar e conduzir, quando essa presunção for doentia, ela justificará tanto a autoindulgência quanto o automerecimento ilimitado. Afinal, quem se arroga a salvar todos convence a si mesmo que merece, toma para si sem qualquer culpa, e depois ainda acha que merece compreensão.

– O pior é que os amigos o compreendem.

– Eles são todos iguais porque os seus mecanismos são os mesmos.

– Daí o fato de o povo não entender o que se passa.

– E recorrer às mesmas palavras velhas, encadeando-as na tentativa de compreensão que se repete nos mesmos sustos... mas por que ele fez isso? Será que nunca basta? Olha só o volume de dinheiro que sumiu! Eles não têm vergonha de roubar crianças? Nem têm pena dos doentes? Porém nada disso toca o mecanismo principal.

– O narcisismo como mecanismo subjacente à autocompensação ilimitada, e a autoindulgência presumindo inocência e absolvição garantidas.

– Até presumir-se acima do bem e do mal. Afinal, quem tem o direito de punir um herói popular que jura ser justo e bem intencionado? O narcisismo desse herói, quando patológico, só considera que ele deve ser reconhecido e admirado. O narcisismo é o mal da época, e ele atinge todos nós, cada um na sua medida. Repare como os coletivos acabaram. Eu me refiro aos coletivos românticos que foram acabando na modernidade, por meio dos quais sacrificar-se parecia recompensado socialmente, mesmo que não fosse assim na prática. Valores como família, pátria, honra, coisas desse tipo estavam associados a essas recompensas sociais e afetivas. Isso para não falar de um conceito bastante antigo e pretensamente explicativo: vergonha na cara.

– Voltemos ao deputado. Você diz que não consegue ver a simultaneidade de um pensamento verdadeiro e uma fala mentirosa. Como funciona alguém assim?

– Seria o sociopata perfeito. Aquele que consegue mentir para si mesmo como forma irretocável de fazer todos pensarem que ele é o mais puro e verdadeiro dos humanos. Seria como um construtor de partes de si mesmo que se mostram isoladas, todo o resto sendo oculto, ele as mostra segundo a conveniência do momento, e o resto some.

– Assim como enganar perfeitamente a si como a fórmula ideal para enganar os outros?
– E tanto acreditar nas próprias mentiras que já não exista mais possibilidade de a consciência entrar. O bloqueio íntimo é total.
– Vem à minha cabeça a hipótese de uma "teoria das cápsulas". Um sentimento encapsula um conjunto de pensamentos, e os alinhava, organiza, filtra, isola, de tal forma que se configura o que poderíamos chamar de "certeza íntima isolada", que praticamente "apaga" todo o resto, e naquele instante é aquilo mesmo, e só aquilo.
– É uma representação, como um ator.
– Mas um ator, mesmo quando atua, tem consciência de que ele não é sua personagem.
– Tem mesmo? Pergunto porque entendo seu argumento, mas será que nos segundos, ou minutos, nos quais ele personifica a personagem a ponto de, emocionando a si mesmo, nos emocionar, não estaria ocorrendo algo do tipo?
– Há uma diferença na distância com que o ator fica do papel que representa, ou seja, a consciência que o ator tem de que ele não é o seu personagem. No caso aqui, o que eu vejo, e que confunde, é que ele "é" o que representa no momento. Não há personagem.
– São personas! Como aspectos, facetas.
– Todas verdadeiras, montadinhas, com discurso próprios, posturas corporais, gestos precisos, tons de voz, inflexões.
– Como um mosaico de personas, em ilhas isoladas, me vem à cabeça a expressão "polifrenia", uma espécie de multidão íntima projetada num mosaico.
– Com duas diferenças: cada persona parece muito bem concatenada dentro da sua esfera de argumentos, e ele não

alucina, nem despersonaliza, na medida em que não ocorre de uma persona íntima criticar a outra.
– Elas convivem em harmonia.
– E até ajudam umas às outras nas mentiras.
– Que para cada uma é verdadeira.
– Mas então deve haver uma "central", uma lógica distribuição.
– Acho que quem liga essa lógica não é ele, é o ambiente, a situação. Ele mesmo não age, só reage, só se adapta, e essa adaptação é tão comportamental, tão sem crítica íntima de espécie alguma, que se torna o valor universal desse ambiente. Ou seja, o ambiente, o meio social e cultural, o próprio cenário de valores é que determinam uma adaptação que parece tão absurda para quem não os frequentam. Nesse ambiente, produto desse ambiente, o deputado é um sobrevivente competente e perigoso. Talvez por isso, aqui nesse outro ambiente, com tantas ameaças e pressões, eu não consiga ver como pensa.
– Seria uma inexpugnável blindagem da mentira.
– A ponto de uma sensibilidade como a minha tampouco penetrar. É alguém que só funciona para fora. Ele se adapta. Eu já disse, ele conhece as contradições de todos, e as explora. O acesso que a consciência tem aos mais fundos patamares da mente é bem pequeno, mesmo assim, no que se refere a mentiras tão superficiais, nos pareceu possível que eu enxergasse.
– Seria como aquela espécie de hipnose que as serpentes peçonhentas parecem estabelecer em relação às suas presas?
– Por incrível que pareça, foi essa a imagem que me veio quando senti o meu bloqueio naquela situação. Eu fiquei paralisada. O deputado atingiu tamanho grau de treinamento íntimo como um perfeito mentiroso que nem ele mesmo sabe mais

o que é verdade e o que é mentira. Aí entra o meu receio do final do experimento.
– Mas por quê? Nesse caso, o cinismo venceu mais uma vez.
– Ao menos segundo a montagem inicial, tenha sido ela, ou não, infantil da nossa parte, não podemos supor que seja um cínico. O que eu acho terrivelmente grave é que ele não é um cínico. O cínico tem consciência da mentira intimamente, enquanto no seu lado público ele manobra as palavras e os sofismas. O deputado é bem pior. No caso de alguém apenas cínico, ainda que sua retórica seja teatral a ponto de tornar--se convincente, ainda que ele jamais admita seus sofismas intrincados, ele mesmo, em seu íntimo, tem consciência do seu truque, ele sabe que é um ardil. Mas não tendo consciência da mentira, tal é a sua patologia moral de autoconvencimento, o seu poder de mentir se torna insuperável. Na verdade não é mentira, esse é o problema! Ele acredita no que diz!
– Ou seja, para ele, na medida em que um propósito está em jogo, tudo passa a ter o teor de uma verdade.
– Ainda que essa verdade não seja verdadeira segundo nossas definições, ela passa a ser apenas útil, útil ao propósito ardiloso. Esse é um bom exemplo de como algo pode ser real e não ser verdadeiro ao mesmo tempo.
– Ou vice-versa! Pode ser verdadeiro e não real.
– Como as verdades da alma que não se encontram nas coisas, as verdades dos valores que ainda não aconteceram no mundo. Elas são verdadeiras e não são reais! Não se tornaram fatos, nem objetos, mas nos planos da intimidade são plenamente verdadeiras, e assim são percebidas.
– Se substituirmos a palavra alma por razão, razão como um termo geral, senso comum, evitando discussões que aqui não importam, o raciocínio parece valer da mesma forma.

– Mas qual seria a intersecção? Em que ponto o fluxo consciente da razão, esse íntimo sentimento da verdade, isso que eu vejo dentro de mim como consciência, essas íntimas convicções das quais só eu tenho certeza encontrariam a realidade? Onde fica a confluência?
– Essa intersecção é a fala! É a linguagem!
– Não seria o que chamamos de caráter? No sentido da honestidade íntima, que se pode fazer pública, o alinhamento entre atos e intenções.
– A linguagem é exatamente isso! Ela assume uma verdade para se manifestar, ela se funda num conjunto de verdades presumidas, sem as quais não existiria.
– Mesmo que não sejam realidades...
– Até mesmo para transformar a realidade! Este é o poder que tem a linguagem de mudar a realidade ao propor as suas verdades. E tanto pode aprimorar quanto piorar e destruir.
– Se você, Vulto, compreender e concordar comigo que essa intersecção é a linguagem, a linguagem como intersecção entre a verdade, a consciência, a intenção e a realidade, então está evidente que uma sociedade e uma cultura que humilha a sua linguagem, degradando-a como prostituta dos propósitos, não terá qualquer esperança de que as suas verdades, por melhores que sejam, se tornem reais. Essa cultura é incapaz de melhorar sua realidade com a verdade justamente porque ela prostitui a sua linguagem.
– A isso os antigos chamavam de honrar a palavra. As pessoas falarão, falarão, poderão inclusive falar verdades muito claras, e nenhuma realidade mudará.
– Porque as intenções, mesmo as melhores, são verdades da linguagem, e quando as palavras estão a serviço das piores intenções...

– Não há linguagem...
– Só há palavras!
– As palavras perdem seu poder de significar e contratar.
– E o que era confiança construtiva de um coletivo esperançoso se torna uma torre de babel discutindo solidões.

O Vulto fitou profundamente os olhos de Conzenza. Suas pupilas, agora esféricas como as de uma criança curiosa, brilharam sob a fina camada de uma lágrima ainda sem volume que a fizesse rolar. Era uma lente. Uma lente de emoção feita de lágrima. Com essa lente sobre os olhos, ele via mais nítido e mais longe. Conzenza leu em seus pensamentos sua gratidão pelo diálogo. Leu ainda o quanto o pensamento que experimenta a estética da compreensão ganha colorido e sentimento, e o quanto esse sentimento tende a ser amor, e talvez paz, e talvez esperança contributiva no plano de uma estética da fala. Se as pessoas percebessem o milagre das palavras como síntese entre os atos e as ideias, se as pessoas jamais, ou muito pouco, aviltassem as palavras com os ardis do narcisismo autoindulgente, teríamos coletivos mais saudáveis. Mas como convencer os cínicos sem usar a violência? E como usar a violência sem cair no mesmo mal?

O Vulto retomou a palavra:
– Se a linguagem é a intersecção, a confluência, em que convergem a verdade, a consciência, a intenção e a realidade, algumas formas de linguagem fazem isso mais que outras. Nesse caso haveria uma forma de linguagem que faria mais que todas?
– Essa forma é a poesia! Sua origem é a poética! A forma em que a linguagem, pondo as palavras a servir a confluência da verdade, da realidade e da intenção, integra em ato a sua máxima potência. Esse ato é a relação! A relação capaz do vínculo.

– Portanto é só na relação que a linguagem, com a verdade e com a intenção, pode mudar a realidade.
– Sozinhos, não há linguagem!
– Tampouco relação!
– Sozinhos, não há verdade!
– Nem ela cria a realidade!
– É juntos que juntamos as junções.
– São as nossas injunções! É esse o vínculo! Injunções que podem prescindir das palavras, e até prostituí-las, mas não da linguagem. O que o cínico faz é destruir a linguagem usando as palavras. É justamente o contrário da confluência. É o próprio rito da dispersão. Nenhum grupo humano resiste ao cinismo, ele se dispersa.
– Ele racha por dentro. Ele cinde na base.
– É apenas uma questão de tempo.
– Mas, enquanto isso, o estrago é imenso.
– Enquanto isso, o estrago é horrível.
– E leva muito tempo para reverter, condena gerações inteiras de inocentes.
– Sim! Mas sendo corajoso a ponto de ser esperançoso, quanto mais cedo se começa...
– Mais cedo se retoma... e mais cedo se reverte!
– É o papel dos corajosos, dos que se recusam a ser vítimas, dos que erguem a cabeça pretendendo falar mais que a mentira, e dizer à mentira que é mentira, fazendo disso uma verdade.
– Os defensores da linguagem como vínculo.
– Atribuindo significados e viabilizando as relações! Veja, Vulto, permita-me estender-me para tentar sintetizar uma complexidade histórica. Do ponto de vista da razão, tudo parece bastante simples, e poderia ser, se a razão governasse. Qualquer que fosse o seu tamanho, uma sociedade precisaria,

para liderar os outros, de alguns indivíduos de alta qualidade. A dificuldade é definir, e contratar, os critérios dessa alta qualidade, combinar, como dar voz a esses poucos, quando muitos parecem surdos aos assuntos coletivos essenciais porque cuidam apenas de si mesmos. Como obter a colaboração da maioria acima do egoísmo, em especial se disfarçado de virtude? Quem governa não é a razão, é o desejo. É portanto na qualidade dos desejos, e não das razões, que se pode ver as possibilidades e as limitações da política. Nesse caso não se trata de poucos, mas de milhões. Assim, de nada servem poucos líderes de alta qualidade se eles ignoram os milhões que os elegeram, e com o tempo esses milhões também tendem a ignorá-los. Quem defende a manipulação proselitista alega que eles precisam daquilo que desejam, e desejam aquilo de que precisam, e o circo, mais que o pão, ao final derruba tudo, para ruir por si logo depois.

– Esse é o cenário ideal para que demagogos prometam direitos sem fim, não entreguem direitos essenciais, e incitem milhões a buscar infantilmente seus desejos, ignorando as consequências, e debochando da razão. Ao mesmo tempo eu sei que ninguém sabe a resposta! Que a complexidade envolvida na construção, ou destruição, dos grandes coletivos só pode ser narrada e compreendida pela história muito depois de acontecer, e ainda assim há controvérsias. Embora eu exponha a minha profunda irritação, derivada de uma enorme frustração, nosso assunto aqui não envolve a pretensão ideológica de ter respostas para os séculos. Nosso interesse é bem específico: seria também cínico diagnosticar um cínico e tentar mudá-lo? Ou no mínimo alertar para o seu mal?

– Eu compreendo a facilidade com que o objetivo menor, lançar alguma luz sobre o cinismo, acaba indevidamente derivando para um erro maior, pretender ter a resposta para colocar um fim à história, o que é ridículo, uma vez que a ventura da aventura é a viagem, não a chegada. Ao mesmo tempo, é possível perceber que a miséria material vem da miséria cultural e moral, juntas. A miséria ética é uma forma de miséria cultural, certamente a pior, e a miséria cultural é a madrasta cruel da miséria material. A incapacidade de rever as regras, quando pretensamente onipotentes, se configura como a própria incapacidade ética. O problema é que isso vale para todos os lados de qualquer questão, o que não me proíbe um posicionamento, desde que não proíba a outros. Dê-me conhecimento e ética, e eu obterei as coisas; dê-me somente as coisas, e pode acontecer de dissipá-las sem poder repô-las. Lembremo-nos de que pode não acontecer de forma tão ruim. Pode ser que a partir de recursos materiais, que sejam mínimos, as pessoas progridam eticamente. Há um objeto inicial: o meu corpo seguro! Junto a isso, esse corpo saudável! Em seguida, esse corpo aprendendo! Proteger os corpos aprendizes! Eis uma tarefa cuja nobreza é difícil de contradizer, mas não se leva em conta o suficiente. Por quê? Se parece tão evidente? Quando os humanos, ainda em parte caçadores coletores e já em parte agricultores, pelas primeiras vezes se ocuparam da organização dos agrupamentos sociais, o tema da segurança logo surgiu, e ele envolvia a contenção, o freio. Segurar os violentos para assegurar os frágeis. Quem fez isso? Os fortes dóceis, os fortes não violentos, os fortes justos. Em grego, *aristói*, em latim, *primus inter pares*, e cada língua elegeu a sua expressão. Com o passar dos séculos, percebemos que essa aparente simplicidade é muito mais uma ilusão nossa do que uma solução. As linguagens se refinaram em sutilezas sem fim, surgiu a violência disfarçada em virtude, e surgiram as virtudes violentas, se assim pudermos descrever alguns tipos de poder. A mentira política, a demagogia cínica, a hipocrisia descarada, o proselitismo existiram desde muito cedo; com eles nos defrontamos há milênios. No entanto, algumas sociedades parecem ter alcançado escolhas que parecem coletivamente mais sensatas do que outras, assim mesmo segundo critérios discutíveis; outras chafurdam na degradação, uma hipótese, eu poderia dizer uma medida, é a quantidade de linguagem a serviço do cinismo.

– Compreendo a extrema complexidade, mas, em suma, o Executivo e o Legislativo deveriam temer a Suprema Corte em vez de controlá-la. Esse é o freio que os *primus* morais, os *aristói*, como ministros, deveriam à segurança social. E não entregam! As razões já foram aventadas, e ao que parece, infelizmente, tais razões procedem. Quanto à apavorante complexidade dos confrontos, está clara. Há covardia, prepotência e, com elas, omissão.

– Justamente porque o cinismo vence, outros discursos não convencem. O cinismo se alia aos desejos infantis, e juntos ludibriam e manipulam a razão. É assim que os mercadores dos desejos agem, mesmo que não convençam a todos. A esperança permanece nos que restam, esse processo é longo...

– E qualquer discurso contra, em vez de ser contributivo e corajoso, é considerado desumano, neutralizando assim seus defensores.

– Acusam de desumanos os educadores realistas, os que se recusam a infantilizar e regredir os outros com promessas de acomodação, os que estimulam a verdadeira autonomia tendo como base a confiança. A questão é a linguagem e, no seu topo, se quiser refinar o raciocínio, a poética, uma vez que ela trata da reverência às palavras, tanto por meio de uma estética da significação quanto através de uma ética da atribuição de significado. Um mundo em que as palavras são usadas de forma tão vil é, além de ruim, terrivelmente feio; assim como um mundo que respeita as palavras que utiliza tende a ser habitável, e pode ser belo. É a linguagem, fundação da cultura. É a cultura, fundação da autonomia digna. É a autonomia, mãe da liberdade próspera.

– Mesmo que eu reconheça nesse aparente entusiasmo uma posição ideológica que possa irritar a muitos, concordo com a necessidade de juízes corajosos protegendo os criativos e isolando os cínicos vulgares.

De alguma forma, Conzenza conseguia, ainda que pisando em terrenos muito pantanosos, mostrar ao Vulto o inegociável contraditório de qualquer posição, em especial se fosse extrema e carregada de emoções primárias. Ao mesmo tempo, ainda agarrado às suas convicções, algumas bastante apaixonadas, e comovido com o diálogo na forma da tal estética da compreensão, para usar as palavras de Conzenza, o Vulto tentou imaginar novos caminhos para o experimento.

– Obrigado, Conzenza, por uma conversa com um tema em que ninguém tem posição definitiva. É curioso o quanto, com essas compreensões, o meu ódio por essa besta ganha outras dimensões. Num certo sentido, parece que se amplia, mas perde sua essência como ódio, e ganha hipóteses de melhores sentimentos, embora eu deva esclarecer que em nada muda o meu propósito: esse canalha terá de admitir sua canalhice! Nem que seja por capricho, assistirei a isso antes da morte.

Conzenza respondeu pausadamente:

– Não tenha raiva. Tenha pena! Quantas vezes esse homem experimentou uma consciência como essa? Quantas vezes, pela estrada da estética, ele se aproximou de alguma ética? Quantos abraços verdadeiros esse homem recebeu? Ou não recebeu porque não deu.

– E não deu porque não recebeu. Mas isso não basta! O que ele quer não são abraços, é dinheiro. A desgraça que ele causa não me faz pensar em abraços, mas em sangue. Ao mesmo tempo, eu sinto agora alguma paz, é bem pequena, mas a vejo. Não sei se o ódio...

– Eu notei algum brilho em seus olhos. Eram lágrimas discretas.

– A sua honestidade me sensibilizou, assim como a coragem. A coragem de falar sobre as limitações da consciência, de dizer que aquilo que a consciência vê é muito pouco do que existe.

Ela sorriu:

– Ainda assim, é bem penoso. Se você pudesse ver o que eu vejo nos humanos... Ao mesmo tempo, a consciência é a razão de existir da humanidade.

– Eu faço ideia. A minha consciência, tão menos ampla do que a sua, quase me enlouquece quando imagino todo o resto abaixo dela, e fora dela. Ainda que com seu pequeno alcance, a consciência é a única parcela íntima que podemos ver. Todo o resto, só supomos.

– E "quem" a vê? – sorriu Conzenza, provocando com a antiga indagação.

– Ah! Quem vê "sou eu". Seria o "ego"? – o Vulto riu.

– Então o ego está fora da consciência? Mora ao lado? Como uma espécie de vigia. Ou na plateia, como num cinema? Se ele a vê! – provocou Conzenza.

– Humm... acho que ele a vê "de dentro", ou "por dentro" – respondeu o Vulto fazendo uma mímica de aspas.

– Mas então, se o ego que a vê está dentro da consciência, são os próprios conteúdos da consciência que o impedem de ver fora dela. Ou seja, é a própria consciência que impede que o ego veja além – seguiu Conzenza, sorrindo com certo ar professoral, ironizando a especulação.

– Nós sabemos que não é assim tão "espacial" – pontuou o Vulto – a sensação íntima de que é o ego, esse em mim que reconheço como eu, que em parte dirige a consciência para onde bem quer. Ao mesmo tempo recebe na consciência, o tempo todo, conteúdos que esse ego não controla de onde vêm. Ou seja, esse misto de sensação de controle e de invasão de conteúdos, é a natureza da consciência.

– Ao menos quando estamos acordados – emendou Conzenza.

– Sim! Porque dormindo simplesmente desaparecemos, e lembrando dos sonhos temos uma ideia dos conteúdos intrusivos e de seus mistérios infinitos.

– Ou mistérios possíveis de interpretação, como quiseram alguns.

– E hoje duvidam – completou o Vulto.

– Duvidam inclusive que controlemos aquilo que temos a sensação de controlar. Duvidam da realidade das escolhas.

– Dizem que está tudo resolvido "antes", e que a escolha é ilusão – sorriu o Vulto.

– Nesse caso, eu estarei cada vez mais destituída – riu Conzenza. – Acho que, um dia, eu nem mesmo existirei como um conceito relevante. Tudo será determinado por vetores de fora da consciência, incluindo o maquinário inteligente que já chega de forma veloz.

– Talvez! Mas não acredito – enfatizou o Vulto. – Seja qual for a explicação objetiva, a base cerebral, o fisicalismo, para usar o termo exato, a neurociência, o fato é que o mundo simbólico da consciência, da linguagem e da cultura sempre será um diferencial de humanidade.

– Ufa! – riu Conzenza. – Então estou salva, por enquanto...

– Acho que sim, mas a percepção de limitação do alcance da consciência, e com ela, da razão, é cada vez mais evidente, e já vem há muito tempo. O que estamos vivendo aqui tem tudo a ver com isso – disse o Vulto, taciturno.

– Eu concordo. Então vejamos. Qual seria a manobra do deputado? Ele isola de tal forma cada quinhão de moral íntima que consegue dividir-se em pedaços?

– Nesse caso seria razoável pensar em circuitos cerebrais, e não morais. É como se ele vagasse por corredores isolados, com argumentos contraditórios entre si, mas que nunca se encontram.

– É como se não existisse um integrador interno que se sentisse responsável por aquilo que chamamos, moralmente, de coerência entre atos e palavras.

– Ou que ele se sentisse responsável por outros valores que não fossem essa tal integração. Por exemplo, dividir para manobrar, e conseguir o que deseja. Seria mais simples ver assim.

– Mas nesse caso ele teria consciência.

– Não de ser um canalha mentiroso, apenas um sobrevivente adaptado – disse o Vulto, estranhamente defendendo quem ele certamente odiava. Conzenza apontou o fato.

– Mas assim você parece justificar que o deputado não teria outra escolha. E nem ninguém, e nem nós mesmos...

– Acho que esse é o maior problema da redução da consciência, como símbolo e valor, as descobertas de que a consciência é quase nada.

– Não aceito que seja quase nada. A consciência é importante. Pode ser muito perigoso, incluindo cientistas renomados, apontar os limites da consciência e da razão sem perceber que esse é um excelente argumento para os cínicos. Veja bem. Os determinismos inocentam as escolhas; quando minha escolha não é minha, também a responsabilidade não é minha, seja via determinismo histórico, tão idiota quanto maldito, seja o determinismo social, o determinismo do meio, o determinismo do inconsciente, todos são armas da vitimização irresponsável, e portanto do cinismo. Ao mesmo tempo, combater os determinismos e assumir as escolhas para si, falando apenas das suas vertentes nobres, é a maior arma dos cínicos. Ou seja, o cinismo é essa capacidade poderosa de usar ao mesmo tempo um argumento, e usar o argumento que lhe é contrário, para um único propósito, defender a todo custo as mentiras e vilezas praticadas. O cinismo debocha da razão porque a utiliza para propósitos fora dos valores que ele mesmo enaltece como bons. É muito inteligente, muito competente, e muito poderoso, daí ser tão perigoso.

– Eu concordo! Você descreve a minha saturação. Na verdade, a essa altura da conversa, acho que não me importa mais se os cínicos sabem ou se não sabem, se você lê seus pensamentos, ou não lê. A essa altura sou mais prático. Uma investigação extrema sobre como ele reage a castigos corretores não precisa atingir apenas a consciência. É no inconsciente dele que eu também estou interessado. Se ajudar a conter um inconsciente antissocial, pouco me importa que seja símbolo ou neurônio. Até porque acho que são os dois. Com um, eu sei lidar, que é o símbolo e a linguagem, quanto ao outro, não vou operar seu cérebro para tentar achar lá dentro alguma coisa.

– Nesse caso, um Judiciário pouco ou nada punitivo seria um completo desastre social, porque não importa se é individualmente consciente ou inconsciente, é socialmente inaceitável de qualquer maneira.

– A pior desgraça de uma sociedade é um Judiciário inerte, pior ainda, corrompível, pior ainda, já corrupto, pior ainda, também cínico. Seja com retóricas canalhas, com sofismas, com dinheiro, ou com poder. Não porque o castigo seja a primeira opção da liderança. Deve sempre ser a última! Mas quando tudo falha, quando a educação, via lideranças, não instala as boas condutas pelo prêmio, então o exemplo dado pela punição, mesmo que não mude o castigado, e só o revolte mais ainda, alerta os outros, e sem dúvida confina o problema, reduzindo a probabilidade de ocorrer.

– Não cessa, não garante.

– Não resolve, mas reduz! Eu estou convicto de que aquilo que vemos nas sociedades mais desenvolvidas, nas quais os contratos são mais respeitados, é fruto de dois fatores simultâneos: estimular os comportamentos socialmente construtivos, ao mesmo tempo que punir as condutas destrutivas do valor comum. Mas me irrito neste instante com minha própria fala, porque é tão miseravelmente simples... e no entanto impossível de mudar.

– Ainda que estejamos sabendo, não conseguimos. Por quê?

– Porque canalhas como esse aqui conosco, que por sinal deveria legislar, não compreendem e não querem compreender. Porque não alcançam, porque não desejam. Eles manipulam e se divertem às nossas custas, e não serão punidos à altura dos seus crimes. Quanto mais estudamos o cinismo, mais eu vejo seu poder – rosnou o Vulto, retomando sua agressividade.

– Faz sentido! Mas eu não quero que você perca o discernimento que faz parte da sua índole. Acho que temos de encontrar algo no vão. Uma visão comportamental carece de uma interioridade mais sensível. Também é verdade que as ideias mudam as pessoas.

– Não esse tipo de pessoa – fulminou o Vulto. – As ideias mudam, sim, mas somente aqueles que já possuem equipamentos íntimos abertos. Aqui, nós estamos falando de um convicto pragmático. Sua indagação é nula. Enquanto um humanista culto e ético ainda hesita, ele já foi e já voltou, destruindo e não fazendo.

– O controle da conduta, ao menos nos limites socialmente aceitáveis, é fundamental, mas insisto na importância da interpretação, da mediação, da intimidade. O caminho está no vão.

– Algo no vão ocorreu nesse diálogo. Eu consegui falar sem ódio. Consegui evitar que a minha própria fala aumentasse a minha ira. Mas permanece a minha lúcida convicção sobre tudo o que falei. Um Judiciário covarde é a própria desgraça social. Ele desgraça a liderança e a educação ao tolerar o mau exemplo. – reiterou o Vulto.

– Mas então deveríamos ter raptado um ministro do Supremo – provocou Conzenza.

– É uma ideia – reagiu o Vulto. – Quem sabe, o deputado está nos convencendo de que é inocente porque não foi suficientemente educado no castigo exemplar e orientador? A culpa é do Supremo – ele ironizou.

– Eu concordo que você está conseguindo raciocinar melhor, e a causa é o sentimento sobre o qual seus pensamentos estão operando. Essa palavra pode ser terrível nesse contexto em que estamos, mas há, ao menos, uma disposição básica, sua, que permite pensar sem que a ira o cegue. Daí a necessidade de que a consciência se faça acompanhar do amor, essa

palavra apavorante. A consciência sem o amor tende à raiva, por justiça. Com o tempo, e com as dores da injustiça e da mentira, a consciência endurece a ponto de tornar-se ódio. É o terrível ódio dos que o sentem com razão, com razão justa. Eles de fato têm razão, e essa razão é mesmo justa, mas resulta em ódio, então perdem a razão, e aí não haverá justiça.
 – Essa é a descrição do estado em que eu estava. Ainda estou, em grande parte.
 – Estava mesmo. Gosto de ouvir esse verbo no passado, embora eu saiba que ainda está, mas melhorando...
 – Acho que alguma compreensão desses dilemas, ou ao menos falar deles, abriu uma saída. Não é possível simplesmente resolvê-los, mas é possível elaborá-los, é possível mantê-los só como dilemas, sem deixar que se tornem conflitos, aflições, obsessões. Como você bem disse, por vezes as lágrimas funcionam como lentes, e é possível ver melhor.
 – Não feche essa saída! Use as lentes! Há um feminino e um masculino nesse jogo. São consciências diferentes, julgamentos diferentes, são justiças diferentes. Por exemplo, a justiça, como consciência isenta, daí simbolicamente cega, só poderia ser feminina. A cegueira da justiça feminina não é a do ódio, é a da isenção. Mas os cínicos, perdidos no egoísmo, no interesse e nos sofismas, se esqueceram. E os justos com razão, quando perdidos no ódio, também podem se esquecer.
 – É o perigo do meu caso, mas fica uma pergunta, entre outras muitas. Além das diferenças em juízos e justiças, esse meu desejo de esganá-lo e beber sangue, essa sua vontade de conter-me e elucidar-me, o masculino e o feminino se manifestam como amores diferentes?
 – Também! Todos sabemos, a poética é capaz de aproximar: Você, o poeta, eu, a poesia.

Você, a palavra, eu, a linguagem.
Você, a forma, e eu, a essência.

— As categorias se cruzam, as existências se autorizam, não há ordenação que seja fixa, tudo interpenetra, é o caos indispensável sustentando esse cosmos aparente. É o princípio, não organizado, atemporal, de um substrato invisível porque impensável, sustentando a discricionária, e dicionária, possibilidade da organização pelas palavras. Veja a prova! Sem que eu possa jamais tocar no assunto porque o assunto se situa acima e abaixo das palavras, escute isso com seus olhos: só a poesia alude à existência da poética; só a palavra permite a abstrata noção de uma linguagem; só pelas formas inferimos as essências.

A conversa prosseguia, mais e mais abstrata, aventurando compreensão:

— Olhe e veja: aludimos, inferimos, intuímos. Na verdade: adivinhamos! Por que temer essa palavra salvadora? Adivinhar! No entanto essa palavra salvadora se tornou maldita, e nós a sonegamos às crianças e aos jovens, e aos adultos, e aos velhos, enterrando em suas cabeças essas miseráveis maneiras de pensar que odeiam a fusão dessas potências: adivinhar, desconfiar, intuir, sentir, inferir, supor; arguir as vísceras, os ossos, e acreditar no que respondem; tirar dos hálitos as ilações que eles indicam; ler pegadas, gerir indícios como quem fareja. Mas não! Tudo isso é proibido porque o método condena, porque o pensamento tem uma ordem, porque essa ordem reflete exatamente a ordenação do mundo que pode ser descoberto mas jamais criado, que dirá inventado.

A ênfase na denúncia da opressiva estreiteza da razão era cada vez maior:

— Há pessoas que inventam mundos verdadeiros que podem vir a ser reais. Outras pretendem esfregar esse decrépito pas-

sado, a que chamam realidade, no focinho das primeiras. Elas recusam. Quem diz isso para nós dois, aqui e agora, eu e você?
Você, o poeta, eu, a poesia.
Você, a palavra, eu, a linguagem.
Você, a forma, e eu, a essência.

– Quem, se não um fundo que não se revela, se não um fantasma protetor que adivinha todo o tempo, que fala pela língua, escuta pelo ouvido, cheira pelo olfato? Quem, se não os indivisíveis complementares que, justo para não se deixarem dividir pela consciência, permanecem inconscientes? Se nós só utilizamos a consciência com a brutalidade de um machado, seria difícil compreender que eles têm toda a razão de ocultar? Indivisíveis núcleos de inegociáveis complementares! É o que existe acima e abaixo. O deputado os isola. Fraturado em cima, ele os isola embaixo. Cria um vazio escuro, e nele eu falho porque também perdi o poder do olfato. O impostor se torna o personagem real por meio do qual ele verdadeiramente seduz. Ele venceu.

Convicta de estar compreendendo onde cessava sua visão da intimidade, Conzenza prosseguia:
– A nossa raiva e as nossas lágrimas são inocentes demais perante isso. Sob o véu da consciência é impossível ver além. Talvez o deputado seja cindido em baixo, as fraturas e os espaços escuros habitem o seu inconsciente a ponto de, quando emergem, já virem carimbados de sinceridade onde só há mentira. Seria como despejar um perfume na carniça, e ninguém saber se é perfume ou se é carniça. E engolirmos tudo junto, para só no dia seguinte acordar morto, e saber que foi apenas uma intoxicação. Vulto, a comédia e a tragédia, que se expressam na poética, são complementares a ponto de enfrentar o cinismo por meio do distanciamento crítico, da arte de viver

em outro lugar. Todos temos fantasias de viver num lugar físico que não seja esse inferno aqui ao redor, mas há infinitos lugares a nosso dispor, eles não são físicos, são imaginários e reais ao mesmo tempo. Ou seja, eles são poéticos não no sentido apenas de poesia, mas no sentido de existência. Não se trata de um soneto, mas de uma visão de mundo, de uma hipótese de enfrentamento da desgraça de estar vivo, que não é a graça de estar morto.

– Mas essa é a alienação de que as elites são acusadas. Esse é o horror da baba podre, da saliva oportunista, que faz com que os melhores se recolham e se afastem por vergonha e por preguiça. Eu também fiz. É covardia? É tudo junto! É justamente por isso que os cínicos acabam ocupando todos os lugares. Em especial os lugares de poder. Em especial os lugares de poder no ambiente da política. Aristóteles já disse: se você não se interessa por política, será governado por quem se interessa. Aconteceu!

– Vulto, nós somos espelhos recíprocos. Por mais que o irrite minha afirmação de que os distintos papéis se complementam e se alimentam, eu insisto. Por mais injusto e absurdo que isso possa parecer a quem, como você, idealiza um mundo de virtudes exclusivas, para nele ver defeitos sem cessar, é compreensível. Eu não estou dizendo que o deputado tem razão. Estou do seu lado. Mas entenda que somos complementares. Não se oponha neste instante. Tente ver.

Até Conzenza se surpreendeu com a instantânea compreensão do Vulto. Tão imediata que pareceu a ela quase infantil, não fosse uma sincera descoberta momentânea. De início, ela pensou que o Vulto estivesse ironizando, mas então ele disse:

– Complementares! De fato, somos mesmo. Aconteceu aqui, aconteceu há pouco. A poética nos diz que, juntos, somos construtores de lágrimas. Lágrimas de um tipo muito especial, aquelas que rolam com a nobreza dos sentimentos tristes e as que derivam da alegria dos sentimentos deliciosos. Chorar de dor por compaixão, sem perder a dignidade, e chorar de alegria por celebração, sem ganhar arrogância.

– É esse o nosso assunto! A outros cabe produzir lágrimas de humilhação e crueldade, lágrimas que nos são estranhas. Voltando ao deputado, daí eu insistir num possível grande ganho, ao mudar o experimento. Investiguemos esse novo tema que se apresentou tão espontaneamente. Ou seja, em vez de investigar se a violência transformaria o cínico, saibamos algo antes. Saibamos, do íntimo do cínico, como ele faz para ocultar-se. Saibamos como ele se oculta de si mesmo. Sejamos corajosos na pesquisa, na aventura, ainda que seja tão simples quanto insistem muitos, a maioria vê desta maneira: o cínico sabe a sua mentira, e a usa com o prazer de um engenhoso jogo da razão. Ou a hipótese dos determinismos que inocentam: não, ele é inconsciente da sua própria hipocrisia; ele é apenas um joguete do determinismo histórico; ele é só fruto do meio; e por aí...

– Você fala de estudar, se for o caso, como ele oculta a si mesmo de si mesmo, para perfeitamente iludir e ludibriar.

– Vamos analisar como essa blindagem é construída, e até que ponto ela consegue ser espessa. Tão espessa que jamais seria expressa. Mas há o pior de tudo! Talvez ele mesmo não se oculte, como eu vi quando não vi. Talvez para ele seja tudo verdadeiro. Nesse caso, o cinismo nem mesmo existiria.

– A ponto de que nem você consiga vê-lo. O que é absurdo, mas pode ser um fato.

– A ponto de nem ele mesmo perceber-se mais. O que é absurdo, mas pode ser um fato.

– A farsa mais perfeita de que os humanos são capazes.
– Estudemos isso! Mudando o experimento, em vez de investigar os temas anteriores, se a violência mudaria um cínico, ao menos pontualmente, vamos verificar agora por que o cínico irrita a ponto de descontrolar, para podermos entender por que a violência não parece capaz de transformá-lo, o que não quer dizer que ele mereça algum perdão.
– Perdão? – rosnou o Vulto. – Essa palavra me enfurece! Ela me irrita a ponto de fazer de mim o mais perigoso humano sobre a Terra: aquele cujo ódio é mais que justo e por isso merece alta consideração. Aquele no qual a irritação se tornou raiva, e a raiva, ódio, sendo esse ódio absolutamente lúcido, e essa raiva capaz de desfigurar qualquer humanismo culto e delicado, que eu mesmo defendi por toda a vida. Conzenza, eu aceito investigar o que quiser, mas não me venha com essa palavra tão maldita quanto os tais determinismos que inocentam. Consciente ou não, o deputado é responsável pelo que provoca, e eu sei que ele provoca.
– Mas, de novo, o cinismo enleia seu argumento, e o enfurece mais e mais. Essa história do perdão como valor para o humanismo, essa crítica ao castigo como exemplo para os outros, acabou sendo apropriada pelos cínicos da maneira mais absurda.
– Eu direi a esse canalha logo mais. Direi a ele exatamente assim – inflamou-se o Vulto. – O cristianismo é bem curioso, deputado! Torturam um homem bom e o tomam como Deus, e não castigam os homens maus para que se tornem apenas bons, o que seria simplesmente humano, e nunca demasiado humano. Nem mesmo para o exemplo, ou pelo exemplo, o tal perdão ajuda, na verdade ele degrada. O meu experimento é muito simples: o que conseguiria uma pedagogia do medo ante

a violência do cinismo? Será que castigos justos e exemplares melhorariam os humanos? Pois, na ausência de quem o faça com poder e por direito, eu o farei por um dever. Quando os poderosos são oportunistas e covardes, a justiça se torna obrigação dos fracos. Sou um fraco, deputado! Não tenho o ordenamento e a lei a meu favor, por isso a violência é o único meio que me resta. É com ela que cumprirei o meu dever de um justo lúcido, antes de deixar-me reduzir a um insano fracassado, sendo laborioso e responsável.

Conzenza notou o quanto a repetição da mesma lógica realimentava, na intimidade do Vulto, o círculo vicioso entre a razão e a raiva. Ele tinha razão. Ter razão! Esse era o ódio!

– Eu anunciei o quanto o enleamento inescapável do cinismo contumaz e competente o irritaria. Você me pediu apoio, e para isso estou aqui. Não perca tudo aquilo que conquistou com tanto estudo e sacrifício, no seu caso, a partir de uma índole gentil, agora tão profundamente perturbada, e ao mesmo tempo lúcida. Eu sou perfeitamente capaz de saber que a sua loucura é lucidez, e que a sua lucidez leva à loucura. Deixe-me ajudá-lo. Retomemos a partir de onde paramos.

O tom de voz de Conzenza o acalmou, tirando-o da ira que o seu próprio discurso produzia. Ela avançou:

– Voltemos à investigação, por absurda e primária que pareça. Qual o mecanismo mental, ou social, ou educacional, ou cultural, ou tudo junto, através do qual alguém se torna cínico a esse ponto? A um ponto em que nem eu, que leio os pensamentos, possa ver.

– A ponto de ele mesmo ignorar a relação entre o seu estado de consciência, a verdade, a realidade, a relação...

– ... e a linguagem! – completou Conzenza assentindo com a cabeça, e prosseguiu:

– Eu não contei a você todos os fatos das últimas horas. O deputado passou a dizer, e a repetir, que acha que está sonhando. Ele me parece bem desorientado. Você considera esse fato uma esperança de que o medo o transforme de alguma forma? E ele admite alguma coisa...

– Se ele conseguir sair daqui, quando os seus velhos desejos vierem à tona, já estarão carimbados de um pouco mais de freios, de responsabilidade social, no mínimo de medo, mesmo que seja apenas como instrução da conduta, mesmo que, no que chamamos "fundo", o canalha continue o mesmo.

– Esse tal "fundo", essa ideia tão antiga, e tão comum, de uma intimidade subjetiva responsável, é que merece uma revisão inovadora. Se um canalha se comportar de forma socialmente contributiva e consistente, como se fosse honesto, ele pode ser considerado honesto. Não há esse "fundo".

– Para efeitos práticos, sem dúvida. Uma abordagem focada no comportamento ajuda a sociedade a se instrumentalizar melhor. Você até pode não saber o que ocorreu com o caráter, se é que existe tal instância, mas mude a conduta e ele parecerá um homem melhor de qualquer forma. Impeça o canalha de fazer o mal, e ele será visto como honesto, mesmo que no íntimo não seja, porque esse íntimo talvez nem mesmo exista da maneira como o usamos para nossas explicações uns sobre os outros. As suas fantasias ficarão retidas na intimidade, e ele não prejudicará o mundo com suas barbaridades. É no ato que se corrige o escroque, não na sua intenção, que é normalmente péssima mesmo que ele afirme sua nobreza. Quanto aos humanos de índole social contratualista e cumpridora, esses que reconhecemos como honestos confiáveis, quanto a esses, você pode investigar as intenções sempre que desconfiar das suas condutas, e assistirá a um mistério. Investigue um ato supostamente ruim feito por um homem bom, e pode ser que se surpreenda positivamente. Aceite um ato aparentemente bom feito por um homem mau, e se surpreenderá negativamente. Isso, ainda, sem discutir o problema dos critérios de quem julga, o que é sempre necessário.

– Em suma, no final das contas, é por meio da conduta que se avalia o resto. O que configura outra incoerência com aquilo de que há pouco falávamos. Estávamos defendendo a hipótese de uma interioridade saudável mesmo diante de um meio corrompido.

– Sim! Eis outro exemplo de que o contexto faz o texto. Então escolho seguir o novo texto. Julgue a conduta, a conduta observável, recompense a conduta, ignore a conduta, castigue a conduta. Quanto às palavras, aos pensamentos, às imagens, intenções, são sempre muito preciosas, muito mesmo, mas já com os valores da conduta minimamente garantidos. Não é o contrato que garante o caráter, é o caráter que garante o contrato. No entanto o caráter só é inferido a partir da conduta. Antes não! É da confusão entre tais instâncias descritivas da condição humana que se valem os cínicos para iludir e seduzir. Refinamento, sensibilidade, expressão em língua culta, valores morais e existenciais, elegância de gestos, sutilezas sociais confiáveis, não são capazes, de dentro para fora, de mudar comportamentos torpes, nem de curar escroques. É preciso contê-los, detê-los, impedi-los, isolá-los, de fora para dentro. Basta comparar as sociedades atuais e comprovar essa evidência.

– Pulso mole com canalhas comprovados é a desgraça social mais perigosa.

– Daí a crítica feroz a um Judiciário covarde.

– Sendo o Judiciário, ao lado da educação, a reserva moral da conduta, a trava externa dos limites da conduta, caso ele mesmo se corrompa, ou se acovarde, o que é que resta? Punição é educação pelo exemplo! Que não seja do punido, ideal seria que fosse, mas que seja um sinal claro para todos. O que você diria a um jovem se ele fosse seu filho, seu sobrinho, seu aluno, quando a impunidade ri na cara dos justos, humilhados pela prepotência e opressão de um Estado tão incompetente e tão covarde que só castiga os honestos com burocracia e impostos? E se deixa iludir, e corromper, pelos canalhas? O que dizer? Seja um cristãozinho! Perdoe para salvar o mundo! Seria isso?

– De fato é inaceitável. Mas sempre foi aceito, e repetido, é um invariante gravado nos ossos da cultura.

– E qual seria o limite? Qual a hora da mudança? O que teria de ocorrer?

– Eu tenho insistido que há no mínimo, entre outras, duas formas de se conceber a reflexão crítica. Uma, mais clássica, é procurar mostrar a essência, o núcleo, das ideias, dos valores, dos sistemas, discutindo sua beleza, seu alcance. Outra é concentrar a crítica num estudo dos limites. Até onde é tolerável? Até onde os gestos podem ir? Há muitas pessoas, senão todas, que necessitam de limitadores externos. Elas não são moralmente autorreguláveis.

– Ninguém é! Eis a verdade! Concordo com essa proposição de que, num período vantajosamente liberal de uma cultura, a crítica se concentre no problema dos limites, e vou além. Vejo que não vale apenas para a ética, vale para a prática, vale para a estética. Até onde um pintor pode ir com seu vermelho? E o seu azul?

– Vale também para a política. Até onde se pode ir em nome do interesse? Tudo bem que a política seja a arte de negociar os interesses. Tudo bem que seja prática. Aceitemos que, implicando o mais alto jogo entre poderes, a política decida não se render à ética, e nem aos seus valores mais primários, por ingênuos. Tudo bem admitirmos que o mais forte, especialmente quando imoral e ignorante, não se submeterá ao mais fraco, mesmo justo, daí termos pensado, através dos séculos, que a questão é melhorar a qualidade da política, ela mesma, uma vez que a política nunca se submeteu à ética de maneira obediente. Porém só uma concepção crítica dos limites da política, dentro da política, poderia ajudar a resolver. Mas a política é capaz de limitar-se? Eis a questão.

– Ou vinda do Judiciário! A quem cabe essa crítica! Mas se o próprio Judiciário é político, aqui no pior sentido, e é também horrível na sua lentidão incompetente, como ficamos?

– As investigações de problemas de altíssima complexidade têm seus muitos métodos, mas três podem ser isolados como básicos: ou você investiga o máximo da literatura precedente, coleciona dados e mais dados, admite alguns universais já bem aceitos, e tenta deduzir alguma coisa... ou você pega um caso único, isolado, observa o que puder e induz, a partir dele, o máximo possível, ou...

– Ou você tenta integrar as duas maneiras...

– ... buscando apreender o que puder. Daí sugiro que mudemos a experiência, tentando investigar como ele pensa; o que mais ele, na verdade, é; o que mais o deputado sabe, o que oculta, de nós e de si mesmo. Restringindo-nos ao Enigma da Caixa como o estímulo central, e utilizando somente as ameaças e as pressões que julgarmos necessárias, mas sem corrermos o risco de que você se enrede nos diálogos, e recaia na obsessão da ira, perdendo-se na compulsão agressiva – insistiu Conzenza.

O Vulto ponderou por um instante. A decisão mudaria radicalmente os dias seguintes. Mudaria o experimento. Confiando, ele acatou:
– A ideia é boa, e talvez libertadora. Estou de acordo.

...

VIII.

CRÔNICA DE UMA DISSECAÇÃO

O cinismo é um meio de conquista de prazer que abrange sete aspectos:

(i) O cínico se livra temporariamente do sentimento de culpa por meio de uma observação pertinente.
(ii) A fúria dos outros o diverte.
(iii) O cínico pode desfrutar da sua própria tendência exibicionista.
(iv) O cinismo é um método de distanciamento defensivo.
(v) Pode entrar em cena um prazer narcisista valorizado pela admiração por manifestações engenhosas.
(vi) Piadas são em si engraçadas, e...
(vii) ... o cínico descarrega suas tendências infantis, como a grandeza e o domínio da situação característicos da primeira infância.

EDMUND BERGLER
"Zur Psychologie des Zynikers"
(Sobre a psicologia dos cínicos)

TENDO DECIDIDO MUDAR O EXPERIMENTO TEMPORARIAMENTE, inserindo algumas sessões com o Deputado para investigar o autoengano como a construção de uma verdade, para si mesmo, potencialmente capaz de enganar todos os outros, Conzenza, a pedido do Vulto, marcou o encontro no escritório. Antes de começarem, ela entregou ao Vulto um poema curto:

Encadeados somos
em cadeados mútuos.

Tendo compreendido algo sem compreender tudo, o Vulto entendeu e não entendeu. Ou seja, o que Conzenza havia escrito era poesia, uma realidade da linguagem, e o que havia inspirado aquelas letras era a poética, uma verdade da alma humana. Fiel à sua teoria da conduta, o Vulto tentou imaginar o que estava a seu alcance.

Numa certa medida, ou grande medida, como prisioneiros uns dos outros, eles haviam iniciado juntos a aventura, uma expedição à intimidade. Dessa vez sob o som de uma voz feminina, com duas lentes de lágrimas sobre masculinos olhos de redondas pupilas, que pouco antes verticalizavam os demônios do ódio, com toda a razão.

De um lado, aquilo que poderíamos chamar "a tirania do correto", a raiva justa, porque fundada em valores por ela mesma eleitos, que julgava, e que propunha, consagrados. De outro, "a tirania do cinismo", o ardil oportuno, fundado em valores igualmente eleitos por si mesmos, ao que parece recorrentes por milênios, portanto em constante processo de consagração não como valor moral, mas como poderosamente prático, especialmente na política, em que o cinismo perigosamente se candidata como parte do poder e da vitória.

Tirania por tirania, para alguém capaz de um esforço de isenção, como Conzenza, a prepotência do justo contra a prepotência do cínico ironicamente equalizava a situação. Se os dois eram tiranos, e ambos violentos, poderia não importar que um fosse justo e o outro cínico. O resultado, qualquer que fosse o caso, era infernal.

Pior ainda, ocorria o mesmo com o aparente poder do livre-arbítrio, com o poder de escolher a quem servir, de que lado estar. Encadeados um no outro, os cadeados se fechavam. Mas e a chave?

Silenciosa na sua caixa, a chave ria.

Talvez fosse assim com os grandes coletivos, uma família, uma empresa, uma escola, um país, uma igreja, um hospital. Quem sabe, o mundo inteiro?

Insondáveis escolhas íntimas, conscientes e inconscientes, por muito tempo feitas, em estratos sucessivos, por camadas. Camadas mentais, poderíamos dizer simbólicas, linguagens da intimidade que o cérebro registra o tempo todo, consolidando hábitos, cristalizando recorrências. Foi assim, como arqueólogos, que Conzenza e o Vulto começaram a escavar o Deputado.

Sentados num triângulo, nas poltronas do escritório, agora sem os espelhos, nada no centro os separava. Conzenza serviu o café e abriu a sessão se dirigindo ao Deputado. Para ser precisa, sua explanação foi um pouco longa:

– Ontem o Vulto e eu resolvemos mudar o experimento. O Enigma da Caixa segue o mesmo, assim como a obrigação de resolvê-lo. Até aqui, nada muda. O que muda, no entanto, é a violência progressiva, que eu apontei como inviável. O Vulto concordou. O que me levou a propor essa mudança foi o fato, como ontem revelei, de existir na sua mente uma camada para mim inacessível ou, ainda mais estranho, de nem mesmo existir a tal camada inacessível, e você mesmo não perceber as farsas que publicamente utiliza quando fala. A questão é sobre o uso da linguagem, nas suas relações com a verdade e com a consciência. A linguagem como um meio de melhorar, ou piorar, a realidade. Ou seja, o que muda é a nossa proposta para que colabore nessa investigação moral, que certamente envolve uma investigação psicológica. Eu não direi, nesse momento, psiquiátrica, para preservar-me de ofendê-lo. Assim abandonamos, lembro que apenas temporariamente, as duas questões originais que motivaram o experimento. A primeira, investigar melhor porque o cinismo gera, em muitos, tanta irritação que tende à violência, justificada pela própria violência do cinismo e, pior ainda, pelo contágio defensivo no qual todos se tornam cínicos. Segunda, se é possível reduzir, aplicando a violência, o grau de cinismo e sofisma em que um hábil retórico argumenta em causa própria, falsificando valores e virtudes, a ponto de humilhar e, humilhando, de irritar, incitando à violência. Esse círculo vicioso deve ter as suas razões, que, ao que parece, são muito enigmáticas. Ontem, concluímos que por meio da violência seremos incapazes de investigá-las. A proposta está feita. Eu pergunto: você se dispõe a colaborar?

Tendo ouvido com atenção, e aparentemente compreendido, o Deputado coçou o queixo pensando na questão. O Vulto, já de início incomodado, percebeu nele um leve sorriso de vitória, uma tênue contração das comissuras labiais, sincronizada aos olhos baixos, girando lentamente para a esquerda, enquanto a cabeça pendia para a frente. A câmara lenta facial, típica dos manipuladores, ao celebrar intimamente o enleamento do oponente. Mas nada disso poderia ser pensado. O Vulto irritou-se com o que pareceu-lhe perceber. Conzenza tudo viu. Calados, eles aguardavam a reação do Deputado, que foi a seguinte:

– Eu agradeço! Sinceramente eu agradeço a compreensão, e sei que não tenho outra opção. Confesso que tenho ocultado muitas coisas que sei. Mas não se trata, como podem pensar, de informações administrativas, ou criminais, se quiserem assim. Tenho ocultado saberes de natureza humana. Em suma, eu não sou tão idiota e ignorante, nem tão prático, como vocês podem imaginar. Confesso, assim, que para me defender desse absurdo, ou ao menos que eu considero um absurdo, eu escondi bastante do que sei. Mas não pensem que se trata de saberes do tipo informações sobre corrupção e coisas desse tipo, que aliás sempre desprezei veementemente. Eu me refiro a saberes ligados à cultura.

O Vulto interferiu:

– De alguma forma, eu imaginava. O seu currículo nos diz, mas, você tem, sim, outra opção! Você tem o poder de se ocultar, de não colaborar revelando aquilo que se passa em sua própria intimidade, nos seus pensamentos e sentimentos mais secretos. Você pode, por exemplo, concordar, e simplesmente não dizer. Seu mundo íntimo é só seu, e não há interrogatório, torturador ou violência que possam garantir que você se revele nas palavras. A violência não é capaz de trazer à tona a intimidade. Conzenza convenceu-me. Tentando obtê-la, a violência afugenta a verdade que procura. Um torturador jamais pode garantir se o que obtém em confissão é verdadeiro pelos fatos ou verdadeiro pelo interesse da sua vítima em se ver livre dos castigos.

Ouvindo o Vulto, o Deputado, aliviado, assentiu com a cabeça. Conzenza reforçou:

– Está claro, deputado? Você entendeu esse poder de cada um sobre a própria intimidade? Essa escolha, esse poder de mantê-la secreta, qualquer que seja a situação? Ao mesmo tempo pode ser ridiculamente ingênuo eu estar dizendo isso a um cínico, mas decido colocar dessa maneira como parte da pesquisa. O que faz um cínico com o ingênuo? Um bom exemplo é a confissão sob tortura. Ela tem um limite claro. Esse limite é um fato objetivo, algo que aconteceu na realidade. Mas quando se trata de fatos subjetivos, pensamentos, sentimentos, manobras mentais de todo tipo, quando se trata da verdade íntima, nenhuma violência é capaz de chegar lá e, quando chega, ela mesma pode passar a duvidar. Chamemos a isso "o paradoxo do torturador", provocar justo aquilo que pretende evitar, e não obter justo aquilo que procura.

O Deputado concordou, ou pareceu concordar:

– Eu sou um engenheiro que se tornou político. Não sou um político engenheiro, nem um psiquiatra, um psicólogo ou um filósofo, embora, como acabei de dizer, eu não seja tão primário em tais matérias como demonstrei aqui, ou como vocês pensaram. Acreditando no que dizem, confiando na proposta, eu começaria dizendo que não tenho culpa de vocês me enxergarem como uma pessoa má. Estou às ordens. Colaboro. Podem perguntar o que quiserem. A minha vida, minhas relações, a minha conduta são livros abertos. Nada devo a ninguém, trabalho muito, sou um parceiro leal, trato minha família e meus amigos com toda a atenção e dedicação. Por favor, ouçam atentamente uma verdade: eu sou real! Vocês me parecem uma ficção!

Percebendo a mobilização visceral do Vulto, Conzenza interferiu:

– Você percebe que provoca alguma irritação nos outros quando fala? E percebe que essa irritação vai progredindo enquanto fala, chegando à raiva e, no limite, mesmo à fúria?

– Mas por que alguém sentiria isso por mim? Se só o que faço é cuidar desse povo tão sofrido, que acredita em mim cada vez mais. Basta ver as eleições. Durante todos esses anos, eu só cresci na votação. Vejam os números. Os números não mentem. Conzenza prosseguiu. O Vulto continuava quieto.

– Tomemos um exemplo aqui e agora. Olhe bem para dentro de você, e se de fato quiser colaborar com o experimento, me responda: neste exato instante você está se divertindo com o que fala?

– Me divertindo? Não entendi.

– De alguma forma, em algum lugar da sua própria intimidade, você se sente uma espécie de gozador? Alguém que se diverte irritando os outros ao escolher enganá-los.

– Eu nunca desejo enganar alguém. Irritar, muito menos. Ao contrário, sou colaborativo, e pacífico. Para mim o que importa são as boas relações, a confiança dos amigos, essa é a política. Raiva nunca! Gozação jamais. Eu sou uma pessoa sempre séria. Sou engenheiro, acho que isso me faz um pouco objetivo demais, mas sempre fui muito fiel aos companheiros, e educado.

– Está claro! Outra pergunta: você fica intimamente satisfeito, é gostoso, quando consegue argumentar muito bem, defender as suas ideias, exibir sua rapidez inteligente, perceber o quanto os outros o acompanham, compreendendo e concordando?

– Isso, sim! Isso eu confesso, ou melhor, eu admito, gosto muito quando compreendem o que eu quero dizer, quando me sinto persuasivo, convincente. Acho que é porque tudo o que digo é muito sincero. Eu acredito tanto no que digo que as pessoas acabam também acreditando.

– E quando isso não acontece?

– Mas aí é porque a pessoa não entendeu! Às vezes, ocorre... existe todo tipo de gente, cada um com sua cabeça... É impossível agradar a todos. Por exemplo, vocês dois. Vejam que conversa boa estamos tendo, e agora, há pouco, a situação era outra, e eu desesperado, sem entender o que se passava, cheguei a ter certeza de que estava sonhando. Vejam só o que o medo faz.

– Continuando aqui e agora, nessa exata situação em que nós estamos, você percebe, você de alguma forma sente que, ao dizer o que está dizendo, você se afasta, se distancia, se defendendo dos assuntos que queremos abordar? Ou seja, você foge dos assuntos, você muda, você torce, conduzindo para outras regiões do pensamento e do argumento?

– Mas quais assuntos? Não estamos falando de mim mesmo? Eu entendi que é esse o assunto. Você queria que eu falasse de outra coisa?

– Você não acha que há outro assunto? O assunto principal que justifica tudo isso.

– Ah, as perguntas sobre a caixa! Seria isso? Mas você mesma disse que mudaram o experimento.

– Também disse que as perguntas continuam, e que as regras ainda valem.

– Sim, eu ouvi. Mas depois você começou a perguntar essas outras coisas. Estou respondendo com a maior honestidade, esteja certa.

– Ou seja, você não acha que há um assunto, uma questão central em tudo isso, da qual você se distanciou, a meu ver se defendendo, e evitando tocar nela.

– Assim você me confunde. Acho que existem as duas perguntas sobre a caixa, agora essas perguntas suas e... nada mais...

– Sendo mais direta, não há, por exemplo, uma questão de honestidade, uma questão moral, uma questão relativa ao confronto entre a ética e o cinismo, entre a linguagem, a consciência e os atos e as atitudes? Uma questão sobre o papel social e a honestidade de um parlamentar.
– Ah, sim! Agora eu entendi que você deseja comentar sobre temas mais gerais. Claro que há! Sempre há. Esse foi o assunto que justificou tudo desde o início. A ética é fundamental. Para ser franco, sempre insisto, ética é uma questão que nem precisa ser discutida, está na base. Os assuntos aqui parecem outros. As perguntas sobre a caixa... agora as suas perguntas. A ética está fora de discussão. A honestidade e a transparência são sempre importantíssimas; sem elas, nada em política é possível.
– Mais três perguntas e eu termino. Você se sente inteligente, autoconfiante, mentalmente engenhoso em seus argumentos, quando faz o que está fazendo agora com a linguagem, ou seja, com a relação entre a linguagem, a verdade e a realidade? Você se sente, por exemplo, superior em inteligência, com sua capacidade de levar a conversa para onde quer que ela vá?
– Para ser franco, não! Não me acho tão capaz. Você usa palavras que considero semelhantes. Por exemplo, verdade e realidade. Você fala como se fossem diferentes. Para mim a verdade é a realidade, e a realidade é a verdade. Eu vejo as coisas como são. Acho que você, sim, é capaz de confundir. Veja como, aqui, as palavras são suas, quem dirige a conversa é você, e eu apenas sigo, respondendo com total sinceridade e transparência. Essa questão de argumentos engenhosos, os advogados, sim, são bons nessa matéria, com os seus truques de sair do assunto e levar os outros para onde eles bem querem. Eu consigo um pouco, mas nem tento muito fazer esse tipo de

manobra, acho errado, e desonesto, mas não sou superior a ninguém, ao contrário; minha mulher sempre me diz que eu aceito mais do que devia, me responsabilizo no lugar dos outros, corro o risco de sobrar o pior para mim. Ela diz que eu deveria ser mais esperto e manipulador. E se tem alguém que nos conhece bem, é a pessoa com quem convivemos muitos anos.
– Perfeitamente! Está claríssimo! Penúltima pergunta. Apesar do que você acaba de dizer, vou insistir mais uma vez num ponto, embora me aproximando de outra forma. Você por vezes, ou frequentemente, acha graça na maneira como defende, se distancia, argumenta, muda de assunto, não leva em conta uma questão central quando responde? Eu pergunto considerando a possibilidade de certo bom humor, uma espécie de piada, um riso escondido, um olhar levemente cômico, que pode acompanhar esses encontros e desencontros da linguagem, quando falamos em transparência e honestidade.

Distintamente das respostas prontas anteriores, o Deputado pensou por alguns momentos.

– A sua pergunta envolve muitos assuntos ao mesmo tempo. Mas eu resumiria dizendo que raramente, ou quase nunca, faço piada das coisas, jamais das pessoas, e em especial da transparência e da honestidade que, já disse, considero fundamentais. Eu levo muito a sério todo mundo, e principalmente as minhas obrigações com as pessoas que me elegem. Voto é confiança! Quem vota acredita! E a pior coisa é a traição da confiança de quem acreditou em você a ponto de votar. É a minha regra todo o tempo.

– Última pergunta. Você se lembra de ter sido uma criança com mais facilidade em liderar os outros, por exemplo, na escola, ou nos esportes, ou com mais tendência a seguir e obedecer? Além disso, como adulto, você se sente, em geral, seguro e poderoso com a sua capacidade de liderar as conversas e as articulações, utilizando a linguagem e as relações com habilidade?

– Não! Eu fui uma criança tímida, e fui assim também na juventude. Acho que até hoje. Quanto à atitude, a capacidade de falar, isso que você chama de linguagem, eu fiz um curso de oratória na primeira vez em que me candidatei. Por sinal, ajudou muito, eu recomendo. Mas não acho que eu seja um manipulador. Eu faço o que posso e, é claro, me defendo como posso, ainda mais num ambiente muitas vezes hostil, e confesso que nem sempre honesto, como vocês sabem que é o mundo da política, apesar dos meus esforços e dos bons companheiros de jornada.

Depois que o Deputado respondeu a sétima pergunta, o Vulto levantou e olhou fixamente para os dois. Ele estava tão transtornado que sua estatura parecia aumentada. O Deputado e Conzenza o fitaram nos olhos. Suas pupilas oscilavam entre esféricas e verticais; na verdade, estavam ovais; os lábios tensos; suas pálpebras tremiam.

– Está bem, Conzenza, as perguntas foram feitas. Deputado, quero que se recolha ao seu quarto. Irei vê-lo logo mais – disse o Vulto com a mesma voz cortante do primeiro encontro, extremamente perturbado com a entrevista. Conzenza interferiu:

– Deveríamos avançar um pouco mais. Pegar as impressões que a entrevista deixou em cada um. Acho que podemos permitir que o deputado faça uma pergunta. Seria justo, e talvez revelador – disse Conzenza tentando ganhar tempo para que o Vulto se acalmasse do efeito da entrevista.

O Deputado sentiu-se confiante para perguntar:

– Mas, se me permitem, após tantas perguntas, o que vocês entendem por cinismo? Para vocês, o que é um cínico?

Conzenza e o Vulto olharam um para o outro, como se quisessem decidir quem falaria primeiro. Tentando incentivar o Vulto para que este escoasse de forma construtiva sua extrema irritação, ela insistiu para que ele respondesse. Ele então se alongou num quase discurso:

— Você se dispôs a responder, Conzenza tem razão, e, apesar de estar muito perturbado com as suas respostas, serei justo. Terei de usar meus próprios termos, e minha própria linguagem. Há uma forma clara de definir e perceber um cínico. Penso que todas passam por uma sensibilidade que não se limita a uma percepção racional, trata-se de uma sensibilidade social que implica uma intensa desconfiança ética, sem muitos elementos objetivos senão os atos e suas consequências no tempo. Essa desconfiança permanece silenciosa, reticente... Um cínico é alguém que sabe ocultar-se em sua retórica ardilosa, seus sofismas, por um longo tempo, talvez por toda a vida, ele sabe dificultar ao outro desmascará-lo, ele sempre reserva pretextos e desculpas, e os tem prontos, com os quais se defenderá, mesmo praticando o que há de pior. Do ponto de vista do argumento, um cínico é alguém que arrasta qualquer tema ou julgamento para ângulos do seu interesse exclusivo. Se as afirmações que não servem aos seus propósitos são universais, ele as particulariza; se são particulares, ele as universaliza; se são principalmente objetivas, ele as subjetiva; caso sejam subjetivas, ele as objetiva, ou seja, ele não permanece no tema do diálogo na medida em que ele apenas finge dialogar; ele desestrutura o eixo intersubjetivo de toda linguagem que deseja construir um possível contrato; ele finge celebrar um contrato já sabendo que não irá cumpri-lo. A segunda característica é a concordância, apenas verbal, com aquilo que, na verdade, ele não pratica; ou o oposto, a discordância, apenas verbal, daquilo que pratica. O cínico discrimina perfeitamente o que é social e moralmente correto, concorda, mas não faz, ou sempre discorda do incorreto, e descaradamente faz. Ou seja, disfarça-se em concordâncias com aquilo que, na prática, desdenha. É praticamente certo que um cínico seja um egoísta disfarçado de altruísta, um vingativo disfarçado de misericordioso, um invejoso revoltado disfarçado sob a máscara de um grato, um arrogante que se veste de humilde, um ladrão que se mostra honesto. Um cínico é um malabarista do argumento, um hábil explorador dos dilemas reais. Frequentemente é um sedutor, e sempre é um elemento socialmente muito perigoso exatamente porque não parece perigoso inicialmente, e nem ao longo da relação que manipula. O cinismo é a mais violenta forma da manipulação do outro por retirar da relação qualquer possibilidade de verdade contratada na linguagem. Por isso, não é possível, com um cínico, estabelecer uma linguagem verdadeira a ponto de transformar uma realidade qualquer, por pior que seja. Ele irá trair a verdade, tirar para si o máximo possível, e com o tempo destruir a relação. Esse tempo, no entanto, pode ser bem longo, proporcional à habilidade do cinismo em ocultar os seus ardis.

O Deputado arriscou-se, num tom convicto:
— Está bem claro... mas, nesse caso...
Conzenza adiantou-se:
— Não complete, deputado! Não nos diga que nesse caso você nada tem de cínico!
— Mas por quê? Segundo essa visão, não tenho mesmo...
— Que belo exemplo ao vivo e a cores! Cinismo é exatamente isso que você acaba de praticar, ao não revelar, e sabemos que jamais revelará — retrucou Conzenza secamente.

O Vulto completou:

— Cinismo é precisamente o que você está sintetizando neste instante, deputado, e o cínico é você. Direto e simples, mas impossível ao mesmo tempo. Impossível porque você irá seguir da mesma forma. Aqui, agora, em silêncio reticente... olhando nos olhos um do outro... nós dois sabemos do que estamos falando, mas você nega. É uma doença, deputado, e não tem cura. No entanto a esperança de uma possível proteção da sociedade dependeria de compreendermos melhor como funciona, nos precavermos e, mais importante, ensinar a juventude a precaver-se.

— Daí o experimento — disse o Deputado, elevando sutilmente as comissuras labiais no arremedo de um sorriso. — Nessa pesquisa eu sou a cobaia, estou aqui para que vocês me estudem, e assim nós salvaremos a pátria. Já disse que me disponho prontamente, só peço que não me torturem.

— Não! — disse o Vulto, com crescente irritação. — Não se insinue onde não foi chamado nem bem-vindo. Não estamos, não nós três. Conzenza e eu estamos aqui para estudá-lo. Você percebe a sutileza da maneira com que vai se acomodando e se imiscuindo? Outro exemplo ilustrativo de cinismo.

— Mas se você quiser colaborar — disse Conzenza, provocando —, pode vir a se conhecer melhor, e até mesmo proteger-se das consequências do seu mal, e do mal que provoca em todo o entorno.

— E qual é o mal que faço para mim mesmo? Além dos absurdos já listados por vocês, se só o que faço é oferecer-me ao que aí está para tentar algo melhor, enquanto tantos só cuidam de si mesmos — seguiu, provocativo, o Deputado.

— Na medida em que exagera o seu cinismo, o seu mal pode ser que o desmascarem, pode ser o repúdio popular em praça pública, a vergonha, embora pareça não senti-la, ou pode ser mesmo a cadeia, no final. O castigo não é assim tão desprezível. Cuidado com a onipotência que acompanha todo cínico. Ela pode liquidá-lo. Para isso precisamos de juízes corajosos que sejam justos e efetivos. Juízes justos, infelizmente eles são poucos. Juízes corajosos, infelizmente são pouquíssimos. Juízes totalmente descomprometidos, será que existe algum? Cuidado, deputado, com a sua onipotência confiante. Entre os juízes oportunistas e os covardes, podem surgir juízes capazes de perceber a dimensão e a relevância histórica de alavancar a ética de uma nação, e abrir caminho para as novas gerações. Para esperança do povo tão enganado, os juízes corajosos podem estar chegando exatamente agora, e não haverá mais como impedi-los.

O Deputado meditou alguns instantes, pensou que poderia agredir Conzenza dizendo que pedir sua colaboração numa situação violenta como aquela era também cinismo, por sinal cruel, mas ponderou em silêncio e disse suavemente:

– Tenho cada vez mais certeza de que vocês não fazem ideia do quanto me arrisco e me dedico. Vocês não têm noção alguma do que é o ambiente do poder e da política, da decisão de dedicar toda uma vida ao país e ao povo, da dimensão das responsabilidades envolvidas e da péssima qualidade da maioria das pessoas, exclusivamente interessadas em si mesmas.

– Inclusive muitos cínicos.

– Sem dúvida! – disparou o Deputado com a convicção de um anjo. – No entanto, quando alguns se propõem a enfrentar as urnas, o julgamento do povo pelo voto, contra o poder egoísta do capital concentrador de renda, os banqueiros vampiros, os empresários exploradores das classes trabalhadoras, quando alguém se propõe a distribuir com justiça o fruto do esforço de todos, a dar algum acesso ao prazer e ao consumo a quem nunca teve, então ele é um cínico? Uma esquerda justa e preocupada com o povo e uma direita preconceituosa e prepotente sempre existirão, e vice-versa. E aqueles que se dizem humanistas e são ávidos concentradores de renda e de oportunidades? Não são cínicos piores? É possível ser humanista e capitalista selvagem sem ser cínico? Se o capitalismo do tal Estado mínimo, do tal livre mercado, é a própria prova da manipulação enganadora de todos, principalmente dos trabalhadores e dos que têm menos acesso aos privilégios do dinheiro. As próprias leis são feitas para proteger os ricos e concentrar, e oprimir, cada vez mais. Quantos empresários que se dizem humanistas, defensores da sustentabilidade ambiental, política e social não me procuram para que eu aprove leis que protegem apenas os interesses deles? Quantos figurões dessas tais empresas tão honesta não mamam nas tetas do Estado através de juros subsidiados, renúncia fiscal, privilégios de isenção? Para não falar em sonegação desvairada e arquiteturas tributárias duvidosas. Se for para acusar, e delatar, todos têm os seus pecados.

– Você faz as leis, deputado.

– Não sozinho! Eu tento fazer leis melhores, reformá-las.

– Cite uma!

– Estão em estudos, são projetos em andamento, complexos e fundamentais.

– Há quanto tempo?

– O tempo depende da necessidade de atender a outras urgências, da possibilidade de articular as facções e os interesses, de articular as alianças. Aliás, o turbilhão provocado pelos últimos fatos, com a imprensa toda e a metade do país nos impedindo de trabalhar, esse inferno que acabará desestabilizando as instituições, e agora esse meu sequestro absurdo, esse tal experimento tão patético... O que vocês esperam?

– Eis um exemplo perfeito! Você acaba de mudar de assunto.
– Não! É o mesmo assunto! Mas eu teria algum espaço para organizar minhas ideias em palavras? É verdade que querem mesmo dialogar? Eu estou confiando, aderindo, acreditando, apesar do absurdo disso tudo – foi ousadamente enfático o Deputado.

O Vulto decidiu pisar num terreno mais que perigoso. Ao que pareceu inicialmente, quase mudou de assunto, mas era o mesmo:

– Os criadores do Estado moderno tinham razão ao separar a índole militar da índole civil, e submeter à decisão civil toda ação militar. Um governo disputado entre diferentes facções guerreiras seria coletivamente violento e destrutivo, uns tentando subjugar os outros pela força das armas, e não pela força social da razão e dos valores coletivos. Num sentido amplo é o mesmo equilíbrio que pode ocorrer no plano individual quando a razão, construtiva e lúcida, submete o instinto colocando-o a seu serviço, em vez de ela mesma colocar-se a serviço de desejos ambiciosos e agressivos, sem limites. Se subirmos um degrau no raciocínio, eliminarmos a violência física como solução, e perguntarmos qual seria a guerra, a violência, nos primeiros planos de uma associação sem agressão física, concluiríamos que esse canhão letal é o cinismo. Ou seja, o cinismo é o equivalente moral dos canhões militares, tão violento, e poderoso, quanto aqueles, ou pior.

– Então você resolveu impor uma violência física contra a minha violência cínica?

– Exatamente, deputado! Esse laboratório e a minha pesquisa se interessam pela escura região de confluência entre a violência física e a violência moral.

– É como torturar um prisioneiro para ele revelar um segredo, ou confessar um crime?

— Não, deputado! É totalmente diferente porque aqui, por investigação anterior, eu já sei o que se passou. Aquilo que poderíamos chamar de "provas objetivas" já não estavam em dúvida, antes de prendê-lo. Caso contrário, eu seria o monstro injusto.

— Mas você é esse... — hesitou o Deputado.

— Eu o quê, deputado? — indagou o Vulto.

— Nada! Estou ouvindo — recuou prudentemente o Deputado.

— Você ia dizer que sou um monstro injusto, mas se acovardou, como todo cínico, que contorna, prorroga, manobra.

— Voltemos ao cerne da questão. Você dizia que o experimento pesquisa a região entre a violência física e a agressão moral.

— Sociomoral! Se você for capaz de compreender a obrigatória fusão dessas palavras. E tem mais! A violência sociomoral produzindo imensa violência física, que fica cinicamente oculta sob outras alegadas razões.

— É justo fazer comigo o que vocês estão fazendo?

— Há outra maneira de abordar o assunto? É justo você fazer com todos o que você faz?

— É um jogo, Vulto! Tem suas regras.

— Acho que não, deputado. Vocês mudam as regras durante o próprio jogo conforme ganham ou perdem.

— É verdade, Vulto! Esse é o jogo! O jogo de mudar as regras por meio do argumento a serviço do interesse. E aqui? Agora? Não é o mesmo jogo? Você mudando as regras a serviço do seu interesse?

— Aqui as regras são fixas! E claras!

— Fixadas por você? Pelo seu interesse nessa tal pesquisa? Se nós três somos uma democracia, que espaço eu tive, ou a Conzenza, para discutir as regras? Se você as faz sozinho, e as muda...

— Eu não mudo nada. São as mesmas regras.

— Já mudou me sequestrando, me mantendo aqui, me torturando com ameaças. Tudo isso está fora das regras.

— E a manipulação para ludibriar?

— Está nas regras, Vulto! Desculpe-me, mas não há lei alguma contra o cinismo. Nunca vi essa palavra citada em alguma lei. Para ser franco, nem aqui e em nenhum lugar do mundo.

— A palavra é abstrata demais, e ao mesmo tempo o ardil que descreve é poderosamente prático para ser usado numa lei. Mas é uma falsidade ideológica, e isso é lei. Os citas tinham uma lei. Você se lembra?

— Então onde está a minha falsidade ideológica? Se eu mesmo admito honestamente que o jogo é esse, e assim. É um jogo de palavras criando relações que atendem aos interesses de poder.

— E cria poder!

— Sim! Cria poder! Qual é o problema? E protege os poderosos, atendendo aos seus interesses. Qual é o problema? Em que lugar é diferente? Um líder culto e poderoso como você seria muito bem-vindo em nossa casa — arriscou-se o Deputado.

— Poder e roubo? Não me venha com seduções baratas, posso irritar-me mais ainda.

— Não só poder e roubo! Pouco a pouco, sobram benefícios também aos indefesos e incapazes.

— Muito pouco a pouco... — ironizou o Vulto.

— E o que sobrava no tempo em que os aristocratas, apoiados pelas armas, detinham todo o poder?

— Vocês prometem e não cumprem.

— Mas prometer e não cumprir é a própria essência da política. Isso não vale só para mim, ou para nós. Você nunca leu Maquiavel?

Muito irritado, o Vulto devolveu com um longo discurso, repleto do mais antipedagógico rancor:

– Obrigado pela ajuda perfeitamente ilustrativa. Cinismo é exatamente isso que você acaba de praticar, daí os espelhos, daí o Enigma da Caixa, daí as reticências silenciosas, daí a desesperança de que qualquer antídoto que não seja a violência possa combater o cinismo. Senhor Anjinho Deputado, Conzenza e eu nada temos a favor ou contra direitistas, reacionários, burgueses politicamente alienados que cuidam das suas famílias ganhando e tributando, classe alta, classe média, classe baixa, elite negra, branca, amarela, vermelha, misérias de outras cores, centristas, esquerdistas de qualquer vertente que exploram a inocência estudantil e a inveja revoltada, defensores do Estado mínimo ou do Estado onipotente, partidários da globalização, seja política, econômica ou cultural – emendava o Vulto, e prosseguia:

– Apesar de termos nossas opiniões, muito claras e fundadas, aqui o assunto é outro, a denúncia é mais rasa, daí mais triste, daí o absurdo de negá-la. Você falou de economistas. Alguns economistas chegam à patologia de tentar sustentar que, ao final, o dinheiro que gira a economia é o mesmo, seja com seu uso concentrado na fisiologia do Estado, e por ele distribuído, seja com o Estado leve para ser ágil, efetivo em suas funções, com a iniciativa privada estimulando a prosperidade. Essas bestas econômicas insistem que a economia é uma só, e um Estado rico e poderoso tem muito mais condições de distribuir justiça social do que os empresários privados, segundo eles sempre rapinantes e concentradores – continuava o Vulto, se dirigindo diretamente ao Deputado:

– Ocorre, deputado, que uma das razões que justificam nosso experimento é a cínica negação à uma obviedade: em nosso caso, o Estado só é capaz de gerir de modo competente muito pouco do que assume! Pretendendo pôr a mão em tudo, e não sabendo gerir nada, e temendo decidir, se recusando a incentivar e autorizar, e distribuindo o dinheiro público entre comparsas, o Estado que aí está trava o país, e não admite! Cinicamente não admite, nada faz para mudar, e se desculpa referindo-se a si mesmo como o grande impedidor! Não é patético? Por que será? Se o próprio Estado sabe, caso admitisse o óbvio, que não é capaz de fazer funcionar, por péssima gestão e prepotência incompetente, tudo aquilo que pretende gerenciar. Então por que o Estado quer mais? E infla, e incha, e diz ser impossível reduzir, até explodir seus orçamentos absurdos, pior ainda, criar leis que justificam desatinos desse tipo, mentir ao povo descaradamente, tentar evadir-se, de maneira vergonhosa, de ser julgado por suas contas indecentes, e nada oferecer de consistente, útil e próspero? Sabe a resposta, deputado?

– vociferava o Vulto, a essa altura de forma gutural:

– É por uma razão oculta manobrada sob uma atitude cínica: é para fazer do próprio Estado a propriedade privada de anjinhos fraternais que se arvoram justiceiros humanistas. O "Estado como Negócio" é o nome dessa farsa. Furtam legalmente o fruto alheio e, sempre incapazes de gerá-lo, obstruem os corajosos, afugentam os prudentes, não para dar fraternalmente aos incapazes, mas para perder em má gestão e se apropriar do que puderem. Em termos relativos, deputado, aquilo que oferecem aos incapazes é miserável, veja os números, e fazem tanta propaganda com a miséria que praticam que ela se torna uma dádiva social, tal é a indigência moral e cultural na qual fazem questão de manter os mais carentes. Em vez de dar-lhes meios, dão migalhas, submetendo-os para sempre – seguia o Vulto, num turbilhão catártico, irritantemente repetitivo e inútil, senão pela tensão que reduzia nele mesmo, mesmo assim apenas temporariamente:

— Deputado, cinismo é privatizar o Estado para si, prometendo-o para todos! Colocando o próprio Estado a serviço de poucos líderes escroques, concentradores de butins, enquanto o discurso da fraternidade distributiva engana o povo nos palanques eletrônicos e nos circos mentirosos, para nada cumprir no dia seguinte. O cinismo jamais permitirá que o assunto de fato seja esse! Então a política aparece com suas clássicas desculpas, e não melhoramos a qualidade dos desejos e interesses. Eu não perguntarei agora se você concorda, porque a minha perfeita compreensão do que é cinismo já garante a sua resposta de antemão. Entre nós só há palavras. Não é possível uma linguagem que construa confiança. O cinismo, deputado, é a destruição da linguagem como agente construtor da confiança. Mas restam os dedos, resta a língua, restam os olhos, adoro os citas, e é sobre eles que conversaremos logo mais. Agora deixo um exercício para distraí-lo: seria cinismo essa minha longa preleção, deputado? Seria cinismo ou ironia? Seria cinismo ameaçá-lo de tortura pelo simples prazer intelectual de vê-lo réu confesso? Poderia ser sadismo vingativo, deputado, e se você me ensinar a ser um cínico, exercerei o meu sadismo vingativo olhando nos seus dedos amputados, nos olhos perfurados, na sua língua emudecida, e escrevendo um poema com muito amor no coração. Canalha imundo!

O Deputado, num esforço impressionante, ignorou a ameaça e arriscou-se além do que devia. Com a calma de sua voz profissional, exibindo no semblante a placidez dos justos corajosos, comentou:

— Poderíamos conversar sobre cada um dos pontos em que tocou? Eu também tenho minha posição sobre cada um, e garanto que todos invertem os seus equivocados pressupostos e usam seus argumentos exatamente contra aquilo mesmo que pretendem defender.

– Não tenho dúvida de que, nessa manobra, você é um gênio. Mas nada tenho a conversar. O que eu queria saber já está bem claro – insistiu o Vulto friamente. – Decido que podemos retomar o experimento conforme o planejado. Retornaremos ao modo inicial, não vejo outra maneira. Não aceito me submeter a essa comédia.

– Mas me desculpe! Isso é que é injusto! Eu respondi a todas as perguntas da maneira mais clara e mais sincera.

Conzenza interferiu:

– Deputado, as coisas não estão bem. Acho melhor atender o que foi dito. Nesse instante, nem eu mesma sei por que, consigo ler seus pensamentos, e já adianto, não insista na sua teoria de que o Vulto e eu estamos oscilando de propósito, para desorientá-lo o mais possível. A teoria do raptor bonzinho e do malvado. Não se trata disso aqui. Não é um sequestro como qualquer outro. As questões aqui estão complicadas. Você é um mosaico de muitos, e acho que alguns, na sua intimidade, não conversam com os outros. Há um quebra-cabeça.

– Conzenza, chega! Sejam quais forem as tais barreiras íntimas que separam esses muitos, eu derrubarei com meus castigos, que pretendo severíssimos, todas elas. Não é possível tolerar. Esse canalha vai acordar – liquidou a conversa o Vulto. – Canalha moralmente insuportável, vá para o seu quarto, olhe-se no espelho para ver os mil vocês, e espere lá...

– Mas...

– Cale a boca e me obedeça! Respeite a Conzenza. Antes que lhe dê aqui e agora o que merece. Saia já! Eu estou mandando.

Ocultando no medo a sua revolta, o Deputado obedeceu.

Sem dirigir a Conzenza uma palavra, o Vulto o acompanhou.

Preocupada com a reação do Vulto, Conzenza o seguiu nos calcanhares.

...

Entrou em seu quarto ainda tenso. O Vulto se irritara com as respostas. Percebendo que seu tempo se esvaía, o Deputado olhou o cofre dentro do armário. "Seria melhor tentar abri-lo e ver as respostas", pensou, obedecendo a sua inescapável tendência para a fraude.

Ouviu intimamente a voz de Conzenza: "Nem pense em enganar o Vulto!".

Sua esperança e seu desespero se alternavam o tempo todo. O ambiente e a situação, totalmente estranhos, misturavam razões para crer que escaparia, e para crer que poderia sucumbir. Voltou-lhe à cabeça o episódio do Vulto como um monstro. Ele vivera realmente a situação. Perturbou-se com a lembrança. Tudo não passaria de um delírio? Muitas perguntas indicavam que o cerco se fechava.

Tentou escapar de tais ideias. Precisava concentrar-se. Mas a tentação de abrir o cofre o perturbava. Pensou que tentar decifrar a senha de Conzenza poderia ser mais fácil do que resolver o enigma. Ou não? Mas que absurdo! Na sua mente, surgiu a voz de Conzenza que dizia claramente: "O seu vício para a fraude é de tal ordem que nem mesmo nas situações mais óbvias você imagina a solução mais simples. Você já esqueceu completamente que a honestidade pode ser o melhor caminho. É impressionante o que o vício das soluções obscuras e colaterais, anos e anos, fizeram com a matéria da sua mente, e como influíram na sua alma."

Ao ouvir isso vindo de si mesmo ele assustou-se. Era Conzenza. Mas era ele. Era ele e Conzenza ao mesmo tempo. Não! Era Conzenza e ele ao mesmo tempo. Sentiu seu coração em pânico. Sua mente começou a desfilar desgraças súbitas, e um horrível sentimento de morte dele se apoderou, a ponto de fazê-lo buscar socorro batendo na porta do aposento:
– Eeeeiii!!! Ajudem-me!!! Alguém aí?
Silêncio.
Ele insistiu.
Silêncio.
Lembrou-se do humilhante episódio da urina.
Ele havia pedido socorro, e ganhara castigo.
Mesmo assim, ele insistiu:
– Eeeeeiii!!!
Silêncio.
Estaria só?
O pânico aumentou, seu coração pulsava na garganta, o suor escorria por sua testa, tentou deitar-se, respirar, fechar os olhos. Conzenza falava sem parar em sua cabeça "Como sempre, você quer comprar a solução. Dizendo que joga, você foge do jogo. Depois, pensa em roubar as respostas. Eu, Conzenza, só deixei o envelope no cofre, e o cofre em suas mãos, para minorar seus medos e suas desconfianças. E é assim que reage. Por que você acredita tão pouco em qualquer vínculo? A ponto de tornar-se esse crônico corrupto. Essa figura triste. Essa farsa tóxica, que envenena o poder, justificando-se como 'prática'. Prejudicar tantas pessoas que você nunca, sequer, conhecerá. Não será essa a maior violência possível? Agredir crianças, velhos, adultos provedores, com invisíveis mãos que, tão covardes, se ocultam, e tanto lesam tantas vidas. Ser belo na foto, e podre na alma. Deputado, o Vulto viu! Ele já viu! E tem razão!

A consciência pode tão pouco contra o cinismo, que só a violência ajudará. O Vulto agora está na porta, deputado, está na porta, agora mesmo... Ele quer conversar com você."

Ao ouvir essa frase dentro de sua cabeça, ele arregalou subitamente os olhos. Sentiu que estava alucinando quando bateram à porta.

Saltou da cama quase desesperado.

A porta abriu.

Era o Vulto:

– Conzenza me contou alguns episódios. Se você continuar com essa atitude, pode ser que eu vire um monstro em pouco tempo. O azar é seu porque a culpa é toda sua. Encarreguei Conzenza de falar com você amistosamente. Ela me disse que tentou, mas que você a ofendeu de muitas formas, com ironias e evasivas, até tentou comprá-la insistindo em perguntar o preço do resgate, chegando mesmo a me ofender dizendo que tudo aqui não passa de pretexto para aumentar o valor de devolvê-lo. Então ela tentou falar dentro da sua mente. Ela tem de fato esse poder, e pode ser ruidosa quando necessário. Eu vim dizer que estou muito preocupado com seu prazo.

– Mas... eu ainda tenho prazo!

– Esgotado! – disse o Vulto.

– Como? Posso saber por quê?

– Não! Não pode! É porque eu assim decido. Você não pode saber, porque eu decido. Essa é a triste pedagogia que você faz necessária, desdenhando da transparência e do contrato, cuspindo nos vínculos morais sob a desculpa pragmática de que isso é política, desdenhando da palavra como verdadeira mensageira da intenção. Criando regras que burocratas incapazes usam como bem querem, decidem as vidas alheias como bem desejam. É agradável? É razoável? Eu pergunto.

O Deputado acusou o golpe no semblante:

– Medite agora sobre o mal que a violência do cinismo faz sobre aqueles que jamais o cínico contata. O maldito mal cujo alcance é sem limites, e cuja culpa nunca chega. O cinismo e a covardia são irmãos gêmeos. Os seus dois primos são o deboche e o oportunismo. E você diz a Conzenza que chama a isso de política. Agora maior que o seu tamanho, o Vulto se aproximou e alçou a voz. Seus olhos ejetaram, suas escleróticas começarem a sangrar. Sua expressão era de horror. Isso ocorreu! Ocorreu de fato! Dos olhos do Vulto saía sangue, que escorria por suas faces, enquanto ele alterava mais e mais sua voz, se tornando uma fera aterradora. Cercou o Deputado, confinando-o num dos cantos do aposento. O Vulto rugia o ódio que lhe vinha da garganta:

– E você diz a Conzenza com risinhos nos cantos dos lábios que isso é a complexidade da política – o Vulto o encurralou e seguiu rosnando sua repulsa gutural. – Eu furarei seus olhos e arrancarei sua língua, cão sarnento, saiba agora como é sujeitar-se a não saber! Saiba como é não ter ideia do mal que se faz ou que foi feito, porco vil. Viva agora um milésimo daquilo que você produz com seus ardis. Ouça o choro de crianças indefesas, o gemido de velhos impotentes, o riso inocente dos miseráveis comprados por suas esmolas demagógicas, sinta a fome dos faminto de atenção, sofra a ânsia de aprender dos que não têm escolas. Mas, principalmente, acima de tudo, escute os gritos de socorro dos honestos que imploram por espaço, por motivos, por confiança nos contratos, liberdade, reconhecimento e aprovações dos seus projetos, que suplicam por mais voz e mais respeito!

O Vulto o pegou pela garganta. A sua mão era uma tenaz de força imensa; com facilidade arrasadora o ergueu no ar e seguiu gritando louco de ódio, rouco de ira:

– Repita o que eu vou dizer! Repita comigo o que direi! Se você esquecer uma palavra, uma sílaba, eu o estrangulo aqui e agora. Ouça e repita: proteger as crianças; motivar os jovens, suportar os velhos, facilitar os capazes. Repita! – rosnava o Vulto, cada vez mais possesso e violento. O Deputado, quase incapaz de respirar, erguido no ar pela mão em sua garganta, gaguejava:

– ... proteger as crianças; motivar os jovens, suportar os velhos, facilitar os capazes...

Hesitante, engasgando, o Deputado parou...

O Vulto o apertou mais, e gritava atordoado de ódio:

– ... educando as crianças, motivando os jovens, suportando os velhos e estimulando os prósperos...

O Deputado, ofegante, repetiu... e terminou.

O Vulto o largou.

Zonzo, ele desabou no chão, ainda tossindo e se sentindo sufocado.

– É muito simples! – disse o Vulto. – Não complique para se aproveitar, como você tem feito a vida toda. Resolver o enigma é algo ao seu alcance. Pense em quantos milhões você castiga e prejudica, sem sequer se interessar. Amanhã eu volto. Amanhã tem mais. Será pior.

Disse isso e saiu.

Conzenza trouxe o jantar.

Colocou-o sobre a mesa, não disse uma palavra; deixou o Deputado e seus problemas.

...

IX.

A HUMANIDADE DOS HUMANOS

A *ilusão sempre vai mais
longe que a suspeita.*

La Rochefoulcauld

O Vulto havia saído. Era preciso organizar as compras, manter a segurança, atualizar-se com as notícias. Conzenza entrou no escritório disposta a escrever sobre as passagens importantes dos diálogos, anotar percepções que pudessem se tornar temas de pesquisa. Vasculhar, enfim, nas banalidades recorrentes, a possibilidade de algum fragmento esclarecedor. Psicologia e arqueologia se assemelham. Sobre a mesa, o computador do Vulto estava aberto. A tela exposta. Os arquivos no desktop todos à disposição. Mesmo para a consciência de Conzenza, por um instante, passou-lhe uma curiosidade enorme.

Lembrou-se de Pandora, e da sua caixa. Seria um computador pessoal também uma caixa de Pandora? Da qual pragas sairiam caso fosse aberta?

Dados íntimos, progressivamente vulneráveis com os hábitos da cultura digital fundada em tecnologias que todos utilizam e muito poucos dominam. Segredos cotidianos e banais, ao mesmo tempo tão pessoais e tão sagrados, e as pessoas, aos milhões, que nem notam os crescentes riscos de revelação da privacidade inconfessável. Arcaicos boatos da aldeia ancestral se tornando global. Moralidades velhas, sob o frio realismo dos pixels, indagando quando serão construídas as moralidades que virão. No intervalo, uma crise entre as realidades pessoais e as supostas verdades coletivas.

Tentadíssima, Conzenza riu de si mesma. Teria o Vulto anotado algumas conclusões? Algumas renitentes recorrências? O enfado das repetições, as mesmas falas, mudando as palavras e martelando as mesmas teclas, como a chatíssima sinfonia minimalista que a época parece apreciar. Essa "antipoética aliterária da contemporaneidade líquido-mimética", riu ela dos termos que surgiram em sua cabeça. Em seguida, evitou tais pensamentos. Percebeu-os carregados de desejo. Tentou escapar mais uma vez. A pasta escrita "Experimento", exatamente no meio da tela, parecia pulsar como uma caixa misteriosa, que implorava ser aberta. Haveria dentro alguma chave?

Ainda uma vez Conzenza fugiu do seu desejo. Não era desejo, era um instinto, e como instinto rompia a ordenação do tempo, propunha uma adivinhação. Chegou a levar a seta do mouse sobre a pasta. Clicou somente uma, e não duas vezes. Pôs um ponto. Desistiu.

Abriu um processador de texto, chamou uma nova página, começou a escrever. Era o computador do Vulto. Por que não o dela? Porque o dele já estava aberto! Era mais prático! Imaginou que ele saberia de qualquer maneira que ela havia trabalhado em seu computador. Afinal, o que restará de pessoal num mundo somente coletivo? Perguntou a si mesma se um arquivo recém-aberto, em que poucas letras estivessem escritas, seria impossível de apagar. O Vulto não era tão tecnológico. Arrependida de tê-la aberto, Conzenza fechou a nova página.

Bem no meio da tela,
pulsando a tentação na sua curiosidade imperativa,
a pasta se anunciava.
Não era um desejo, era um instinto.
Não propunha uma noção de causa e efeito,
avançava além da crítica, já no campo da magia,
do ato livre, indicando mistérios de adivinhação...

Conzenza arrastou a seta sobre ela. Clicou uma vez; de propósito, demorou mais que o devido. Clicou uma segunda vez desejando que o tempo fosse insuficiente e não abrisse.

Enganou-se! A pasta se abriu.

Dentro da pasta havia outras pastas.

Eram diversas. Uma delas chamou imediatamente a sua atenção. O nome da pasta era "Conzenza". Ao seu lado havia outra: "Títulos, Textos e Pesquisas". Se sentindo extremamente tensa, procurando evitar tal invasão, mas já invadindo, decidiu abrir os "Títulos".

Eram títulos de livros, projetos editoriais, artigos, ensaios, anotações de orientação de teses e monografias. Num estilo típico do Vulto, ela sabia, os títulos envolviam subtítulos, era bem esclarecedor. Conzenza leu alguns:

"O Desenvolvimento Ético na Vida Adulta" – *Possibilidades e limites*

"Ideologia, Discurso, Poder e Degradação" – *Sete estudos de casos em um único partido*

"Liderança Política e Decadência Moral" – *Fundamentos para uma hipótese plausível*

"Desenvolvimento Ético no Adulto Jovem" – *Influência dos coletivos de poder na degradação moral de indivíduos presumidamente bem formados*

"Água Limpa" – *Psicologia do desenvolvimento e psiquiatria das doenças morais*

"Ética e Poética" – *Correlações entre cultura literária e desenvolvimento moral de crianças e jovens*

"Por uma Estética do Bem" – *As noções do Belo e do Justo na antropologia da ética*

"Acorrentados" – *Individualismo e coletivismo na sociatria das doenças morais*

"A Dialética das Ideologias" – *As razões dos dois lados*

"O Experimento" – *Efeitos da punição e do acolhimento, na consciência e na linguagem do líder político moralmente corrompido*

"A Luz e o Cão" – *A consciência frente à corrupção moral cinicamente justificada*

"Ira, Justiça e Transformação" – *Revolta e cinismo mediados pela consciência – um estudo de caso*

Havia mais títulos. Os três últimos produziram em Conzenza grande perturbação.

Não havia dúvida! O Vulto dizia conduzir apenas um experimento, e a convidara. Na verdade eram três investigações. Numa delas, "A Luz e o Cão", Conzenza não era sua parceira de pesquisa. Era apenas um sujeito, e o Vulto nada havia revelado.

Ainda palpitando com o choque inesperado, Conzenza sentiu-se autorizada, mesmo que censurando a si mesma, a abrir a outra pasta com seu nome.

Levou a seta sobre a pasta, clicou duas vezes, seu coração a perturbava, a pasta se abriu.

Diversos textos se mostraram, algumas imagens, eram fotos, todas dela, nas mais diversas situações – cotidianas, profissionais, algumas em sua própria casa. Mais do que irritada, Conzenza se assustou imensamente. Era evidente que o Vulto havia pesquisado sobre ela muito além do declarado. Pior ainda, mesmo capaz de ler os pensamentos, ela nunca percebera, nas ideias dele, nenhuma referência a tais arquivos. Ou seja, o Vulto também tinha segredos para ela impossíveis de alcançar.

Assustada e irritada, ponderou o quanto era falsa a desilusão demonstrada por ele quando ela lhe contou que não estava conseguindo ler os pensamentos do Deputado. Abriu um dos textos. Eram notas. Um novo estranhamento se anunciava.

Anotações dos dias que viviam em cativeiro, com o Vulto registrando, em pormenores, os movimentos de Conzenza em relação a ele e ao Deputado. Na verdade um relatório detalhado das interações, parecendo que as falas haviam sido gravadas e transcritas. Havia também fotos dos três, ela, o Vulto e o Deputado, por vezes só dos dois, ela e o Deputado, evidenciando que o Vulto, enquanto participava, também registrava em som e imagem o que se passava sem que ela percebesse. Lembrando-se de seu poder de ler as mentes, ante a evidência do seu total desconhecimento do ocorrido, também o Vulto se ocultava. Não só o Deputado era "blindado" na consciência. Também o Vulto, provavelmente pesquisando igual fenômeno, tinha suas próprias reservas prometeicas, seu arbítrio indevassável. Ali, patente, descortinava-se a total impossibilidade do experimento:

nem mesmo a consciência via tudo. Ao mesmo tempo, riu de si mesma. Afinal, que grande novidade? Por que o susto? Se o inconsciente é tão imenso, se o que governa a vida humana são desejos e intenções, não a razão, tampouco a lei moral, se ela sabia disso havia tanto tempo... Mas saber não é viver com o que é sabido! Pensou logo. Sabe-se num plano, em geral raso, mas, até que esse plano alcance outros níveis da intimidade, os afetos, as vísceras, os hábitos, até que esses saberes se tornem realmente incorporados, façam parte da visão e da cultura, há uma longa distância a percorrer, e para ela o tempo é inegociável. Leva tempo. Podemos acumular e acelerar nosso saber, não o viver que implicaria se aplicado. O conhecimento é transmissível, a experiência é intransmissível. Se cada novidade que aparece pudesse mudar a intimidade em sua estrutura, a cadeia dos humanos não se manteria como história. Como camadas geológicas que, do fundo, sustentam as montanhas aparentes, é o inconsciente que assegura as estabilidades. Há boas razões para não mudar aquilo que, por milênios, se assentou. Daí ser tão difíceis as mudanças. No entanto mudar é desejável, necessário, por vezes, urgentíssimo e mesmo desesperador. Então caímos na ilusão de acelerar o tempo, e não aceitamos que nesse combate entre os dias e os milênios passam-se séculos, mas vencem os milênios, afinal, é desses dias que são feitos. O inconsciente é o senhor desses milênios. Esse grão de areia da consciência é o senhor de poucos dias. E o que pode a gota frente ao oceano que a contém? Senão tentar, conversando com esse oceano, compreender um pouco mais as suas maneiras. A prova estava ali! Ela, Conzenza, ética, lúcida, amorosa e solidária, disposta e disciplinada, conhecedora do respeito à intimidade, abrindo arquivos que não devia ter aberto, mas cujos conteúdos justificavam, *a posteriori*, que o tivesse feito. Uma inversão! Um ato, por imoral, claramente desaconselhável em princípio, justificado por si mesmo após esclarecer como finalidade. Transgredir, num erro, para descobri-lo como acerto. Ora, que diabo de mistério essa inversão da temporalidade aqui propõe? Faço algo claramente errado, e o meu erro revela o acerto de ter feito? Ou não? O princípio deveria ser inegociável, não importando a consequência! No meio deles, a ilusão de qualquer contiguidade temporal ri de nós todos. Entre os princípios e as finalidades situa-se o mistério dos instintos de adivinhação. Isso mesmo! Adivinhar como autorização para descartar o princípio e concluir, na consequência, que o princípio era idiota. Não abra arquivos alheios! Nunca! Diz o princípio. Mas e quando o desejo dentro do princípio, ao lado do princípio, adivinha alguma coisa, deslizando em direção a uma nova realidade. O Vulto também omitia, também mentia, e se ocultava em intimidades que mantinha secretas. Que história é essa de contiguidade e ordenação? O que é que vem antes ou depois? O princípio ou o instinto de adivinhação de uma finalidade que o derruba? É por isso que não há tempo no inconsciente! O inconsciente não seria tão idiota a ponto de se encarcerar nas ilusões da contiguidade temporal e perder aquilo que mais garante o seu poder: a sincronia de tudo! O instante eterno no tempo indivisível. Em suma, o tempo da poética, essa ordenada região desordenada, onde princípios e finalidades não se constituem como consequências uns dos outros. Teria isso a ver com a chave? Pensou Conzenza ainda imersa no turbilhão de pensamentos que a paralisara perante os arquivos do Vulto, naquele prosaico monitor. Voltou a si. Ou seja, empobreceu-se de si mesma perdendo as alucinatórias maravilhas que um pouco antes desenhavam seus pensares. Percebendo isso, perguntou-se: por que os humanos tanto temem o inconsciente? Se, na verdade, o que de melhor povoa a consciência advém dele, que resolve por si mesmo o que dará e o que manterá só para si. A resposta é muito clara. Porque também aquilo que de pior povoa a consciência advém dele, com seu poder tão intrusivo, de cindir, e fraturar, e enlouquecer. Seria então vantagem uma consciência tão blindada, de armaduras tão espessas, de membranas tão impermeáveis que, sempre coerente com a cultura, flutuasse nas relações sem jamais ameaçá-las. Ser tão certinho, e tão blindado, que o inconsciente não vazasse as suas próprias maravilhas, e os horrores que propõe. Viver só para fora! E dentro, pouco! Furtando à consciência a sua função de mensageira, a sua função de ponte pênsil sobre o abismo, onde tábuas podres e cabos já puídos apavoram, mas de onde as criativas transgressões emergem, garantindo aos humanos seus caminhos. Era imoral! Tudo imoral! A transgressão e a criatividade são imorais. Mas o que seria exclusivamente humano senão a possibilidade de romper? Ela acabara de invadir, e constatar. Seria isso a humanidade dos humanos? Dentro de personas confiáveis, há pessoas perigosas; dentro de personas perigosas, há pessoas confiáveis. Assim não são também os santos? E os bandidos? Seria por isso que os contratos entre humanos duram pouco? Seria por isso que as paixões governam a criativa oscilação das aderências? Já foi tempo suficiente, não quero mais, prometi e não cumprirei; ao dizer que amei, amava, mas agora não amo mais, não sou eu, é algo em mim que me governa, sobre o qual o meu controle é bem precário. Por mais que isso apavore os prepotentes, nada é mais humano que a imoralidade eticamente transgressora, tão capaz de renovar quanto de ruir.

Havia outra pasta, bem ao lado. Seu nome era "X". Impossível saber se um xis ou um dez romano. Curiosa, e desautorizada por si mesma, Conzenza a abriu. Chocou-se! Eram fotos de mulheres nuas, todas belas, junto a rótulos de vinhos, todos aparentemente caros. Conzenza hesitou em mover a tela, tocou o mouse, moveu uma, muitas fotos, nenhuma pareceu-lhe pornográfica, mas dependendo do sentido eram todas pornográficas. Veio-lhe à mente o dificílimo limite entre a pornografia e o erotismo, essa discussão tão recorrente, já se tornando tão banal. Fronteiras da moral revisitadas pela ética segundo os novos bons costumes. Palavras! Humanos falando apenas e somente de palavras! Mas palavras capazes de destruírem vidas e valores, famílias e nações, empresas e relações. Seriam correlatas as especulações entre o cinismo e a transparência, com a pornografia e o erotismo? Lembrou-se de uma definição que a agradara: o erotismo é íntimo e privado, a pornografia é obrigatoriamente pública. Que abordagem mais curiosa em sua estrutura lógica. Segundo a afirmação, publicar o erotismo, esse valor sagrado se no ambiente íntimo, faz dele pornografia, esse defeito profano, se no ambiente público. Ou seja, não é o objeto em si, é o seu contexto de inserção, é o seu ambiente de ilustração. Seria assim com o cinismo? Se mantido confinado apenas entre os cínicos, seria menos deletério aos coletivos? Não! Claro que não! Pelo contrário. Nem mesmo na mais íntima privacidade parecia o cinismo ser viável. E no entanto é tão potente!

Voltando à situação, Conzenza decidiu calar-se sobre o que encontrara. Guardar o golpe para si. Fazer dele o seu próprio experimento, a sua própria aprendizagem. Fechou as telas. Percebeu que ela e o Vulto já não eram dois, buscando três, o Deputado. Eram indivíduos isolados entre si, desconfiados uns dos outros, preservando-se em ocultações, enquanto também se defendiam das próprias intimidades intrusivas, pelas quais os inconscientes, incompreendidos em suas funções, tanto sofrem para evitar, ou mesmo antecipar as curas, de alguns males que nem mesmo chegam a existir. Sim! Nós reclamamos do que vemos de ruim, e jamais consideramos aquilo que os mecanismos que não vemos evitaram, sem que sequer nos déssemos conta. Anjos da Guarda existem, eles são anjos em guarda, e evitam que saibamos quais bandidos não entraram. Ao mesmo tempo, no plano visível e trivial da consciência cotidiana, tudo parecia tão óbvio e banal e recorrente. Esgotada com o episódio, Conzenza suspirou. Muito mal com a descoberta, decidiu seguir, mais uma vez impondo a si o desafio de buscar a humanidade dos humanos.

A humanidade dos humanos, por horrível que por vezes parecesse, por tão maçante e recorrente que frequentemente se mostrasse, esse tema, incoerente, atemporal, enigmático, mais indevassável a cada tentativa de invasão, objetivo e literário, místico e científico, terrestre e teológico, poético e infernal – a humanidade dos humanos:

> De dentro de dentro de dentro
> para fora de fora de fora
> para fora de dentro de dentro de fora
> impossivelmente ao mesmo tempo,
> somos elos recíprocos de ódios perdidos
> em correntes trançadas de amores alçados
> encadeados em cadeados mútuos,
> horrível e maravilhosamente
> atarraxados uns nos outros.
>
> ...

X.

BABUSHKA

*Há coisas na minha mente que eu não produzo,
elas produzem a si mesmas e têm sua própria vida.*

C. G. JUNG

CONZENZA TROUXE O CAFÉ DA MANHÃ E DISSE QUE O TOMARIA com ele. Era a nova sessão.

O Deputado notou que ela estava muito irritada. Ele estranhou. A velocidade dos gestos de Conzenza, os ruídos provocados com os pratos, os talheres, seu semblante taciturno, os lábios tensos. Era uma Conzenza estranha, parecia triste e assustadora.

O Deputado voltou a considerar sua teoria, ou paranoia, de uma propositalemente teatral alternância de humor entre ela e o Vulto para desequilibrá-lo, para manipulá-lo depois como quisessem. Esses pensamentos autônomos a irritaram mais. Então ela disse de forma áspera:

– De novo suas teorias de lavagem cerebral? Seus enlatados de televisão. Você não consegue pensar em nada mais senão na própria desonestidade? Crônica, sistêmica, cristalizada...
– O que você quer que eu faça?
– Que acredite no que digo. Que tire essas bobagens da cabeça! Não alimente, não cultive! Desvie as ideias para outro assunto, duvide de si uma vez na vida, dê uma oportunidade à voz do outro!
– Eu não faço outra coisa. Ouvir, ouvir, isso é a política. Ao mesmo tempo eu entendo o que deseja. Ao mesmo tempo eu não consigo.
– E não consegue por quê?
– Não sei por que, é assim que acontece, a cabeça vai, vai sozinha, se adapta.
– E a fala a segue, e o corpo a segue, e os hábitos continuam iguais. Você consegue ver a maneira como um padrão de um só indivíduo pode tornar-se uma cultura? Como essa cultura influencia quem chega depois. Você compreende a dificuldade que é mudar, mudar depois que esses hábitos tomaram muita gente, muito tempo, e se repetem. Você entende como a violência de um cínico faz com que o outro considere defender-se do cinismo com cinismo? Você compreende como se torna contagioso?
– Cada um sabe de si. Se é assim que acontece... Você diz. É a realidade.
– Para ser mudada? Criticada? Imitada, ou limitada? Para ser seguida? Essa realidade o arrasta. O seu controle sobre ela é mínimo. No fim das contas, você mesmo não existe. As suas verdades mais autênticas se foram. Você vive a reboque do seu meio, vai para onde o meio quer, atrás dessa tal realidade. Você a segue como um cachorrinho que troca obediência por atenção;

no seu caso, por dinheiro. A sua mente é construída de fora para dentro. Ela nada é senão aquilo que você percebe e aceita ao seu redor, e você vai, e vai. Você está seguindo quem? Os outros! Você mesmo não existe, a não ser como um engate, um submisso adaptado, que em quase nada opina e só age em interesse próprio, e de quem o monitora, como um bicho. Para ser franca, eu gostaria que você lesse essas palavras na cadeia.
– Eu estou na cadeia. Essas ofensas fazem parte do espetáculo? – irritou-se o Deputado. – Nós estamos num convento? Isso é um interrogatório? Uma doutrinação?
– O espetáculo tem dois atos: as desgraças provocadas por sua omissão, e as desgraças provocadas quando você faz alguma coisa – Conzenza estava, de fato, muito áspera. – Você atingiu a perfeição, senhor deputado, o senhor desgraça quando cala, desgraça quando fala, desgraça quando não faz e desgraça quando faz. Sabe o que é isso? Imoralidade ignorante! Da pior! Até aqui fui delicada, agora, sim, eu vou ofendê-lo, e vou ofendê-lo com uma virtude à qual você teve acesso e descartou, o interesse pelos mestres, a humildade implicada em estudar para saber. A você falta entender por que a antidialética de Heráclito é mais salvadora que a ontologia de Parmênides. Faltou saber por que a genealogia da moral supera, em humanismo liberal, os imperativos categóricos. Faltou estudar para compreender por que o idealismo que propunha o rei filósofo não logrou estabelecer-se na política. Faltou saber que, entre o *domus* e a *polis*, o espaço da ágora legitimou mais a política que o liceu e a academia, mas que da academia e do liceu advêm preciosidades respeitáveis. Você faz alguma ideia do que é isso? Acho que não! Então escuta! Em algum lugar os opostos se encontram, as coisas, os seres não são fixos, tudo se alterna, essa convicção se converte em esperança. Da mesma

forma que dentro da noite existe o dia, que virá, até mesmo dentro de um canalha pode existir algum bom senso. Ou você vai discordar? É apenas gula? Ou é medo e covardia? Interesse em associar-se a ignorantes poderosos? Ignorantes que se não fossem tão ignorantes não seriam tão poderosos, uma vez que o ignorante age com presteza justo naquilo em que o conhecedor hesita não por ignorar, mas por conhecer.

O Deputado ficou em silêncio. Conzenza suavizou seu tom. Serviu o café. Sentou-se, pegou duas uvas da tigela, comeu uma, e então retomou seu discurso:

— Deputado, eu não estou muito segura de que é o momento de dizer-lhe isso, mas imagino que possa sensibilizá-lo. Peço que procure mandar para o inferno as suas paranoias, seus truques, suas tramas, porque tudo isso não passa de um novelo na sua pobre cabeça. O que tenho a dizer é bem claro. Eu estou preocupada com o Vulto, com o crescimento da irritação que os seus modos e suas evasivas geram nele. Eu temo que esse ódio se torne incontrolável. O Vulto deveria elevar a sua consciência, mas o que vejo é que você o arrasta para o abismo. O assunto é a raiva que se torna ódio. Você cada vez mais cínico, e ele cada vez mais destrutivo, por defesa compreensível. Um tipo muito particular de raiva, intelectualizada como crítica moral. O ódio é sempre perigoso, deputado, mas o ódio de quem o sente com razão pode ser mais perigoso do que os outros. O final disso é o terror, já aconteceu algumas vezes, e não é nada agradável de se ver e de vivenciar.

— Em política não há raiva. Só há política. O que outros chamam de frieza eu chamo de coerência com a negociação dos interesses. As alianças mudam o tempo todo. Quanto a isso que você chama de cultura, só o que faz é inibir a iniciativa. Afinal, quem ganhou as eleições? E outra e outra... A espa-

da é o voto, a arena é a urna, e quem discordar que cale a boca. Isso que outros chamam de coerência com valores pessoais eu troco por valores coletivos.
– Coletivos para quem?
– Para quem os negocia.
– E aqueles que não estão?
– Não estão onde?
– Não estão presentes na negociação.
– Eles estão representados. Essa é a regra democrática. Você sabia que há eleições?
– Não me parece que os defenda, que realmente pense neles.
– Eu não faço outra coisa o tempo todo. O fato de eu precisar atender aos interesses dos adversários para atender os meus não quer dizer que eu não defenda e represente os interesses dos eleitores e do povo. Eles, sim, os oponentes que obstruem, a burguesia que sonega, os que pretendem um Estado sem poder. Eles é que dificultam a defesa dos mais justos interesses. Além, é claro, do peso do passado, das dificuldades de mudanças mais profundas.
– E você precisa negociar com eles para exercer o seu honesto e legítimo papel de representar seus eleitores em particular, e o povo em geral.
– É isso mesmo! Estranho muito que vocês duvidem.
– E se eu disser que o seu dossiê, cuidadosamente investigado, revela justamente o oposto?
– Na ausência de provas objetivas, tudo é uma questão de interpretação.
– E se houver provas objetivas? Embora eu concorde que tudo é uma questão de interpretação, e que essa interpretação não é nada a seu favor.
– Eu duvido que tenha provas objetivas! E mesmo assim será preciso examiná-las, uma a uma, considerando o meu di-

reito de defesa e as apelações. Isso é justiça! Não violência prepotente, como aqui. Quanto às interpretações, elas se aplicam também às provas objetivas. O direito ao contraditório é um sagrado princípio da justiça, aplicável inclusive na interpretação de provas ditas objetivas.

– Você considera a delação uma violência prepotente? Uma canalhice maior que as outras todas? Na medida em que ela envolve uma covarde traição dos amigos e parceiros. Deputado, a delação de parceiros leais, mesmo assassinos, pode ser tão imoral quanto o dever que têm os juízes de apurar as verdades. É e não é ao mesmo tempo.

O Deputado ficou em silêncio por alguns segundos, depois disse:

– Nunca pensei nisso. Se tivesse feito alguma coisa errada, pensaria. Isto é um sequestro violento e criminoso.

– Então faça de conta que você fez coisas erradas. O que faria nesse caso? Eu me refiro ao dilema ético da delação premiada: entregar os amigos para se livrar de uma parte das penas. Qual é o valor da lealdade com os amigos? Até a máfia tem mais ética.

– Pode ser ruim dizer isso, mas a verdade é que políticos não têm amigos, têm parceiros, e interesses. Temos obrigações, e nos juntamos por ideias, não por pessoas. Se a defesa das ideias está em jogo, amigos ladrões não merecem perdão. É uma forma da investigação para descobrir os ladrões. É um negócio, nada mais.

– E quando você é um ladrão do mesmo tipo? Há muito tempo um companheiro, você acharia justo se o denunciado fosse você? Entregue por um parceiro que parecia leal. Acharia justo denunciar? Ficando no papel do delator, entregando o sócio amigo?

– Eu não tenho esse problema porque não fiz nada de errado. Cada um que se defenda como pode.
– Nesse mundo de imensa solidão...
O Deputado ficou quieto. Então disse:
– A solidão é real. Você fala de um mundo ilusório. A vida é cada um por si, apenas isso, mas a política permite alguns acordos, então estamos juntos de qualquer maneira.
– Suponha que a realidade, aqui e agora, não fosse tão assustadora quanto parece. De fato é! Mas suponha que não fosse, que não estivesse tudo, tudo mesmo, ao redor do Enigma da Caixa, e que dois fatos poderiam libertá-lo: a confissão dos seus roubos e a denúncia dos parceiros. O que você diria?
O Deputado fez um longo silêncio. Será que o Vulto tinha um plano oculto e tudo não passava de uma encenação? Nesse instante, Conzenza lia sua mente oscilando entre as hipóteses mais óbvias – o Vulto estava negociando alguma coisa, o Enigma da Caixa não era de fato tão fatal, havia algo sobre eles que ele ainda ignorava, ao mesmo tempo eles queriam saber mais. Conzenza leu além, quando sua mente fluía, ágil, para hipóteses sutis – por exemplo, que era um blefe, que uma cilada lógica de consequência moral estava armada. De outro lado, poderia ser, por exemplo, que a resposta ao Enigma da Caixa fosse a confissão das suas próprias falcatruas, que de alguma forma o Vulto criara alguma relação entre a chave da caixa e a chave das verdades criminosas. Forçando um pouco as coisas, faria sentido: a chave que abriria a caixa era a confissão com delação, e a chave foi posta lá dentro pela cumplicidade criminosa de tantos infratores cínicos. No entanto, apesar de cogitar dessa maneira, o Deputado optou por proteger-se da hipótese do blefe:
– Mas então não é verdade que resolver o Enigma da Caixa é minha única salvação? Há outra maneira?

— Suponha que não fosse. Suponha que exista outras maneiras.
— Assim no plural? Você falou com tanta ênfase que era a única maneira.
— Suponha uma ênfase menor.
— Mas é menor? De fato, é menor?
— Você percebe neste instante o que provoca o legislador que não legisla e o juiz que não julga claramente? Que fazem com que seja e que não seja ao mesmo tempo? Exatamente o que você propõe o tempo todo. Sempre supondo, e presumindo, que os outros, todo o povo, não passam de ladrões vulgares.
— Eu não sou um ladrão vulgar.
— Por acaso você é um ladrão refinado?
— Se puder, eu prefiro voltar ao nosso assunto.
— É este o nosso assunto! O efeito das regras obscuras e oscilantes.
— E a questão da confissão, ou delação?
— Por que você se interessaria por elas, se diz que nada fez?
— Porque eu estou aqui. Porque vocês dizem que eu fiz. Porque nada me resta senão tentar atender o que esse Vulto quer de mim.
— E o que o Vulto quer de você?
— Que eu resolva o Enigma da Caixa, mas...
— Não há "mas", deputado! É apenas isso! O experimento veta a possibilidade de que você ludibrie a Justiça, ou a corrompa, usando o mesmo processo que procura promovê-la. Para isso o Vulto teve dois cuidados essenciais: uma cuidadosa investigação das suas ações reais e a minha capacidade de ler os seus ardis mentais, os dois ao mesmo tempo.
— Você mesma confessou que não lê meus pensamentos, me acusam de ser todo dividido para mentir melhor, fazem disso uma

patologia mental, depois dizem que é uma patologia moral. Sou um leigo nesse assunto, os doutores são vocês. Uma patologia moral é uma patologia mental? Ela se justifica moralmente pelo determinismo psiquiátrico? Eu sou ruim porque sou doente? Ou sou doente porque sou ruim? Sou inocente nos dois casos? Em um deles? Ou em nenhum? Grande doutora! Isso aqui é justiça fora da justiça. Isso é justiça com as próprias mãos. Qual o meu direito de defesa? Não bastariam as investigações que chegaram às certezas? Por que não me matam de uma vez? – exasperou-se.

– O seu direito de defesa é resolver o Enigma. O seu direito de defesa é o meu relatório, para o Vulto, de como a sua mente monta a lógica que o defende com as palavras. A justiça não é o nosso foco de interesse. Por isso as investigações não bastam, por isso ler sua mente é necessário. Todos sabemos o que você fez, inclusive você mesmo. O Vulto, assim como eu, não está aqui para fazer justiça. Isso é um problema dos tribunais, a meu ver muito precários. Nós estamos aqui para investigar, em casos como o seu, que infelizmente são centenas, as relações entre a consciência, a verdade, as palavras e os atos. Ou seja, entre a intenção declarada e a ação efetiva.

– Eu já repeti mais de cem vezes. A política negocia as intenções conforme as relações avançam, configurando, construindo e negociando os interesses. É para isso que a política se vale das palavras.

Conzenza não conteve o riso irônico:

– Essa é a razão do experimento. A mudança da intenção, e a sua declaração, conforme avançam os interesses. Qual é a psicologia do processo? A sua filosofia moral? A sua psiquiatria forense? A sua patologia social? Os seus invariantes culturais? Suas consequências? Mesmo que você não compreenda essas palavras.

– Eu compreendo perfeitamente essas palavras! Não me tome por tão despreparado, para não dizer tão idiota, eu compreendo bem mais do que imagina.

– Você sabe o que é *babushka*?

O Deputado surpreendeu-se com a pergunta. Vasculhou sua memória.

– Eu já ouvi essa palavra... É alguma coisa russa. Há outra palavra... ma... matry... *matryoshka* ...

– Acertou a origem! E a palavra! *Babushka* é uma boneca, em geral de madeira, da qual sai outra menor, e essa menor tem dentro dela outra menor, e assim por diante...

– Até a menor de todas...

– Todos nós somos *babushkas*. As ideias são *babushkas*. As ideologias, os sistemas, as instituições são *babushkas*, na medida em que de dentro de uma saem muitas, contidas e contendo, umas em outras, mas com você, especialmente com você e com pessoas do seu tipo, parece que são muitas as *babushkas*, e que tendem ao infinito.

– Isso é uma crítica ou um elogio?

– O que acha?

– Prefiro tomar como elogio. Todo político é feito de muitos, parecendo um só. Se você me deixar falar, posso mostrar minhas *babushkas*.

– Então fale.

– Eu estou me defendendo porque estou com medo de vocês, me sentindo realmente muito mal, mas compreendo o que procuram, embora o que procuram não seja algo que esteja em mim, como supõem, mas algo que sou eu. Não é um mecanismo, essa palavra tão absurda, isolado do meu ser. Eu sou assim, fiquei assim, eu acho isso, eu digo isso, eu vejo isso.

– Falando em interesse: isso interessa!

– Não é minha especialidade, nem de longe, mas me arriscaria a dizer que vocês se enganam ao tentar relacionar psicologia, ética e política. Pode haver uma psicologia do político, de um político específico, uma psicologia das massas, mas não uma psicologia da política. A política é psicologia, a política é filosofia, mas acima de tudo a política é poder. Ao que me parece, a psicologia, ou ao menos a maior parte dela, procura investigar as verdades interiores, criar teorias dos processos mentais, através das palavras, ou do comportamento que se pode observar. A política é o oposto. Ela normalmente usa as palavras para esconder muitas verdades. Essas verdades podem ser íntimas ou públicas, interiores ou exteriores. A política se interessa pelas verdades ocultas, mas apenas para analisar o quanto convém mantê-las ocultas. A política se interessa pelos ideais inalcançáveis, mas apenas para utilizá-los como discurso de motivação. Com isso, a política se interessa mais pelas verdades exteriores, que mesmo assim por vezes nega. A política visa às falas que exprimem os interesses, tentando articular os acordos, aliar-se. Mas para isso muitas vezes ela oculta os verdadeiros interesses, eles ficam subentendidos, todos sabem, ninguém diz. A política é a arte da aliança, e às vezes da ruptura, a ruptura pode parecer um fracasso da política, ao mesmo tempo muito necessária para ela. Raramente esses acordos são os mais inteligentes, no sentido de mais funcionais. Eles são política, não outra coisa. Para quem não a compreende dessa forma, acho que nada pode relacionar-se com a política. Ela tem lógica própria. Essa lógica não é a mesma a que as pessoas não políticas estão acostumadas. Enfim, a política tem sua própria lógica. E pior, nem a ética pode controlar a política. É o oposto. Sendo a política o poder, ela submete a ética. Se, como dizem alguns filósofos, e vocês mesmos disseram, a moral é a regra posta, e a ética é a discussão a seu respeito, então a política é a permanente discussão sobre essa ética. Ela está acima, e não irá submeter-se. Caso contrário, como ela poderia renovar? E quanto à essa ética? Submetida a essa política. Também é somente uma ética própria da política? Uma espécie de ética especial para os políticos?

– Mais ainda que a lógica! Isso que vocês chamam ética, essa ética da maioria das pessoas, me parece uma tentativa de proposição e consolidação de contratos firmes, de moralismos, a meu ver bem imorais. A ética política é um arranjo de adaptações, de flexibilidades, de contratos sujeitos a mudanças. Em política, quase tudo é subordinado ao poder e ao interesse, e quase nada aos princípios e ao desprendimento. Ao mesmo tempo há princípios e desprendimento, mas eles não funcionam de maneira tão clara. Um político é alguém que acha compreensível que as pessoas, os grupos de pessoas, os partidos tenham interesses, e que esses interesses possam ser, muitos deles, egoístas, justamente ao dizer que são altruístas. O próprio fato de alguém se apresentar como quem se considera capaz de liderar já é, em si mesmo, um egoísmo.

– Ou um narcisismo.

– Para usar essa palavra que vocês gostam tanto. Eu poderia também dizer da pretensão. Mas essa pretensão não é sempre narcisista, ela também tem um aspecto altruísta. Digam o que quiserem, acusem do que for, há uma doação nas escolhas de um político. Ele não é sempre, e nem principalmente, um canalha egoísta, narcisista e interesseiro. Eu não sou!

Mesmo para uma leitora de pensamentos, chocada com algumas posições, capaz de entendê-las sem se obrigar a compreendê-las, Conzenza estava bem impressionada com a nova e inesperada e firme articulação do Deputado. Nesse momento menos angustiado, e bem menos ansioso, aceitando um pouco mais a situação, mais confiante na relação com ela, não com o Vulto, o Deputado se revelava. Suas falas fluíam melhor, e era possível penetrar um pouco mais na sua mente bastante óbvia porque pragmática, nada estranha, formulando tais ideias, em princípio tão simplórias quanto o fato, brutalmente arcaico, de que apenas interesses egoístas articulam as relações políticas, quando o pressuposto seria o contrário: que o desprendimento altruísta governasse a ação política.

Para grande espanto de Conzenza, o Deputado falou como se estivesse lendo as suas ideias:

– Todos esperam dos políticos uma doação sem interesse próprio, como um desprendimento altruísta, e ele ocorre muitas vezes, mas outras vezes não ocorre, e o fato é outro; em geral, o oposto. Qual é o problema? Não é assim também com médicos e advogados e juízes e padres e professores? Por que só os políticos devem ser crucificados?

– Por duas razões: porque são poucos os que se doam de fato e porque eles representam o dever de proteger os coletivos, e para isso detêm o poder.

– Eu vejo ao menos duas possibilidades, precisamente, e ao mesmo tempo. Os políticos se doam, sim. Nós vivemos submetidos à opinião pública, à imprensa, às regras e aos demais poderes. Nós nos dispomos a enfrentar aquilo de que a maioria das pessoas foge. Nós temos a coragem de chamar a nós o difícil papel da exposição pública. Nós nos oferecemos ao julgamento pelo voto, pela imprensa e pelas leis. Ao mesmo tempo, acho que nos defendemos, e ao perceber os perigos nos quais nos envolvemos, somos egoístas.

– Ou já eram, antes.

– Não acredito! É o ambiente que muda as pessoas.
– Você se lembra de ter sido muito diferente do que você é agora?
– Muito! E me lembro de ter mudado. Eu mesmo assisti a minhas mudanças.
– Então conte a primeira vez que...
Nesse instante Conzenza notou que o Deputado inibiu-se fortemente. Chegou a ser visível na postura, na expressão. Era como se ele tivesse vivido alguns minutos mostrando uma faceta íntima há muito abandonada e agora se assustasse, retomando sua armadura. Conzenza viu claramente que ele não iria narrar a primeira vez na qual havia corrompido, ou se deixado corromper. Novamente ele fechou-se:
– Os políticos buscam servir o país e o povo. Eu não tive uma primeira vez em nenhum sentido ruim. Só nos bons sentidos. Como na primeira vez que me elegi – retraiu-se fortemente, como havia Conzenza pressentido.
– Se elegeu, ou foi eleito?
– Tanto faz.
– Não tanto faz! É diferente.
– Eu perdi a primeira vez e tive ajuda na segunda.
– Então, foi eleito.
– É uma forma de dizer.
– A diferença é dever favores grandes ou pequenos?
– Não é possível pensar politicamente sem considerar trocar favores, e suportar o fato de que nem sempre eles retornam parecidos.
– Quase nunca.
– Daí ser necessário adaptar.
– O nosso assunto é a traição? Traição a princípios, a finalidades, aos parceiros, aos amigos...

– E até mesmo a traição de ser leal aos inimigos.
– Que é outra forma, às avessas, de trair.
– Ou de hábito. Simples hábito político.
– A maior traição é com os princípios.
– A traição com os parceiros, os partidos, os amigos, é menor – disse Conzenza.
– A política é mais prática, e mais rasa, do que parece à maioria, do que sonha a maioria. Não há princípios senão para servir de referências.
– Referência só teórica – confirmou Conzenza em tom de crítica, avançando por um novo assunto: – E quanto às metas, às finalidades?
– Ganhar e se manter no poder. Ganhar o poder por vias justas, e mantê-lo por vias justas. São essas as duas finalidades.
– E poder para quê?
– Para governar! Liderar o povo, construir o futuro, melhorar o presente, promover a justiça, em especial a mais difícil das justiças, a justiça social. Para consolidar o partido, controlar os processos, ocupar as instituições.
– Ótimo! E quanto ao uso do poder para os interesses pessoais, digamos, por exemplo, o enriquecimento financeiro?
– Também é justo! Que aqueles que servem tanto tenham seus benefícios.
– Há um limite, um número, para esse "justo"?
– As remunerações oficiais dos servidores públicos devem ser mantidas baixas. É boa política, é o exemplo, a imagem, além de conter os gastos, controlar os orçamentos. No entanto esses números não bastam. Acho compreensível, e político, que sejam complementados em certos casos.
– Certos casos, deputado? Complementados, deputado? Defina para mim estas palavras: certos casos e complementados – ironizou Conzenza.

O Deputado não conseguiu conter-se. Nem à frente de Conzenza ele conseguiu conter-se, e soltou o riso franco com que os cínicos ironizam e celebram seus deboches vencedores. Curiosamente, esse é dos raros momentos em que o cinismo e a ironia tendem à sátira. Mesmo um ator experiente encontra dificuldade em imitar. O Deputado riu, ironizando, e foi satírico:
– Certos casos são os necessários. Quanto à complementação, bem, depende das necessidades.
– E quando as necessidades não têm fim?
– Bem, isso às vezes acontece, mas é raro! As pessoas se perdem na ganância, esse é o perigo, e o partido e mesmo os líderes podem perder o controle. Mas não aconteceu! Comparando com o que sempre foi, é a mesma coisa, ou muito menos. Isso para não falar de milhões de pessoas que foram tiradas da linha da pobreza e levadas ao consumo.
– Está bem claro, deputado. No entanto, há controvérsias. Os números que achamos parecem obscenos. Eles são tão grandes que o Vulto referiu-se a eles como pornográficos, o que não é exatamente uma "complementação" pelos abnegados serviços ao povo, ainda mais com o sacrifício político de se manter ganhando pouco para dar o bom exemplo e não pressionar os orçamentos. Não é mesmo, deputado? Ainda assim você diria que são essas as suas mais sinceras convicções?
– Claro que sim! E não são convicções, são fatos. Contra fatos não há argumentos. E veja que eu admiti sinceramente a existência de certos ajustes paralelos que, afinal, são naturais do ser humano. Por que é que só os ricos podem se o mundo é para todos, não é mesmo?
Para deixá-lo descansar, ou trabalhar, Conzenza, mesmo absolutamente convencida de que o que investigava consis-

tia num emaranhado de evasivas recorrentes e clichês, decidiu sintetizar uma interpretação:

– Eu agradeço essa conversa. Na verdade, essas conversas, porque acho que dizemos muitas coisas ao mesmo tempo, algumas com as palavras, e outras com os silêncios por debaixo das palavras. Se eu estivesse escrevendo e não falando, se alguém estivesse lendo, eu usaria muitas reticências. De alguma forma, elas representam tais silêncios, sempre tão superlotados de notícias estridentes. Acho que estamos conseguindo nos entender de alguma forma, tentarei ajudá-lo nestes dias – hesitou Conzenza em prosseguir, censurando-se por se comprometer a aliviar as pressões que viriam do Vulto, o que, sabia ela, era inviável.

Se o Vulto ouvisse aquilo tudo, ele massacraria o Deputado.

Levando avante seu plano de investigação, Conzenza tirou da bolsa uma *babushka*.

– Trouxe um presente. Você o merece pela franqueza da conversa, eu agradeço.

Era uma *babushka* típica, torneada em madeira e pintada à mão em cores vivas. Tinha uns vinte centímetros de altura. Conzenza a colocou sobre a mesa. O Deputado sorriu, pegou-a, desatarraxou a primeira boneca, dentro dela havia outra menor, exatamente igual, deixou-a sobre a mesa. Agradeceu.

– Você não vai abrir as outras? – perguntou Conzenza.

– Não são iguais?

– Experimente – disse Conzenza num tom professoral.

Ele girou a cabeça da segunda, desatarraxando a meio corpo para expor seu conteúdo e... surpresa! Surgiu uma boneca negra, de aspecto tão macabro que era repugnante, com os olhos pintados como se sangrassem, e a boca escancarada como um animal voraz. O Deputado se assustou, largou a boneca sobre a mesa, como se estivesse diante de um objeto perigoso.

– Calma! – sorriu Conzenza. – É isso, deputado! Dentro de pessoas, e de ideias, e de partidos, e de instituições, que nos parecem atraentes, confiáveis, pintados em cores vivas, presumindo valores morais tão sagrados quanto a maternidade, a esperável semelhança das filhinhas com a mamãe, dos filhinhos com o papai, pode nascer um monstro, deputado! Você mesmo se assustou a ponto de largá-lo sobre a mesa, numa espontânea reação de defesa perante a possibilidade da contaminação. Sem o juízo crítico, deputado, sem os princípios, somente com aquilo que os filósofos chamam de consequencialismo, teleologia, finalismo, e que você traduz como interesse nos objetivos a despeito das maneiras, o que temos pode ser um monstro, filhinho da *babushka* bonitinha e confiável, e mesmo assim um monstro horripilante.

Tentando encarar aquela boneca horrível, o Deputado se recuperava do susto. Conzenza prosseguiu:

– É curioso que justamente o povo russo, justo a cultura que cultiva a tradição das suas *babushkas* inocentes, nunca tenha se lembrado de colocar alguns monstros dentro delas, para ensinar as crianças que isso pode acontecer, e acontece tantas vezes, deputado! Abra mais uma! Ou está com medo de pegar?

– Conzenza disse sorrindo.

Imaginando o que viria, o Deputado pegou a *babushka* monstruosa, girou a sua cabeça e... surpresa! Dentro dela havia uma *babushka* linda. Ela sorria. Mais que a primeira, ela sorria, tão inocente em sua expressão, e seu colorido era mais forte, os detalhes das suas vestes mais preciosos. Conzenza despediu-se:

– Fique com elas, deputado! É um presente meu para você. O Vulto sabe. Foi por conhecer o segredo da *babushka* que ele criou o Enigma da Caixa. Os chineses também têm a sua *babushka*. Não são bonecas, são cubos. Cubos dentro de cubos dentro de cubos, caixas dentro de caixas. Ainda não nasceu o marceneiro capaz de transformar em realidade objetiva o mistério das caixas infinitas. Mas não é preciso. Nós já nascemos marceneiros do infinito! – afirmou Conzenza. – Foi estudando o segredo da *babushka*, e foi colecionando os cubos chineses, e foi investigando todos os seus passos, e foi sofrendo os horrores que sofreu pelo que viu, que o Vulto criou o Enigma da Caixa. Lá dentro, colocou a chave, e o sequestrou para pô-lo diante dela. Veja, deputado, como por vezes o que parece uma condenação pode ser uma oportunidade! Pense nas *babushkas* da sua própria vida. Que monstros ocultam? Que anjos os monstros geraram? Se é que geraram algum. Peça inspiração aos cubos chineses. Para que nunca mais se esqueça disso, aqui fica esse presente. Abra todas! Feche todas! E muito além do seu mundinho tão pequeno, da sua política tão prática, veja a vida. Veja a vida que pulsa na avenida, veja a festa na floresta – sorriu Conzenza das suas rimas –, *babushkas* e cubos, deputado, chineses e russos. É comum que os povos não aprendam com seus próprios símbolos. Eles se tornam banais, eis a tristeza, a grande tristeza da ausência dos símbolos, ou da incapacidade de cultivá-los, o que, no fundo, é a mesma coisa.

    Sem esperar qualquer resposta, Conzenza levantou-se e despediu-se.

    Mais uma vez o Deputado estava só. Só com as mil imagens que os espelhos refletiam, a *babushka* em todas elas.

    Mais confiante, enfrentando o acontecido, o Deputado pegou a bisneta da *babushka* original, a linda filha da boneca horripilante, que era a filha da segunda, que era a filha da primeira, e a abriu também.

Outro sinal inesperado. Essa *babushka* era espelhada!
A sua forma era igual às outras todas, mas, em vez de estar vestida e ser pintada com as flores usuais, toda a sua pele era um espelho! Refletia o entorno inteiro, deformado num cilindro.
Foi no seu ventre, bem de frente, que o Deputado viu a própria face.

A boneca não tinha face.
Então ele a inclinou, e a aproximou, e a distanciou, fazendo coincidir sua própria face
com o local onde estaria a da boneca.

Sem ter ideia da razão,
e nem julgar-se enlouquecendo,
ele sorriu para si mesmo.

Depois, considerou seus olhos tristes,
e desviou a sua atenção.
Fechou os olhos.

Ainda confundido com as imagens dos espelhos,
as imagens das *babushkas*,
em especial a horripilante,
um imenso vale de pedras e escarpas
surgiu dentro do espelho.

Ao mesmo tempo, sobre a mesa, umas ao lado das outras, as *babushkas* o olhavam. A mais horrível, com sua boca voraz e os fios de sangue escorrendo dos seus olhos, e a *babushka* espelhada, por tão diferentes, eram as que mais chamavam sua atenção.

Pegou a *babushka* espelhada. Ela era do tamanho aproximado da sua mão. Fechou a mão, apertando-a, sentindo a simetria da sua forma. Por um instante, teve a mesma fantasia supersticiosa que espontaneamente ocorre quando tomamos nas mãos um objeto que supomos mágico, um objeto capaz de conferir poder.

Um santinho, um amuleto, um cetro, uma espada, uma bengala, um escapulário, um terço de oração, qualquer coisa cuja matéria encerre os poderes de magia de que só certas matérias são capazes. As madeiras nobres, os cristais, os pedaços de animais com dotes próprios, como as patas dos coelhos e das raposas, o marfim dos elefantes, as carapaças das tartarugas onde, dizem, para quem conhece as letras, o futuro já está escrito.

"As coisas passam energias! Todos duvidam e todos acreditam", pensou o Deputado segurando a *babushka* espelhada, presente de Conzenza, percebendo que o momento era quase religioso. O seu gesto parecia uma oração. Mas dirigida a quem? A que pequena grande deusa pedia ajuda? O que podia uma boneca sem fisionomia, cuja pele era um espelho, desvestida da sua tradicional decoração? "O que poderia a bonequinha?", pensou ele. Se sua própria religiosidade havia ficado no caminho, misturada nas conveniências práticas do marketing político, concordando com tudo sem saber de nada, a troco da única moeda que interessava e que traria tantas outras: o voto, num único dia, em todos os diversos anos. Foi pensando em tudo isso que o Deputado abriu a mão. A *babushka* continuava idêntica mas, agora, toda a palma da sua mão era um espelho!

— Essa coisa é tão malfeita que a sua tinta sai na mão! — pensou de pronto.

Ele colocou a *babushka* sobre a mesa e apressou-se em limpar a mão. Abriu a torneira, pegou o sabonete; antes de ensaboar, esfregou os dedos uns nos outros, os dedos espelhados da sua mão direita, usando o polegar para tentar limpar o indicador e ver se a tinta da *babushka* se soltava da sua pele. Não saía. Ao contrário, parecia polir mais. Quanto mais ele esfregava, mais intenso se tornava o espelhamento.

Insistiu no sabonete, molhou as mãos no fio de água que caía da torneira, esfregou as duas mãos produzindo alguma espuma, e foi então que realmente se assustou. A espuma se tornou espelhada e começou a espelhar a outra mão. A palma, o dorso, os vãos entre os dedos, ele esfregou mais forte, chegou a passar as unhas tentando raspar. Não funcionou. Toda a pele das suas duas mãos, a palma, o dorso, os dedos, as laterais internas de todos os dedos, o sabonete, a espuma haviam se tornado espelhos. Não era a tinta da *babushka*! Era o estranho poder de um objeto contaminar tudo aquilo que tocasse.

Pegou a toalha. Começou a enxugar as mãos para ver se a tinta saía no tecido. Foi quando assustou-se mais ainda. A toalha se espelhou. O tecido apenas branco, que não havia sido tocado por suas mãos, continuava igual, enquanto as partes com que tentara se enxugar estavam todas espelhadas, desenhando tiras no tecido.

Estava claro, e era assustador: as suas mãos espelhavam tudo aquilo que tocassem. Apavorado, no inadvertido gesto de qualquer um a qualquer hora, levou sua mão à testa, coçou o queixo, esfregou as duas bochechas, e nesse exato instante considerou, num sobressalto, o que ocorria.

Então, no espelho sobre a pia, olhou para si mesmo. Acontecera! A pele da sua testa, seus malares, suas bochechas, o seu queixo refletiam as imagens. Estava claro e repetiu: suas mãos tornavam espelhos tudo aquilo que tocavam. Sua figura, refletida, refletia-se a si mesma, e o mesmo efeito de infinito, deformado, deformante, interminável ocorria em toda parte.

Já em desespero, tentando limpar aquele horrível efeito sobre a pele, começou a esfregar o rosto com as palmas das mãos. Não adiantou. Polia mais! Quanto mais esfregasse, mais brilhante o espelhamento se tornava, as imagens mais precisamente refletidas, deformadas pelas curvas da sua face. Era realmente assustador. Como versão contemporânea do Midas mitológico, condenado a tornar ouro tudo aquilo que tocasse, e que morreu de fome por incapaz de comer ouro, o Deputado fazia o mesmo com seu poder de espelhamento. Mas dessa vez, como no mito, esse poder não tinha origem no castigo educativo de alguns deuses poderosos. Esse poder advinha da *babushka*. Talvez ela pudesse revertê-lo, talvez não, talvez nem ela mesma pudesse reverter o que fazia, sem ideia das terríveis consequências.

Incapaz de tocar o que quer que fosse, em frente ao espelho, sobre a pia, o Deputado levantou as duas mãos colocando--as ao lado do seu rosto, e viu a si mesmo. O efeito era terrível, e seria curioso e original se ele fosse um personagem, cômico, trágico, satírico, de uma farsa ilustrativa. Mas não era! Era real! Ele era um Deputado real de um país real, um congressista de um país que ria menos, já cansado de assistir ao que assistia. A *babushka*, aparentemente tão inocente, com seu poder contaminante, castigava o Deputado por razões que ele mesmo era incapaz de imaginar. Talvez nem ela, decorada com suas flores inocentes, inconsciente das suas tenebrosas gestações.

"O que dizia aquilo tudo?", perguntou-se o Deputado.

"Está tão claro! Há pessoas, você entre muitas, que só enxergam a si mesmas, no que dizem, no que fazem, no que tocam, no que são", disse a *babushka*, sem falar.

Sem um mínimo som audível, e sem que fosse um pensamento – era uma fala! Certamente era uma fala da *babushka*! Pela primeira vez o Deputado sentiu, fora de si, dentro de si, o sonoro pensamento da loucura. Embora a fala fosse nele, a fala não era dele. Sentiu suas pernas tremularem. "Eu estou enlouquecendo!", pensou logo, enquanto via nas palmas das suas mãos, agora espelhos, a imagem de si mesmo, se agitando com aquilo que ele mesma produzia.

Quanto mais ele esfregava, mais polia.

Que horror! – seguiu pensando o que sentia e sentindo o que pensava – e num imenso esforço íntimo tentou olhar na face da *babushka* sem face. Reuniu coragem para ver se ainda via a paisagem que surgira. Nesse instante, como um defensivo retrocesso da memória, ele assistiu se repetir ao mesmo texto íntimo de há pouco. A loucura tem essas coisas. Parece que um filme retrocede, e vem de novo, e retrocede.

Fechou os olhos.

Ainda confundido com as imagens dos espelhos,
com as imagens das *babushkas*,
em especial a horripilante,
um imenso vale de pedras e escarpas
surgiu dentro do espelho.

Parecia uma enorme cadeia de montanhas.
Era tudo muito seco, muito duro, muito árido.

Sobre uma das pedras, um fio vermelho rutilava.

Seria, aquele fio,
a horrível lágrima de sangue
da *babushka* tenebrosa?

Para onde essa alucinação iria levá-lo?

Ou seria a educativa verdade educativa?

Não pensou, mas assistiu àquilo.

...

XI.

Prometeu

*Para qualquer um que conheça a história,
a desobediência é a virtude original do homem.
É com a desobediência que se realizou o progresso.
Com a desobediência e com a revolta.*

Oscar Wilde

Entardecia...

Mais uma vez voltava a águia.

Vinha devorar o fígado, que renasceria com a noite, para crescer com o dia, e repetir o rito da condenação: trinta mil anos!

Atento e zonzo, o risco das asas no horizonte próximo, Prometeu considerou: "Será uma águia? Um abutre, um corvo?".

Mais nobre seria se o devorasse um pássaro que se recusa a se alimentar das decomposições.

As aves que se alimentam de carne degradada também a apreciam quando fresca. Assim, enquanto a umas, vivas ou mortas, recentes ou putrefatas, quaisquer presas os saciam, a outras aves somente a carne palpitante satisfaz.

Com isso – seguiu pensando, realizado e exausto –, não importa se é o abutre ou a águia o meu algoz, o meu carrasco e carcereiro, encarregado, pelos deuses que em favor dos homens ofendi, da aplicação da minha pena.

Importa que a ave a cumpra, e que toda noite o faça, para que os milênios se passem, e meu sofrimento esteja à altura do que fiz, mostrando, no castigo, que o meu feito tem tanto valor, tanto valor, que eu o faria de novo, e uma vez mais, e outra, e outra, e tantas quantas fossem necessárias para que o homem se tornasse, ao menos nisso, semelhante aos deuses.

Rebelem-se! Contra tudo o que for mesmo.

Criem! Falem, gritem, dancem, amem.

Tudo façam em meu nome!

Reduzindo a dependência humilhante, a submissão deprimente, a que os humanos são sujeitos, sem o fogo da consciência nas palavras, seguindo seus caminhos na penumbra imitativa.

Nesse instante, a águia arrancou o primeiro naco. Engoliu sem mastigar. Rapinantes não mastigam. Prometeu seguiu pensando.

"Então que fogo? Qual o fogo?"

Dentre tantas luzes e calores de que é feito o Olimpo, e a natureza, e de tantos poderes que tantos deuses dispõem juntos, distribuindo-os como bem entendem, sem que os humanos tenham a menor condição de compreender a inteligência e a crueldade de tais distribuições.

Seria esse fogo o próprio fogo? O fogo mesmo? Com sua enorme capacidade de transformação, esse que faz com que vá, e não que volte, como quando as lenhas rapidamente se transformam em calor e luz, embora todos saibam o quanto é lento reverter tal sentido: tomar calor e luz, e fazer lenha.

É possível! Acontece!
Enquanto a natureza, mesmo em vão, se esforça em reverter a sua entropia, os humanos a promovem.

Assim se passa com a água sob o sol que, evaporada, se precipita e faz florestas, cujas madeiras são memórias da luz que as produziu.

"Só o fogo liberta essa memória!", pensava o acorrentado, olhando o imenso vale pedregoso onde floresta alguma havia. E ele as via!

Era vendo o que não havia
que existia Prometeu, e resistia.

Prometeu jamais viu coisas
Via elos... e cadeias... e silêncios...

Assim o fogo, essa matéria inalcançável pelos dedos,
para ele era um elemento da cadeia de pensares
cuja chama iluminava, com calor, os seus pesares.

Ilustrado em seus pensares,
aquecido em seus pesares,
Prometeu criou os humanos.

Ser capaz de pensar os seus pesares o fez livre.

Ele reuniu quatro elementos num só gesto;
ao fazê-lo, criou um novo ser.

Foi o que mais enfureceu os deuses!
Os deuses já furiosos,

e ainda faltava um elemento.
Os deuses já furiosos e faltava perceber
o maior diamante desse furto fundador.

A esse animal que pensa e sofre,
sofre porque pensa, e pensa porque sofre;
a esse homem capaz de pensar seus pesares,
ainda faltava pesar seus pensares.

Ser capaz de pensar seus pesares o fez livre.
Ser capaz de pesar seus pensares o fez dono.

Junto ao calor, nos deu a luz.
Essa luz era o juízo.
Dono e livre. Livre e dono.

O juízo crítico,
essa luz pensante capaz de pesar.

Criticar o quanto se pondera o sofrimento,
face a quanto o sofrimento nos pondera.

O calor foi o pesar pela memória da sua ausência,
e a luz foi o pensar, pelo peso da presença.

Passou a ser possível pensar frio e pensar quente,
pensar negro e luminoso.
Passou a ser possível ver a ausência.
Passou a ser possível ignorar uma presença.
Todas as peripécias da consciência,
que vieram com o fogo... os deuses viram.

Quando viram, enfureceram-se a tal ponto
que Prometeu foi coagido a retirar, a reverter...

Foi então que Prometeu fez duas coisas:

Livremente recusou-se
e
recusou-se livremente.

Ouvindo isso, os deuses agravaram a sua pena.

Abutre ou águia, seu voo vinha faminto,
as garras já estiradas, o bico semiaberto, os olhos injetados.

Pousou no ombro,
penetrando as garras na axila, nas costelas,
a dilacerar a pele e expor o fígado.

Novo! Fresco! Rutilante!
Um fio de sangue saboroso,
capaz de atrair sempre, e saciar nunca,
mantendo a pena por milênios.

Então do céu vieram risos.

Vinham entre nuvens,
gargalhavam sem autoria.

Era o som do escárnio dos bajuladores,
que, covardes, apoiavam a tirania sobre os homens,

permitindo só a eles as maldades,
enquanto aos meros homens
restava o miserável território das condutas previsíveis.

Na ausência do mal não havia o bem.

Desde as cinco raças precedentes – todas mortas – era aquilo, aquilo mesmo e mesmo aquilo, a mesma fala horripilante, "é assim que as coisas são", esse cárcere de letras, essas grades entre as aspas, essa desgraça incapaz de imaginar. Essa ausência de futuro, essa falha, essa fratura, essa conjugação obscena da submissão sem a rebeldia, da convicção sem liberdade: descrever, concordar, imitar, repetir, descrever, concordar, imitar, repetir. Até que um dia ele gritou:

"Que essas aspas sejam asas,
e de águia sejam, não de abutre, e que sejam,
essas letras, o meu fígado,
e que a águia as leve como a devolutiva mais rebelde,
como a voz da liberdade,
como aquilo que os homens
aos deuses presenteiam
na ironia de uma devolução.

Voe, minha águia carcereira,
minha parceira de tortura e redenção,
e vomite sobre o Olimpo, a cada dia,
o que os livros criarão todas as noites
na permanente rebeldia que fundamenta minha existência,
que hoje se funde com a existência dos humanos,
para que o barro ganhe vida nesse fogo."

E assim seguiu, desafiando, suicida em sua convicção de mísero pedinte autoritário, Prometeu bradou bem alto:

"O que eu exijo é liberdade!
Em sua única forma indiscutível:
A liberdade de ser mau!
A liberdade de ser torto!
A liberdade de não obedecer, de não imitar,
de não seguir sem criticar! Nem repetir!

Porque ser bom como um dever,
porque ser mau como um dever,
não é liberdade, é só dever,
como o amor que, se obrigado,
não é amor, é obrigação.

Portanto, Zeus, meu pai tirano,
e todos os lacaios que o bajulam,
se queres que de fato
um fruto teu seja teu par,
dê a ele a Liberdade!

Tanto de amar quanto de odiar,
incluindo a liberdade de mentir,
a liberdade de esconder-se,
a liberdade de iludir, a liberdade de matar.

Só assim homem haverá!

Como escolha, escolha livre,
não esses restos, essas farsas,

dependentes do desígnio opressor
que, dizendo organizar, só tiraniza.

A tirania para o bem
não é um bem, é tirania.

Com a liberdade de ser mau eu tenho a escolha;
esse fogo não é meu mal, é a minha escolha.

Assim está feito!

Por trinta milênios dou meu fígado.

Águia minha, todo dia,
alimente-se de mim e me vomite
sobre os prepotentes narcisistas arrogantes
os tiranos que se dizem anjos puros
pretendendo confinar-me em virtudes que não tenho.

Eu que sou bicho, eu que sou anjo,
e que entre o anjo e o bicho, quero eu,
para amar e odiar quem me quiser,
se assim quiser, e se eu quiser.

Liberdade! Minha aliada,
acabamos de criar um desatino:
A loucura é filha nossa!
Acorrentado porque livre, aqui anuncio:
Está fundada a Humanidade!

Esse fogo consistirá na sua consciência.

Esse barro, no seu corpo.

Por trinta milênios dou meu fígado;
considero a troca justa!

Águia minha todo dia,
alimente-se de mim,
e vomite o que restar.

A partir de hoje, a livre escolha,
esse divino insano patrimônio,
terá seus tantos nomes,
quantos queira cada humano.

Por isso mesmo,
é com as garras dessa águia que me cala
que, junto ao fogo da consciência, eu dou a fala!

É com o sangue que, na pele,
a unha escreve como o rito mais exato,
que além da fala: eu dou o ato!

E assim reunidas:
A Consciência, a Fala e o Ato.

Três tesouros pelos quais me submeto
à ira que condena o meu destino
à acidez do vômito e do escarro,
a Consciência, a Fala e o Ato,
pelo fogo, eu dou ao barro!
Liberdade! Minha aliada,

acabamos de criar um desatino.

Por trinta milênios dou meu fígado...
considero a troca justa
e alerto, atento, a humanidade.

Dada a Consciência, a Fala e o Ato,
a livre escolha terá seus tantos nomes
quantos queira cada humano em sua atual divina imagem.

Entre esses nomes,
a escolher ou recusar,
há duas verdades:

A Coragem e a Honestidade.

...

A cena e o som eram de sonho. Também o Vulto ouvira atento. Olhando a face sem face da *babushka* espelhada, o Deputado jurava ter ouvido uma declamação de Conzenza, se referindo a Prometeu.
Sentia-se zonzo. Teria alucinado? Conzenza declamava para o Vulto em outra sala. Será que, excitados pelo pavor, os sentidos do Deputado estavam tão apurados? Uma hiperestesia? Histérica, quem sabe? O fato é que escutou, e associou o fio de sangue do poema às lágrimas de sangue da *babushka*.
Enquanto declamava, Conzenza parecia tomada de uma aura de convicção que a fazia ao mesmo tempo teatral e coloquial. Ela narrara o mito, e o ilustrara, de forma tão fluente

que surpreendeu o Vulto. No entanto, claro, restavam dúvidas, não poucas, em especial no trecho, para o Vulto, mais discutível e dramático de todos. O Vulto assim pediu, e Conzenza recordou:
— O que eu exijo é liberdade! Em sua única forma indiscutível: a liberdade de ser mau! A liberdade de ser torto! A liberdade de não obedecer sem criticar!

Porque ser bom, como um dever,
não é liberdade, é só dever,
como o amor que, se obrigado,
não é amor, é obrigação.

Portanto, Zeus, pai poderoso,
e todos os lacaios que o bajulam
se quiseres que de fato um fruto teu seja teu par,
dê a ele a liberdade!
Tanto a de amar quanto a de odiar,
incluindo a liberdade de mentir,
a liberdade de esconder-se,
a liberdade de iludir, a liberdade de matar.

O Vulto foi direto:
— Conzenza, seja franca comigo, você está justificando o deputado?
Igualmente sólida e convicta, Conzenza respondeu:
— Jamais. Ao mesmo tempo não estou condenando, não na forma que foi assumindo o experimento. Não pense que não me posiciono. Falo de antes. Falo da liberdade como a possibilidade da escolha. Se há, de fato e a fundo, a escolha, ou se ela é ilusão convencionada, é uma questão em aberto. Eu, como consci-

ência, defendo esse fato, que aqui trago como arcaico, e prefiro descrevê-lo com o mito. Entenda, Vulto, eu vejo a sua revolta e a considero justa. Aliás, ela é imensa porque é justa! A razão lhe dá razão. E com isso o ódio cresce por sentir-se autorizado. Mas o que trago é outra coisa. A estética do bem só se torna ética se for fruto da escolha. Não se obriga alguém a ser bom. Só se convida. Esse convite é a educação. Se não houve educação, que seja uma reeducação. Se não aconteceu o convite, que seja um novo convite, e novo, e novo. Se você escolhe educar pelo castigo e pelo prêmio, mais por prêmios que castigos, ou o oposto, ainda assim é uma escolha sua, não dos outros. Escolho a escolha! E com ela a responsabilidade pelos atos, como um contrato da linguagem, capaz de levar aos atos da existência. É nisso que acredito! Não é sábio buscar provar que a escolha não existe. Fazer com que ela exista é uma parte do contrato.

O Vulto sorriu crítico e irônico:

– Conzenza, essa ingenuidade não teria fim. Ele escolheu o cinismo.

– Eu a proponho como uma inocência, não uma ingenuidade. Uma inocência e uma delicadeza. Uma paciência e uma presteza. Uma tenacidade e uma nobreza. Uma perseverança e uma esperança. Uma aliança, Vulto! Uma aliança entre a convicção e a fé, entre a razão e a compaixão, contra a objetividade extrema, curta e frágil porque fria e dura; contra a subjetividade extrema, extensa e frágil porque indolente e complacente. Falo de um ponto! Um lugar singular da intimidade humana, sem exceção. Esse lugar é uma pedra, Vulto! Esse ponto é a pedra em que Prometeu se encontra acorrentado. É um lugar em todos nós. Preste atenção! Ele tem a escolha de ser cínico, e você tem a escolha de puni-lo. Eu estou entre vocês, e procuro analisar o quanto puni-lo é necessário, acho que é, com certeza abso-

luta acho que é! Mais ainda no interesse de educá-lo, e não de revoltá-lo ainda mais. Puni-lo, sim, no interesse de dar exemplo à sociedade. Mas olhe a pedra como o espaço da prisão.
Ela continuou, o Vulto ouvia:
– Talvez você me alcance. Essa pedra, esse ponto, essa instância, esse plano, essa intimidade, esse eu comigo, esse ti contigo, esse si consigo, esse lugar onde não existe um nós conosco, esse eu no espelho dele mesmo, essa imagem de mim que me vê enquanto a vejo, e me vê sem que eu a veja, é particular e própria, é indevassável pelo outro. Foi exatamente nesse ponto que Prometeu, com sua coragem e seu sacrifício, fundou a humanidade. Foi na escolha! Creiam ou não na sua existência os deterministas sem espírito. Se há, portanto, algum elemento que represente a alma humana, e a mostre semelhante aos deuses, e a diferencie dos adoráveis bichos, essa matéria é o fogo, a luz e o calor da escolha própria, rebelde ou obediente, sempre própria. A intimidade indevassável que permite a escolha, e que seja a última instância das escolhas possíveis, quando nenhuma liberdade parece restar na instância prática, quando o corpo, e o gesto, e a fala foram todos impedidos, resta a instância, o estrato, o secreto ponto em mim, onde eu ouço a minha consciência, e com ela falo. Não me importam as teorias, e mesmo a ciência, da melhor, provando que as escolhas não existem, que são feitas antes que nós as percebamos, porque ao final, sejam minhas ou de algum lugar de mim, são mesmo minhas, e é justo que, por elas, eu responda, queira ou não. O efeito é esse mistério, ou que seja essa ilusão, chamado liberdade! E eu ilustro! Por acaso sabe a lenha como dar forma às labaredas? Ou sabe o vento? A calmaria? Eles influem, não determinam! Essas línguas que se veem nas labaredas quando dançam, não são

só línguas do fogo. São as nossas! E foi por essa imagem que Prometeu escolheu a liberdade.

O Vulto ouvia. Mas persistia a dúvida de um pacto. Para ele esse pacto era um bem. No entanto, agora, essa expressão se reduzia à natureza de uma escolha fundadora e mitológica: a liberdade vale o mal que ela permite! Ao permiti-lo, funda a escolha!

– É a união da liberdade com a escolha que cria tanto a possibilidade da virtude como a possibilidade da vileza – emendou Conzenza, lendo os pensamentos.

O Vulto surpreendeu-se:

– Você viu o que eu pensava, e prosseguiu...

– Sim! Em você, nesse momento, está tudo tão fluente e tão encaixado, que as coisas se esclarecem mais e mais. Estou convicta de que a minha dificuldade em ler os pensamentos e as intenções do deputado se relaciona diretamente com o tema da escolha. Eu não atinjo o seu inconsciente, mas ele me alimenta com indícios, e eu interpreto esses indícios. Para ele, o que nós chamamos de cinismo é uma escolha verdadeira, essa é a cegueira, dele e nossa; dele, por não ver como pensamos; nossa, por não vermos como pensa. É o que blinda o meu acesso à hipótese da mentira íntima, pela simples razão de que não há mentira íntima, ao menos no sentido que nós atribuímos à mentira. Ele sabe o que faz! Em minha opinião, mas não na dele. Ao mesmo tempo ele não sabe o que faz, em minha opinião, mas não na dele. Ou seja, o que está em discussão é a minha opinião sobre ele, não o que poderíamos chamar de um "ele mesmo". A má notícia boa é que essa escolha foi, a ele, permitida. E não reverte! A escolha é dele! Foi a ele autorizada por ninguém menos que Prometeu, o ladrão original da livre escolha. Assim se dá com todos os humanos. Somos bichos muito refinados na arte de mentir e de enganar. Nós, de fato, temos essa escolha!

– É só o fato de existir a escolha que permite não escolher – emendou o Vulto.
– Não escolher também é uma escolha. É a escolha de outra coisa, e dependendo do que recusarmos nessa hora, essa escolha será vil ou virtuosa, dependendo do critério de quem julga.
– E a única forma de sugerir essas escolhas se chama educação.
– Ou reeducação, assim mesmo com limites, que também chamam de consciência.
– Tudo o mais é coerção.
Conzenza sorriu, franzindo a testa:
– Aqui também há coerção. A educação também, à sua maneira, é coerção. Feliz ou infelizmente, frequentemente necessária. Quando até mesmo a educação busca impor pela ameaça, em vez de sugerir com habilidade, ela falha pelo medo, ou pela escolha.
– De qualquer maneira, é tirania
– Essa palavra é forte, mas pode ser usada. Tirania, mesmo que seja para aquilo que chamamos bem. Falando em termos que você conhece, o deputado não conhece, mas ele sabe usar, não é possível uma moral sem uma corajosa genealogia da moral. Não devemos ensinar a moral sem permitir que os aprendizes investiguem suas origens. Quem quis impor o quê? A quem? Por quê?
– Por isso Prometeu, naquele trecho, disse...
– "A *tirania para o bem não é um bem, é tirania*" – completou Conzenza, quase falando ao mesmo tempo.
Estimulado, ainda perturbado pelo quanto criticava suas hipóteses, o Vulto andava pela sala se sentindo dolorido com a evidência, cada vez mais próxima, de que o experimento era primário, chegando a ser infantil, não fos-

se cruel e estúpido. Ao mesmo tempo, tentava defendê-lo intimamente, justificá-lo para justificar-se, reestruturar de alguma forma as suas ideias, tentando encaixar o ponto de vista de Conzenza. Prosseguiu, desafiando os pensamentos ainda mais:
– E o inconsciente? E as neurociências atuais? E todos os sistemas de investigação e pensamento que se colocam contra a livre escolha? Que a consideram uma ilusão da consciência. A velha ideia de determinismo, aplicada inclusive à livre escolha?
– Então a situação piora! Se o deputado não tem a livre escolha, como culpá-lo, a ponto de puni-lo, de forçá-lo, caso ele não seja responsável pela escolha? Vulto, só a escolha permite a crítica, e só a crítica permite a inovação, a cultura, a educação.

– Não há um humano pronto,
há um sendo,
um acontecendo, um se fazendo.

Os humanos não são presentes nem passados.
Essas reticências são humanas;
os humanos são gerúndios.

A tirania, a prepotência
impõem-nos uns aos outros
como prontos sobre enquantos.

Mas todos são enquanto,
cada um no seu momento,
e ninguém pronto.

– Jamais pense que quando eu digo isso sou a favor de compreender o deputado e suas escolhas. Quero puni-lo, estou aqui, quero alertá-lo para o mal que ele produz, mas me recuso a degradar-me como um projeto do seu mal. Eu é que tenho que elevá-lo sem permitir que ele me arraste para o fundo.

– Houve um trecho da sua fala que saiu como um poema e alcançou uma poética – disse o Vulto; Conzenza concordou. – Mas alguém deve liderar, propor, organizar as maneiras de contratar, punir! Punir os absurdos! Tirar de cena seus autores!

– Sem dúvida! Sou totalmente a favor de tirar de cena tais autores, julgá-los, condená-los, prendê-los, isolá-los. Mas sei que isso não basta, ainda é pouco, pouco muda. Até pode piorar pelas recidivas da revolta, e de mais cinismo ainda. O que proponho é que seja pelas vias do convencimento e do cenário, pela capacidade de colocar sobre a mesa as questões mais absurdas, perigosas e brutais, por reunir os mais sensíveis, incitá-los a ajudar. E procurar fazê-lo de forma delicada, o mais possível. Convencer, persuadir, como a mais humana forma de vencer. Isso não se faz com aqueles já perdidos. Prenda e isole os mais perdidos sem se degradar em torturá-los. A melhora se faz com os que virão. No entanto a violência, hoje, é também com os que virão. Veja o abandono.

– Então por que você aceitou me apoiar no experimento? – exasperou-se o Vulto.

Praticando no olhar o que dizia com os lábios, Conzenza o fitou com voz suave:

– Eu aceitei porque tenho esperança, porque acredito em você. Você como a sombra de mim quando furioso. Aceitei por compreender as suas razões, mesmo contra as maneiras que eu prefiro defender e praticar. Aceitei para tentar apoiar a sua transformação, o seu caminho. Não pelo deputado, mas por você. Por vê-lo, e por sabê-lo, próximo de uma consciência mais plena, na qual a livre escolha renuncia a violência em todas as suas formas, instituindo a possibilidade das virtudes, criando o cenário para o convencimento das novas gerações, essa única vitória verdadeira. Foi por admirá-lo, e percebê-lo, como um possível líder de novos cenários, um construtor de situações capaz de aprimorar as relações. Por isso aceitei o experimento. Foi para acompanhar sua trajetória, para evitar que o deputado o degradasse nos labirintos do ódio apoiado na razão. No fundo, para protegê-lo de se tornar o terrorista de uma causa autoilustrada.

– E o deputado? – disse o Vulto, surpreso com a sinceridade de Conzenza.

– O deputado terá seus benefícios. Será ou não condenado, será preso, é o que espero. Creia que eu mesma o faria com minhas mãos. Ele está no seu estágio, tem suas próprias convicções, a sua ganância, as suas revoltas escondidas, suas mentiras, seus poderes, suas escolhas, suas cegueiras. O deputado ainda não é alguém capaz de convidar quaisquer virtudes para criar cenários construtores de futuros. Não é alguém capaz de convencer, e deixar-se convencer. O deputado ainda é alguém que quer vencer. Que quer vencer sozinho, ou apenas com sua corja, embora diga o oposto, mas mentindo.

– Esse é o problema!

– Que não é só dele. É também seu.

– Como assim?

– É seu na medida em que o degrada. Na medida em que faz de você um homem pior. Em vez de você alçá-lo, ele o derruba.

Perplexo com a clareza do exposto, o Vulto ficou em silêncio por alguns segundos, tentando digerir as ideias e conferir

quais sentimentos a posição de Conzenza nele produzia. De um lado, constatou o quanto seus afetos oscilavam; de outro, sentiu-se compreendido, embora em camadas que, para suas vaidades, o infantilizavam mais do que gostaria. Atenta, Conzenza avançou:
— Essa dor pela consciência da infantilidade é boa, Vulto! Ela mostra o quanto uma parte sua já vê além. Ponha no colo essa ferida, admita sua existência. E seja outro a cada dia! Isso é tornar-se, isso é crescer, é vir a ser.
— Eu entendo, Conzenza! Sou capaz de alcançar. Mas continuo tendo ímpetos de estrangulá-lo, e quanto mais esse confronto surge em mim, mais eu sinto nas pupilas, e nos músculos, esse desejo de fazer justiça pelas mãos da...
— Violência!
— Sim! Se não há outra forma! Todos cínicos, a começar pelos deputados e a terminar pelos juízes. Obrigá-lo a ter de volta a mesma violência que pratica, em nome das verdades mais sagradas — disse o Vulto começando a exasperar-se da mesma forma recorrente, repetir para si mesmo as palavras que o enfureçem, desejar se enfurecer a partir delas, ou seja, provocar em si justamente o que alegava pretender mudar — ele seguiu insistindo: — As minhas hipóteses são outras. Eu poderia compreender se fosse mais inconsciente, se eu tivesse mais certeza que, de fato, o deputado não sabe o que faz.
Conzenza foi enfática:
— O que é o inconsciente se não a imensidão do não sabido? Essa palavra é perigosa. Pense bem. É possível, a partir do plano do sabido, referir-se ao não sabido?
— É possível, desejável e necessário!
— É possível como uma forma de imaginação.
— Ou de interpretação.

– Só me importa o que eu não sei, na medida em que se torna alguma possibilidade de saber. Se eu quiser saber, se eu decidir buscar. Aquilo que entendemos como o mal, o mal do mundo, o mal dos outros, o meu mal, nada mais é que a abstração universal de cada escolha particular. Mas em cada escolha particular, por pior que seja, existe um bem universal nela embutido: esse bem é a liberdade! Quem não é capaz de ver isso não completou sua humanidade, pela simples razão de que todos esses argumentos valem igualmente para o bem.
– Você defende o direito deste cínico de ser cínico?
– É um poder, não um direito! Você não toma ou dá. Já nasce pronto. Está implícito na escolha. Já é alma, de nascença. É o presente que Prometeu escolheu dar.
– Mas nessa alma, nessa mente, nesse espírito, chame como quiser, o outro influi.
– Isso é a fala! Já é linguagem. Influi tanto para o bem quanto para o mal, e para os milhares de intervalos entre os dois. O que trouxe Prometeu não foi a fala. Foi antes dela. Foi a escolha. A escolha precede a fala num tempo tão pequeno, aqui, sim, tão inconsciente, que parecem ocorrer juntas. Prometeu nos deu a escolha. Ela ocorre no silêncio. Esse silêncio se tornou curto demais para que possamos vê-lo e, mais que vê-lo, praticá-lo. Somos emboscados todo o tempo, justamente para não escolher.
– Para que então?
– Para agirmos desavisados. Para o impulso, não a escolha. Houve um tempo em que refletíamos mais e falávamos menos. Depois começamos a escrever. Então pareceu que escrever equivalia a refletir. Não é a mesma coisa, Vulto. Você já reparou no quanto nos repetimos? E pouco mudamos.
– Atender um impulso não é uma escolha?

— Se houver tempo de escolher! Senão é apenas um impulso, já está dito, um reflexo, um espelho de obediência, sem identidade, nem consciência, talvez sem valor. É como comprar, comprar, comer, comer, beber, beber, e só muito mais tarde perceber. São ciladas, emboscadas, não escolhas.

— Vejo nisso outro assunto. Quero voltar à questão central. Você está justificando o deputado?

— Eu também acho que a questão é outra. Você está diante de si mesmo. Você me pediu e eu o ajudei a colocá-lo aqui. Há sistemas deterministas que tendem a negar a livre escolha. O dilema moral que eles enfrentam é perguntar como poderia ser justo punir quem não escolheu, se afinal não escolheu. De outro lado, há sistemas capazes de eleger a liberdade, e nela crer, para os quais o desafio é tolerar e celebrar a livre escolha, se propondo a vencer por convencer, não violentar, ou fazê-lo o mínimo possível, e prosseguir. É possível integrá-los! Esse é o meu convite, é a minha esperança, a minha fé. Essa tarefa não está pronta! Não sei se um dia ficará. Vejo em você alguém capaz de ajudar a promovê-la. Convido para que aceite. A escolha é sua. A cada pequena violência, a cada grande violência, a cada fato grave e torpe, a escolha entre degradar-se devolvendo a mesma violência, mesmo que disfarçada de justiça, ou elevar-se em busca do convencimento irá sempre separar os humanos humanistas dos humanos desumanos. Entre as escolhas, está aderir às canalhices, ou simplesmente ignorar, fingir não ver, viver à parte, deixando que os escroques nos governem, para reclamar deles depois.

— Está mais claro. O que não significa que concordo. Nem significa, talvez pelo mesmo raciocínio, que eu conseguiria mudar se concordasse. Você poderia oferecer uma síntese essencial?

Assumindo um ar de celebração, Conzenza sorriu dizendo:
— Sim! Poderia! — e prosseguiu:

— A tirania para o bem não é um bem, é tirania.
Violência por justiça não é justiça, é violência.

A liberdade é um bem tão grande
que vale o mal que ela permite.

Ao permiti-lo, funda a escolha.

Só com a escolha é possível a virtude,
incluindo a virtude da renúncia.

Ser bom, como um dever,
não é liberdade, é só dever,
como o amor que, se obrigado,
não é amor, é obrigação...

— E o cenário é a relação — concluiu o Vulto.
— Todo o tempo, em toda parte. Enfrentando as questões que separam os valentes dos covardes. Enquanto alguns fazem todo o possível para isolar, para punir com a prisão, para estancar, para limitar eficazmente os canalhas atuais, outros cuidam do futuro, ao mesmo tempo. A viagem é longa, muitos episódios são difíceis, o que torna os bons momentos mais valiosos.
— E por que o mito e não a síntese?
— Porque o mito é a síntese em imagem! Porque o mito é maior do que o que narra! Porque supera o tempo, porque diz coisas que valem por milênios; não ouvimos antes, então ouvimos hoje. Porque já é um extrato, um destilado puro, do

coador da história. Porque diz coisas hoje que só ouviremos em mil anos.

– E por que esse e não outro?
– Porque esse é fundador! Porque a fundação, que ninguém vê, sustenta a obra que se vê. Porque propõe uma abordagem universal, via mitológica, de cada vida humana singular, porque faz com que esta jamais seja comum. Vê seu valor, traz vantagens específicas, combate males evidentes. O maior deles é a banalização, essa peste, essa praga destruidora da esperança, via esvaziamento da importância. Você conhece o mito, Vulto! Conhece a história toda, e sabe que os deuses, furiosos com Prometeu, retaliaram sobre os mortais mandando Pandora, com sua caixa repleta de males horríveis, dizendo a ela que jamais abrisse a caixa.

O Vulto sorriu dizendo:
– Pedir a uma mulher, assim divina e feminina, que jamais abra uma caixa é o mesmo que...
– ... Excitá-la de imediato! Mesmo alertada por Epimeteu, irmão de Prometeu, a curiosidade de Pandora não resistiu à curiosidade de Pandora! Ao abrir a caixa, espalhou todas as pragas e desgraças pelo mundo. Então ela a fechou o mais rápido que pôde, e a desesperança ficou presa. Os antigos diziam que por essa razão, mesmo diante das piores pestes, a esperança dos humanos não foi contaminada pela total desesperança. Porém eu tenho outra visão, interpreto de outra forma, e isso me preocupa imensamente.
– Qual seria?
– A banalização saiu da caixa. A banalização como um perigo do qual não se consegue ter consciência. A perda da nossa capacidade de atribuir significado, a incapacidade de ressignificar. Tanto é a desesperança que restou na caixa quanto a banalização que escapou da caixa, mas a banalização pode ser uma

forma da desesperança, e bem sutil e disfarçada. Assim, elevar a condição humana à responsabilidade mitológica de cada vida humana, contar às crianças, aos jovens, aos adultos atentos, a partir de mitos, praticando ritos, é a religiosidade educativa que restou à urbanidade culta, já que o campo, a natureza, também se urbanizou. No seu extremo refinado, ela se chama literatura, dela resta um áureo vapor. Esse vapor de ouro chama-se poesia, como a expressão, originalmente oralizada, de uma arte ancestral: a poética. Vulto, declamar um mito é impedi-lo de ser banalizado! Se a banalização de tudo, o descaso com o que é, de fato, sério, é também desesperança na forma de cinismo ou de ironia, a poética é um dos seus antídotos mais raros. Ela pode devolver seriedade ao que é banal, e valer-se dos mesmos venenos que a atacam: a comédia, a tragédia, a sátira, a ironia, o drama do cinismo mostrado como o mal que reproduz.

Tentando acompanhá-la, o Vulto surpreendia-se:

— Você está dizendo que devemos o cinismo à falta da poética? Que a banalização geral, o automatismo do desejo, o descaso progressivo por tudo aquilo que não se limita ao sensorial criaram o cenário para que o cinismo, o ardil, a ironia, e mesmo a sátira, trancafiassem a poética?

— Trancafiassem não, porque ela segue solta, e aqui presente, mas, com a extensão global dessa navalha, tudo se pode, sem que possa, e vale tudo, para que nada valha. O descaso, como a banalização, que degrada e que destrói uma cultura inteira, esse covarde comodismo insuportável.

Oscilando entre fitar Conzenza, o chão, o teto, o Vulto ficou em silêncio por longos segundos. Suas pupilas estavam redondas; sua respiração, tranquila:

— O que ficou na caixa de Pandora foi o último e o pior de todos os males possíveis. Um sentimento tão terrível que nenhum nome lhe foi atribuído, e que se um dia fosse, pela conjuração das palavras, jamais deveria ser pronunciado.

– Um estado de consciência tão horrível, um sentimento tão pavorosamente insuportável, que nem seu nome deveria ser criado ou conhecido.

– Um sentimento inominável! Eis um bom tema para a questão que surgiu, sobre tentar vasculhar o ignorado a partir do conhecido, essa história de brincar de investigar os inconscientes.

– Um sentimento que mesmo sem ter nome, e jamais devendo ter, significa condenar-se, no eterno presente, a um futuro sem esperança, a náusea, o absurdo percebido entre a razão e a morte... afinal, se vou morrer, por que nasci? Um absurdo mediado temporariamente pelos prazeres dos sentidos, que morrem com a doença e com a velhice, no vazio absoluto de qualquer perspectiva extracorpórea.

– Que pode se instalar na eternidade de um segundo, na dimensão de um grão de areia, e deprimir o mundo inteiro...

– Caso a razão, por ser arrogante, se meta sozinha a olhar nos olhos da morte. Caso a banalização mate a poética, ou o descaso dos melhores destrua as melhores possibilidades para todos.

– Então até o cinismo decairá muito, e da lucidez original, com que os cínicos arcaicos desdenhavam os excessos, pregavam a simplicidade e a natureza, e buscavam alguma poética na morte, a própria palavra será degradada, e assumirá o seu sentido atual, muito pior que o original.

– Negando a origem, e perdendo a sua poética.

– Como toda poética perdida.

– Acho que esse fato, além do que diz sobre o cinismo, também fala da nossa atualidade. Nesse caso, nada bem.

Com um sorriso compreensivo, embora triste, Conzenza completou:

– Até com o cinismo o cinismo ficou cínico.
O Vulto riu:
– Por incrível que pareça!
– Veja, Vulto, as condições humanas hoje. Essa curiosa cadeia de afetos e posturas que se globaliza, a tudo atinge, e justifica essa ganância sem limites, que alimenta tanta corrupção. O excesso de oferta gera a sensação de falta; essa falta é um vazio; esse vazio deprime, a alguns, irrita, a alguns poucos, estimula; no primeiro eixo a irritação se torna raiva; no eixo depressivo ela se torna desistência; então o que foi raiva evolui para a revolta; e o que foi desistência evolui, na melhor hipótese, para a reivindicação, e na pior, para a inveja destrutiva. Em sua melhor vertente, a revolta se torna ideologia; na pior, ela se torna terrorismo.
O Vulto acompanhava.
Fluente, Conzenza continuou:
– Há diferenças entre a revolta e a revolução! Pensam que um revolucionário seja alguém melhor que um revoltado porque ele se apresenta com uma causa e diz ser nobre. Mas eu insisto que, dependendo dessa causa, do quanto seja cínica, um revoltado pode ser mais honesto, e bem mais digno, que um autointitulado revolucionário, sempre narcisista, que se tornará inevitavelmente um tirano prepotente. De maneira tão absurda, a razão, o discurso da razão, insiste em repetir as mesmas coisas, insiste em indignar-se e não consegue ouvir aqueles que procuram mostrar que a solução não é a razão, ao menos não sozinha.
– É impressionante! É matemático!
– E absolutamente histórico! Basta ler, basta estudar. Não há uma única exceção! Mas cuidado ao concordar tão prontamente. Isso fala exatamente de você.

– Eu estou vendo. Não aprendemos. Sequer nós apreendemos.
– Acho que é porque não aprendemos que não conseguimos aprender.
– Volte à poética! Você cavou num chão de ouro – disse o Vulto.
– Houve um engano, e volto a ele. Da caixa de Pandora saiu, sim, uma parte da tal praga tão temida. A banalização é uma forma da desesperança perigosamente disfarçada. Ela se ocultou na inveja e no medo, e o efeito atual é o vazio que banaliza.
– Impossibilitando o significado.
– Até a poética se deixou infectar pelo cinismo.
– Não! Essa não! – interrompeu Conzenza prontamente.
– A poética se cuida! Como sempre aconteceu, ela vive nos segredos dos sensíveis, ela habita a escuridão das prateleiras, hoje em letras eletrônicas; ela permanece nos olhares indiscretos mais discretos, suas imagens respiram nos espelhos, ela segue em conteúdo, forma, fundo. Só precisou alterar a sua figura. Para proteger-se, se afastou por algum tempo. Mas como quem habita a eternidade, amparando Prometeu sobre a sua pedra, a poética nos olha e sorri para os cínicos sabendo que tudo é uma questão de tempo. O tempo, Vulto! Essa preciosidade mal abordada. A poética o habita. Ele cozinha para ela toda noite. E o que podem os cínicos senão por poucas décadas?
– Séculos que sejam, talvez antes. Bela reflexão, Conzenza! Ainda que eu tenha a sensação de ingenuidade. A poética confronta o vazio do significado, revela os cínicos sem se obrigar a estrangulá-los, e tenta devolver a depressão à caixa de Pandora, educando os que virão. Enquanto a ouço, eu relaciono a chave do nosso enigma com a caixa de Pandora, e pensei no deputado. Que ideia ele faz dessas coisas?

— Muita, Vulto! O deputado faz ideia, sim! — surpreendeu Conzenza. — Sem saber dizer com essas palavras, o deputado é um humano entre bilhões, e os imperativos que o acompanham dentro e fundo estão com ele, na forma dos seus mitos verdadeiros e de suas cínicas mentiras. Tudo é mito, Vulto! A poética nos fala do que somos. Ela é a própria voz do mito, e onde quer que tenha algum espaço, a poética funda humanidade.

— Você acha mesmo?

— Acho, Vulto! Ou melhor, não acho, eu sei. Para você, o deputado é um vilão cínico que interessa para que nele você destile sua revolta, que acho justa, que acho digna, mas que pode degradá-lo como humano. Você questiona se ele mudaria com o castigo. Questiona mais. Se o castigo progressivo mudaria progressivamente seu cinismo. Você teme desiludir-se a ponto de matá-lo e desistir. Ao mesmo tempo você gosta de puni-lo, e quase torce para que ele em nada mude, para então puni-lo mais. Mas nem eu, que leio as mentes, pude lê-lo. Está escondido! Prometeu garante a ele o seu sigilo. Essa é a sua escolha.

— Ele sabe o que faz, Conzenza! Deixe de ser primária! Você está sendo ingênua! Os humanistas são ingênuos, por isso, frágeis. Só um objetivismo praticado cura o mundo. O que você diz é muito belo, sem dúvida alimenta as esperanças. Mas não muda o fato essencial. Ele sabe perfeitamente que é um canalha, escroque, vil e cínico — irritou-se o Vulto, alçando a voz.

— E isso, Vulto? Isso, nesse instante, aí dentro de você! Vindo na voz! Verticalizando as suas pupilas, desaparecendo nos espelhos, arrepiando o dorso e o torso, eriçando o lobisomem nas costas das suas mãos. E isso, é o quê? É inteligente? Funcional? A frieza de não reagir dessa maneira é mais humana? Cura mais? A si e ao mundo?

– Você já disse! E até elogiou! É a raiva justa! É o ódio fundado na razão! Você acha pouco? – piorou o Vulto, a ponto de perder-se.
– Não! Eu acho muito, Vulto. Acho exagerada a reação. Acho que faz muito mais mal a você mesmo do que a ele, o deputado.
– E ele ri! – rosnou o Vulto
– Não sei se ri! Com certeza, aqui não ri.
– Diante disso, de que adianta a sua poética?
– Ela é a chave, Vulto! Ela é a chave do Enigma da Caixa! É só o deputado que não sabe? Ou até você? Vulto, não basta achar que avançaremos apenas punindo e isolando o deputado. Isso é mais que necessário! Isso é primário! Mas além daí, aquém daí, além e aquém de evitar o mal imenso, há um bem a construir. A poética também fala do bem. Ela não se limita aos personagens detestáveis, ela os confronta com os personagens construtivos, e os alimenta com as palavras capazes de influir. Um discurso! Um só discurso, Vulto! No espaço exato, na hora certa, pela boca do homem certo, muda um mundo. De repente, um mundo mudo muda e fala por si mesmo!

De repente,

um mundo mudo

muda e fala por si mesmo.

– Não foi essa a resposta combinada entre nós dois. Ele jamais chegaria a uma resposta desse tipo.
– Seria essa a boa notícia? Assim você poderia massacrá-lo para sempre.
– Não! Eu o mato antes!
– E se livra do sadismo que deriva da razão, quando ela é justa. Você vai é aprisionar-se ao próprio ódio.
– Você quer que eu perdoe o deputado?
– Não! Como Conzenza, eu sou juíza, mas combinamos, eu não estou aqui para julgar essa matéria. O experimento é seu. Eu sou o apoio.
– Mas não conseguiu ler seus pensamentos. E agora evita decidir.
– Eu leio os seus. Estou aqui, declarando a minha disposição. Essa é minha escolha. Além disso, desenvolvi uma hipótese que você mesmo julgou bastante razoável e bela.
– Razoável e poética!
– Você está sendo irônico. É a ferida, Vulto, a sua medalha mais preciosa.
– O experimento começou como uma pedagogia moral do deputado, e se transforma numa conversa quase psiquiátrica comigo.
– Por que quase?
O Vulto riu e disse:
– Você está batendo duro, minha cara!
– É o meu amor pelos humanos, Vulto! Tanto por você quanto por ele, embora eu o veja como alguém vil. Mas há uma razão mais egoísta. É a falta de humanos de alguma qualidade e condição. Alguns que se interessem por construir futuros, em vez de se dedicar a só conter o que aí está, o que é bem-vindo.
– E eu sou um desses construtores de futuros?

– Pode estar entre os melhores! Mas não a ponto de perder a sua poética, e com ela a sua esperança. Sem deixar-se degradar, em vez de preservar os seus valores mais autênticos. Eu já lhe disse. Foi você quem não entendeu. O meu interesse principal ao aceitar o experimento não foi a transformação do deputado pelo tal castigo pedagógico. Eu sempre achei que isso jamais funcionaria, mas não me vejo no direito de determinar o destino alheio. A escolha é dele. Desde o seu convite para o meu apoio, até a formulação do Enigma da Caixa, passando por arquitetar o experimento, o meu principal interesse é você. É a sua transformação e sua evolução. Essa é a minha escolha.

– E então... a chave?

– A pergunta agora é sua. Não há castigo, e nem resposta prévia.

Agora mais cansado que irritado, o Vulto considerou as tantas voltas e arriscou sua própria síntese:

– A educação, definida como desenvolvimento e permanente aquisição, jamais deveria ser vista como alguma coisa de crianças e de jovens. Ou ela é concebida como algo para a vida toda, ou não haverá educação para ninguém. Pior ainda para os jovens, que assistirão a poucos adultos se transformando, a maioria se repetindo, quase nenhum oferecendo exemplos confiáveis, enquanto as inconsistências opressivas tornam todos cada vez mais desconfiados e inseguros, e tornam as crianças ansiosas e assustadas. Afinal, eles perguntam com razão: Essas regras que vocês inventam têm alguma validade? Elas existem para ser praticadas? Elas nos parecem com frequência tão idiotas! E são, na sua imensa maioria, por vocês mesmos transgredidas! Os adultos não têm consciência da influência do que falam e do que fazem, e de seu efeito no futuro.

– Eu sei que não sente isso, nem concorda com tudo o que falou, mas mesmo assim você falou. Por vezes, é preciso ouvir a própria voz dizendo pela primeira vez alguma coisa para saber como será quando não for mais o que se é. É a diferença entre conformar, deformar e transformar. Pegue a terceira e descarte as outras duas.

...

*A literatura é o exercício de uma dúvida:
a de que a realidade não é real.*

MARIO VARGAS LLOSA

*A psicologia profunda considera uma certeza:
a de que o sonho é realidade.*

A relação entre a realidade e o sonho
é a relação entre a literatura e a vida.
O sonho é verdadeiro,
a realidade não é real.

XIII.

A QUARTA PAREDE

> Raras pessoas têm, uma só vez na vida,
> a oportunidade de se tornar heróis.
> No entanto, cada um, todos os dias,
> tem a oportunidade de não ser covarde.
>
> E. Charbonneau

Há três paredes num palco.

A quarta é a parede invisível que separa a plateia e os atores.

Por norma de origem, é nessa parede, ao mesmo tempo opaca e espessa, que se projetam as magias do encantamento mutuamente autorizado.

Sempre que um ator a rompe,

ele coloca em risco a capacidade de persuasão como realidade mágica.

Ocasionalmente é possível construir o oposto.

O ambiente imaginário parece tão real
que voltar à realidade se torna uma ilusão.

Daí a necessidade de uma ponte.

A quarta parede pode servir de ponte.

Nesse caso, a quarta parede é a lâmina invisível
pela qual os vultos que povoam a realidade
podem se tornar imaginários, bastando dar um passo;
enquanto os viventes,
tão iludidos que se supõem reais,
fazem o oposto.

Resta ainda uma hipótese:
a de que o real e o imaginário
se recusem a separar-se,
e se confundam.

Os atores não se tornaram falsos na plateia.

Foi a plateia que se tornou real no palco.

Só nesse caso, a quarta parede
é o tempo do medo no espaço do sonho,
é o tempo do sonho no espaço do medo.

O espaço interstício, no tempo-intervalo, essa espécie de vício, no qual toda fala dizendo não ouve... e contando se cala.

...

Em seu quarto, o Deputado pensava em que momento teria disposição e tempo para chegar a uma resposta. Ponderou se realmente deveria tentá-la, arriscando sua vida caso o Vulto cumprisse sua ameaça, ou se deveria adiar qualquer resposta, ganhando tempo nas suas tentativas de decifrar tanto Conzenza quanto o Vulto, a ponto de conseguir algum acordo melhor do que o proposto. A rigor, não responder ao enigma, evitando que o Vulto o executasse, hipótese na qual ele, no fundo, não acreditava tanto assim, mas considerava, por fatal, que poderia ser um grande engano. Acostumado a negociar com pessoas perigosas, o Deputado considerou, dada a circunstância, o que seria sua maior vitória, como poderia defini-la, então disse a si mesmo: "Eu não respondo ao enigma, adio e adio, nego tudo de que me acusam, uso o prazo por ele prometido; assim, arrisco os dedos, não a vida, apostando que o Vulto criará apenas intimidações; continuo tentando seduzir Conzenza e colocá-la contra ele o mais que eu possa, até criar espaço suficiente para convencê-los a desistir dessa investigação tão absurda e devolver-me à liberdade, a troco de um acordo de silêncio pactuado entre nós três, no qual eles não correrão risco algum, ficando todos sob a minha proteção."

Então alguém bateu.
O Deputado abriu.
Era Conzenza.

– O Vulto me mandou chamá-lo. Vista-se com rapidez, para um jantar formal. Por trás da porta, eu ouvi seus pensamentos. Que absurdo! O Vulto o aguarda. Para não atrasá-lo, eu me recuso a comentar a sua arrogância imaginando que você, justo você, aqui amputado e sentenciado à morte, irá proteger o Vulto, e a mim, com esse ridículo pacto às avessas. Que insolência! A sua pretensão é realmente admirável. Ela beira a divina onipotência; eis outro aspecto dos cínicos para as minhas anotações.

O Deputado foi direto:

– Não subestime o cinismo, querida Conzenza, ele é muito poderoso, é impossível combater quando exercido em boca hábil. A mim parece apenas uma técnica retórica, uma simples ferramenta verbal, não uma patologia moral, como pensam vocês. É possível usar o cinismo para o bem. Aliás, eu...

– Deputado! – interrompeu Conzenza –, não há tempo, o Vulto nos aguarda, a mesa está posta. Vamos logo.

Corredores escuros com aparência de granito. Até Conzenza andava dentro deles hesitante. Chegaram a uma sala. De fato, a mesa estava posta.

Primorosa, toalha, pratos, taças e talheres de bom gosto. No centro, orquídeas brancas mescladas com petúnias encarnadas, dois grandes castiçais de prata, quatro velas cada um, as luzes ainda acesas, as velas apagadas. Numa cabeceira estava o Vulto.

Vestido a rigor, seu impecável colarinho, acetinado, brilhava, já sem o paletó. Por um instante, o Deputado se sentiu inferior. Se soubesse, e se pudesse, teria ido vestido assim também.

O Vulto levantou-se, cumprimentou-o de uma forma estranhamente afável, tirou do bolso um isqueiro – era um Dupont de ouro, o Deputado imediatamente o reconheceu. O

Vulto começou a acender as velas calmamente, estendeu seu braço, suas abotoaduras cintilavam como brilhantes verdadeiros, o punho duplo subiu pelo seu pulso revelando um Vacheron Constantin de edição limitada; o Deputado viu a hora. De fato era a hora! – embora não soubessem hora de quê. O Vulto acendeu as oito velas, apagou as luzes, saiu da sala por alguns instantes.

Voltou empurrando uma cadeira de rodas.

Nela, imóvel, impassível, uma figura mais que estranha, de olhar gelado e pétreo, parecia inexistente, parecia transparente, parecia ser de cera, parecia uma mulher.

O Vulto, cuidadoso e gentil, conduziu-a até a outra cabeceira e acomodou-a. Ela, imóvel, não piscava, não sorria, não olhava, parecia nem mesmo respirar. Lívida, assim tão bem vestida em seda negra, era possível duvidar de que estivesse viva, era plausível supor que estivesse morta. O Vulto encarou o Deputado:

– Esta é Mátria! A nossa convidada semiviva. Proíbo que a considerem semimorta.

O Vulto convidou o Deputado a se sentar. Bem em frente de Conzenza, as flores entre eles, o Vulto numa ponta, na cabeceira oposta, inerte, Mátria; à luz das velas, seu olhar vinha do além; o Deputado perturbou-se, fixou em Conzenza sua atenção, tentou falar, mas o Vulto tomou a iniciativa. Os fatos se seguiram de maneira surpreendente e imprevisível.

O Vulto, num inacreditável bom humor, serviu Mátria, sempre imóvel, e convidou os dois convivas a livremente se servirem nos *réchauds*. Uma pequena entrada de lagosta com caviar. O Vulto abriu e serviu pessoalmente um champanhe Krug Clos d'Ambonnay 1995 – o Deputado prestou atenção no rótulo. O Vulto seguiu com as opções de peixes – hadoque ou truta –, de carne – cordeiro ou medalhão –, ou de massas –ravióli de trufas ou *cappellini ai funghi secchi*. Os vinhos, branco e tinto, acompanharam o estilo do champanhe. Diante de tantas surpresas, o Deputado reparou que as velas pareciam derreter mais rapidamente que o normal. Elas sangravam lágrimas que escorriam transparentes, mas que ao pingar eram vermelhas. Não fosse a imóvel figura de Mátria, com seu primeiro prato ainda intocado, sua taça cheia e não bebida, seria possível apavorar-se e festejar ao mesmo tempo. Agradável, refinado, gentilíssimo, o Vulto chegou a declamar, nas línguas originais, estrofes curtas de poetas consagrados. Falou de arte, esportes, cinema, relembrou passagens excitantes da sua juventude, contou de povos e países. Mais que isso, claramente interessado nos esforços e nas virtudes, estimulou o Deputado a contar sua própria história, o tempo todo respeitando o silêncio indevassável de Mátria, sempre na mesma postura em que chegara. Então, criando um momento singular entre gestos tão especiais, pediu a Conzenza que se levantasse e declamasse um poema seu – dela, Conzenza, que o acatou:

Encadeados somos
em cadeados mútuos.

Como espelhos recíprocos
vivemos o espaço tempo
em que a construção do só
dá-se no mesmo fundo
em que o nó de nós
inventa o mundo.

O Vulto brindou, chegou a aplaudir, o Deputado o acompanhou. Mátria continuava impassível. Assim, Conzenza, o

Deputado e talvez Mátria puderam conhecer o Vulto como ele havia sido um dia e, ao que parece, voltava agora a ser.

Terminado o jantar, convidando à sobremesa, o Vulto, com gestos rituais, abriu uma garrafa de Szent Tamás Aszú, de seis *puttonyos*. O Deputado viu o rótulo. O Vulto distribuiu quatro taças de cristal, fazendo questão de servir Mátria, ainda que ela não tenha feito sequer um gesto perceptível durante todo o jantar.

Então o Vulto trouxe a caixa.

...

XIV.

ETHOS E POIESIS

O VULTO TOMOU UM GOLE DOCE; NÃO TOCOU NA SOBREMESA. Então, dirigiu-se ao Deputado:
— Estamos celebrando a sua resposta... Conzenza e eu. Mátria é nossa testemunha; eu garanto que ela está viva e nos escuta. Pela última vez, perguntamos se deseja responder. Embora você se lembre, eu o recordarei. Esta caixa está trancada. Dentro dela está a única chave do mundo capaz de abri-la. São duas perguntas...
— Como obter a chave e abrir a caixa? Como ela foi posta lá? — completou o Deputado.
— Você vai responder? — inquiriu o Vulto em tom cordial.

Já preparado, raciocinando no presente, o Deputado disfarçou a segurança com que se decidira, fingiu hesitar por um instante, mas não se arriscou a responder. Em vez disso, ele perguntou:
— Não eram oito dias?
— Já se passaram os oito dias! — disse o Vulto delicadamente. — Eu os contei. Aqui, quem decide o tempo é Mátria. Pergunte a ela se quiser.

O Deputado olhou para Conzenza, que estava impassível, então, enfrentou o olhar de Mátria; na verdade, o seu semblante. À luz das velas, sua tristeza, a sua tez emaciada, seu aspecto de múmia pareciam ainda mais intensos. Nas velas, a cera corria transparente, misteriosamente caía vermelha, a toalha era testemunha.

O Deputado não queria falar com Mátria. Então ele se dirigiu ao Vulto:

– Eu não tenho uma resposta. No entanto, achei que os oito dias...

– ... não se preocupe! – interrompeu o Vulto, que neste momento pegava uma faca.

Então ele arrombou a caixa num só golpe; a linda laca rangeu, a fechadura cedeu. O Vulto continuou:

– Fracassamos! Você, Conzenza e eu não conseguimos realizar o imaginado. Mátria é uma vítima inocente. Mesmo considerando a compreensão de vocês duas... – elevou o olhar, fez uma pausa, parecia emocionado.

– A minha tristeza é profunda – ele continuou. – Ao mesmo tempo, se reverte em calma e paz. Aprendi no experimento que, quando não existe nada que se possa oferecer, mas ainda resta alguma possibilidade de lidar com os mesmos males, sobre os quais tantos discordam... quando se vê que a mentalidade de uma geração inteira, e das gerações que a precederam, configura a remota origem de um problema, cuja maior causa é tão recente... então a decisão de abrir espaço aos que virão é menos vil do que seguir obstruindo com os mesmos velhos vícios... Embora exista algum cenário, não precisamos de um herói, mas estamos tão repletos de vilões que nos vermos livres deles se tornou inegociável.

Pausado e calmo, percorrendo o olhar entre Conzenza e o Deputado, se detendo nos olhos de Mátria, ele prosseguiu:

– Aprendi que o deputado tem ardis e tem razões que me fazem fracassar em demovê-lo. Com seu poder, certamente respeitável, e seus critérios, a meu ver tão degradados, ele está certo à sua maneira. Eu também tenho razões das quais não abro mão... que custe a vida... no meu caso já custou... Integrando tantos dados, concluí que dois corretos quando juntos constituem um grande erro, aqui eu sepulto a tão sonhada dialética, que se revelou tão idiota... Com isso, limpar o cenário num só gesto é o alcance corajoso.

Mais um gole, o guardanapo, um pouco d'água, ele seguiu:
– De um lado, eu fico triste quando lembro o que sonhei de construtivo e de glorioso, nos meus termos; do quanto acreditei numa ordem lúdica gerando um progresso sustentável; do quanto acreditei no sol, nas belas peles acostumadas ao calor... Não estou contente, estou em paz! ... Estar em paz é estar feliz! A minha tarefa mais honrosa é criar um ambiente em que outros logrem o que eu sonhei e não alcancei. Peço perdão por não ter feito a realidade semelhante à imaginada. A boa notícia é que eu jamais deixarei de imaginá-la! Nesse instante, ergo a taça e proclamo com orgulho: eu nunca olhei as coisas como são, eu as vejo como podem vir a ser! Encontrando algum espaço, os que virão poderão não somente imaginar, como de fato conseguir, aquilo que sonhei mas não obtive. É sonhando a realidade que realizamos nossos sonhos.

Dito o que disse, abrindo a caixa que acabara de arrombar com delicada violência, o Vulto pegou um objeto dentro dela. Não era a chave! Ou melhor, era uma chave.

Poderia ser a chave, seu formato era distinto.

Num gesto semelhante a um sacerdote que celebra, ele ergueu esse objeto acima da cabeça, e começou a pressionar sua extremidade.

O Deputado percebeu, Conzenza já sabia, Mátria estava imóvel.
Era o detonador das bombas instaladas na caverna.
Abrindo espaço aos que viriam,
soterrando honrosamente uma vergonha,
o Vulto decidia explodir tudo.
Algumas velas acabaram.
O Deputado saltou da sua cadeira empurrando-a para trás, ficou em pé, perplexo e assustado,
assistindo à progressiva pressão daqueles dedos.
O polegar do Vulto foi espremendo lentamente a sua chave inusitada
... mais... e mais agora...
A situação era tão tensa, a ansiedade tão extrema, as chamas tremulavam seus finais, a toalha tão vermelha sob os castiçais, todos viam a mão do Vulto à luz das velas se apagando...
... mais pressão do polegar...
a mola resistindo,
ao toque derradeiro,
de um aperto verdadeiro...
... milésimos agora...

LENTAMENTE

LENTAMENTE

LENTAMENTE

Conzenza, calma e plácida, observava o fim desse começo. "Fim de um ciclo, de uma época, fim de um mundo! Haverá novos!", pensou ela alegremente.

Mátria, doente exausta semiviva,
seguia em seu passivo alheamento.

De repente,
o Deputado salta sobre o Vulto...

tenta tomar da sua mão o detonador ...

e então... ... ... as reticências...

explosivamente... as reticências...

seguindo, pirotécnicas, seu curso no discurso...

abrem o espaço do silêncio...
e convidam a interpretar as intenções...

A explosão cega o Deputado.

Do tempo fundo, os citas rejubilam.

Ele havia ouvido o Vulto; dali em diante, ele veria:

– Humanos não veem as coisas como são!

Humanos verdadeiramente humanos, não em demasia, veem o que pode vir a ser, e empenham as suas vidas em torná-lo...

Início

Este livro foi editado na cidade de
São Sebastião do Rio de Janeiro
e publicado pela Edições de
Janeiro em setembro de 2017.

O texto foi composto com a
tipografia GoudyOlSt BT e
impresso em papel Pólen 70 g/m²
nas oficinas da Rotaplan.